ЗВЕЗДЫ МИРОВОГО ДЕТЕКТИВА

КНИГИ Ю НЕСБЁ

В СЕРИИ «ЗВЕЗДЫ МИРОВОГО ДЕТЕКТИВА»

Ю НЕСБЁ
Нетопырь

Читайте с
удовольствием

17/05/2025

АЗБУКА
Санкт-Петербург

УДК 821.135.5-312 Несбё
ББК 84(4Нор)-44
Н 55

Jo Nesbø
FLAGGERMUSMANNEN

Перевод с норвежского Алексея Штрыкова

Серийное оформление Вадима Пожидаева

Ранее роман издавался под названием
«Полет летучей мыши».

Несбё Ю
Н 55   Нетопырь : роман / Ю Несбё ; пер. с норв. А. Штрыко-
ва. — СПб. : Азбука, Азбука-Аттикус, 2019. — 352 с. —
(Звезды мирового детектива).
ISBN 978-5-389-12868-2

Харри Холе прилетает в Сидней, чтобы помочь в расследовании
зверского убийства норвежской подданной. Австралийская полиция не
принимает его всерьез, а между тем дело гораздо сложнее, чем может
показаться на первый взгляд. Древние легенды аборигенов оживают,
дух смерти распростер над землей черные крылья летучей мыши, и Харри, подобно герою, победившему страшного мифического змея Буббура, предстоит вступить в схватку с коварным врагом, чтобы одолеть зло
и отомстить за смерть возлюбленной.

Это дело станет для Харри началом его несколько эксцентрической
полицейской карьеры, а для его создателя, Ю Несбё, — первым шагом
навстречу головокружительной мировой славе.

УДК 821.135.5-312 Несбё
ББК 84(4Нор)-44

ISBN 978-5-389-12868-2

Поднялось в воздух, расправив крылья, потом упало на землю, и крылья превратились в плащ, туго обтягивающий тело человека.

Фрэнк Миллер. Бэтмен

Валла

1
Сидней, мистер Кенсингтон и три звезды

Что-то было не так.

Служащая паспортного контроля широко улыбнулась:

— How are you, mate?[1]

— I'm fine[2], — соврал Харри Холе.

Тридцать часов назад он вылетел из Осло, сделал пересадку в Лондоне, потом еще одну в Бахрейне и последние часы провел на этом проклятом сиденье перед запасным выходом. Из соображений безопасности ему пришлось всю дорогу до Сингапура сидеть в самой неестественной позе, и он лишь чудом не вывернул себе позвоночник.

Женщина за столом перестала улыбаться и принялась с большим интересом исследовать его паспорт. Что ее так заинтересовало — фотография или почерк, — сказать было трудно.

— Business?[3]

Раньше Харри Холе полагал, что таможенные офицеры во всем мире из вежливости добавляют «сэр», но потом он прочитал, что подобные формальности в Австралии широкого распространения не получили. Ну и ладно. Харри не так часто путешествовал и снобом не был. Все, что ему нужно, — это гостиничный номер и постель, и чем скорее, тем лучше.

— Yes. — Харри забарабанил пальцами по столу.

[1] Привет, как долетели? *(англ.)*
[2] Хорошо *(англ.)*.
[3] Деловая поездка? *(англ.)*

Тут губы ее скривились, а в голосе послышались визгливые нотки:

— Why isn't there a visa in your passport, Sir?[1]

Сердце его подскочило, будто предчувствуя катастрофу. Может, слово «сэр» здесь используют, только когда ситуация накаляется?

— Sorry, I forgot[2], — пробормотал Харри, лихорадочно роясь во внутренних карманах. И почему специальные визы не проставляют в паспорте, как обычные?

У кого-то в очереди за его спиной зажужжал мобильный. Харри знал, что это его сосед по самолету: у того еще во время полета то и дело звучала одна и та же мелодия. Ну почему он такой дурак, никогда не может запомнить, в какой карман кладет вещи? Было тепло, хотя наступил вечер — без нескольких минут десять. У Харри засвербило в затылке.

Наконец документ отыскался, и Харри выложил его на стол.

— Police officer, are you?[3] — Женщина оторвала взгляд от визы и изучающе взглянула на него. Ее лицо приняло прежнее выражение. — Надеюсь, у нас не убили каких-нибудь норвежских блондинок. — Она громко рассмеялась и поставила на визу штамп.

— Well, just one[4], — ответил Харри Холе.

Зал ожидания был набит представителями туристических компаний и водителями, и каждый держал над собой табличку с чьим-то именем, но своего Харри не обнаружил. Он уже решил было взять такси, когда вдруг увидел чернокожего мужчину в светлых джинсах и гавайской рубашке. У него был необычайно широкий нос и темные курчавые волосы. Расчищая себе путь между табличками, он шел прямо к Харри.

[1] А почему в вашем паспорте не проставлена виза, сэр? *(англ.)*
[2] Простите, забыл *(англ.)*.
[3] Вы полицейский? *(англ.)*
[4] Только одну *(англ.)*.

— Я полагаю, мистер Хоули? — с победным видом спросил он.

Харри Холе сообразил не сразу. Он уже настроился первое время в Австралии поправлять тех, кто будет читать его фамилию как «Хоул» — «дырка». Но варианта «мистер Хоули» — «господин Святоша» — он никак не ожидал.

— Эндрю Кенсингтон, — с ухмылкой представился мужчина и словно тисками сжал ладонь Харри своей ручищей. — Добро пожаловать в Сидней, надеюсь, вам понравился полет.

Его казенно-приветливый голос звучал эхом слов, двадцать минут назад произнесенных стюардессой.

Мужчина взял потрепанный чемодан Харри и, не оглядываясь, пошел к выходу. Харри следовал за ним.

— Вы из сиднейской полиции? — завел разговор Харри.

— Точно, приятель. Берегись!

Дверь ударила Харри прямо по носу, так что на глазах выступили слезы. Хорошее начало для низкопробной комедии! Норвежец потрогал нос и выругался на родном языке. Кенсингтон посмотрел на него сочувственно.

— Пакостные тут двери, верно? — сказал он.

Харри промолчал. Он не знал, как в Австралии отвечают на подобные вопросы.

На стоянке Кенсингтон открыл багажник маленькой, видавшей виды «тойоты» и аккуратно положил туда чемодан.

— Хочешь сесть за руль? — удивился он.

Харри обнаружил, что стоит у двери водителя. Выходит, в Австралии левостороннее движение. Другое переднее сиденье было завалено бумагой, кассетами и прочим хламом, и Харри решил разместиться сзади.

— Вы, наверное, абориген? — спросил Харри, когда они выехали на шоссе.

— Я вижу, тебя не проведешь. — Кенсингтон бросил взгляд в зеркало.

— В Норвегии мы называем вас «австралийскими неграми».

Кенсингтон еще раз посмотрел в зеркало.

— Вот как?

Харри почувствовал себя неуютно.

— Э-э, я просто хотел сказать, что ваши предки, похоже, не из тех английских каторжников, которых привезли сюда двести лет назад, — пояснил он, надеясь, что хоть какие-то познания из истории страны послужат ему оправданием.

— Это верно, Хоули, мои предки приехали малость пораньше. Четыре тысячи лет назад, если быть точным.

Кенсингтон снова посмотрел в зеркало, и Харри пообещал себе не болтать лишнего.

— Ясно. Можешь называть меня Харри.

— Идет, Харри. А меня можешь звать Эндрю.

Всю дорогу Эндрю говорил. Довезя Харри до Кингс-Кросс, он тут же поведал, что этот район славится проституцией, наркоманией и прочими темными делишками. Каждый второй публичный скандал в городе так или иначе связан с гостиницей или ночным клубом, расположенными на этом клочке земли величиной в квадратный километр.

— Вот мы и приехали, — внезапно заключил Эндрю.

Он подъехал к тротуару, выскочил из машины и достал из багажника чемодан Харри.

— До завтра, — бросил Эндрю напоследок и укатил в своей машине.

Харри оказался перед крикливой вывеской «Отель „Кресент"», спина у него затекла, суточный ритм сбился, и в этом городе, где населения было не меньше, чем во всей Норвегии, он почувствовал себя жутко одиноким. Рядом с названием отеля стояли три звездочки. Полицейское начальство в Осло не слишком пеклось об удобствах своих подчиненных. Но в конце концов, все не так плохо. Здесь должны быть скидки для государственных служащих и проживающих в самом маленьком номере, подумал Харри.

Он был прав.

2
Тасманийский дьявол, клоун и шведка

Харри осторожно постучал в дверь начальника Южного полицейского округа Сиднея.

— Войдите, — прогремело оттуда.

У окна позади дубового письменного стола стоял дружелюбный великан с брюшком. Из-под копны подрастерявших былое обаяние волос торчали кустистые брови, глаза улыбались.

— Харри Хоули из Норвегии, из Осло, сэр.

— Присаживайся, Хоули. Еще рано, а вид у тебя помятый. Часом, не наведывался к здешним ребятам насчет наркотиков? — Нил Маккормак от души рассмеялся.

— Это из-за разницы в часовых поясах, — пояснил Харри. — Сегодня я проснулся в четыре утра и так и не смог уснуть.

— Да-да, конечно. Я пошутил, только и всего. Знаешь, у нас тут пару лет назад десятерых полицейских судили, в том числе за то, что они приторговывали наркотой, своим же и продавали. А заподозрили их потому, что кое-кто из них сутки напролет был вот таким подозрительно вялым. Вообще-то с этим шутки плохи, — добродушно добавил он, надевая очки и приводя в порядок бумаги на столе. — Значит, тебя направили сюда, чтобы ты помог расследовать убийство Ингер Холтер, гражданки Норвегии, работавшей в Австралии. Волосы светлые, черты лица привлекательные — если верить фотографиям. Двадцати трех лет, верно?

Харри кивнул. Маккормак посерьезнел:

— Ее нашли рыбаки на берегу залива Уотсона, а конкретнее — в парке Гэп. Она была наполовину раздета, судя по всему, ее сначала изнасиловали, потом мучили, но следов спермы не обнаружено. Затем под покровом ночи ее перевезли в парк, где сбросили со скалы. — Его лицо сморщилось. — Будь погода похуже, тело унесло бы в море, но оно так и осталось лежать среди камней до следующего утра. Спермы не осталось, потому что половые органы были полностью вырезаны, а море смыло все следы. По этой же причине мы не смогли найти отпечатков пальцев. Зато установили примерное время смерти... — Маккормак снял очки и провел рукой по лицу. — Но мы не знаем, кто убийца. И какого черта в это дело лезешь ты, Хоули?

Харри собрался было ответить, но не успел.

— Разумеется, ты хочешь наблюдать за ходом расследования, пока мы не найдем этого подонка, а попутно рассказывать норвежской прессе, как славно мы работаем вместе. А поскольку нам не хочется связываться с норвежским посольством и всем, что до него касается, придется с этим мириться, так что считай свое пребывание здесь просто отпуском и пошли пару открыток своей начальнице. Кстати, как у нее дела?

— Да вроде нормально.

— Она у вас что надо! И что она сказала насчет твоей роли?

— То и сказала. Участие в расследовании...

— Отлично. Забудь. Здесь правила другие. Первое: с этого момента подчиняешься мне, мне и только мне. Второе: ни во что не лезешь, если только я сам не попрошу. И третье: шаг в сторону — и ты летишь домой первым же самолетом.

Все это говорилось с улыбкой, но смысл был ясен: не суйся, куда не просят, ты просто наблюдатель. Надо было захватить с собой плавки и фотоаппарат!

— Я слышал, в Норвегии Ингер Холтер была своего рода телезнаменитостью?

— Не такой уж знаменитостью, сэр. Пару лет назад она была телеведущей в молодежной программе. Но сейчас ее мало кто помнит.

— Да, мне говорили, что это ваши газетчики подняли шумиху вокруг ее убийства. Норвежские журналисты уже здесь. Мы им сказали все, что знаем, а это не слишком много, так что им скоро станет скучно и они отбудут домой. О твоем приезде им не сообщали, у нас хватает своих людей, чтобы с ними нянчиться, так что можешь об этом забыть.

— Очень признателен, сэр.

Харри действительно был рад, что ему не придется отбиваться от надоедливых норвежских репортеров.

— А теперь, Хоули, давай поговорим начистоту. От начальства мне известно, что власти Сиднея желают, чтобы убийство раскрыли как можно быстрее. Естественно, тут все дело в политике и экономике.

— В экономике?

— Подсчитано, что безработица в городе к концу года перевалит за десять процентов, на счету каждый цент, полученный от туризма. На носу Олимпиада-2000, растет поток туристов из Скандинавии. А убийства, особенно нераскрытые, — плохая реклама для города. Поэтому мы стараемся изо всех сил: работает следственная группа из четырех человек, имеющих в своем распоряжении все базы данных, технический персонал, экспертов-криминалистов. И так далее.

Маккормак достал какой-то документ и, хмурясь, просмотрел его.

— Собственно, ты должен был работать с Уодкинсом, но раз уж сам попросил дать тебе Кенсингтона, я не вижу причин отказывать.

— Сэр, я не знаю...

— Кенсингтон — хороший парень. Мало кто из аборигенов достигает таких высот.

— Почему?

Маккормак пожал плечами:

— Ну, так уж оно выходит. Итак, Хоули, если что, помни о нашем разговоре. Вопросы есть?

— Кое-какие формальности, сэр. К старшему по званию здесь принято обращаться «сэр», или это чересчур...

— Официально? Да, пожалуй. Но мне нравится. По крайней мере, чувствуешь, что ты здесь все еще начальник. — Маккормак снова расхохотался и на прощание крепко пожал Харри руку.

— В январе в Австралии туристический сезон, — объяснил Эндрю, пробираясь сквозь поток машин у набережной Сёркулар. — Все приезжают посмотреть на Оперный театр, прокатиться по гавани на лодке и поглазеть на загорающих на Бонди-Бич. Но ты, к сожалению, должен работать.

Харри пожал плечами:

— Да мне как-то все равно. Признаться, от подобных увеселений меня с души воротит.

«Тойота» выбралась на Новое Южное шоссе и помчалась на восток, в сторону залива Уотсона.

— Восточная часть Сиднея — не то что захудалый Ист-Энд в Лондоне, — говорил Эндрю, между тем как за окном мелькали дома, один богаче другого. — Этот район называется Дабл-Бей — Двойная бухта. Но мы зовем его Дабл-Пей — Двойная плата.

— А где жила Ингер Холтер?

— Некоторое время она со своим парнем жила в Ньютауне. Потом они разъехались, и она поселилась в однокомнатной квартире на Глиб-Пойнт-роуд.

— Что за парень?

Эндрю пожал плечами:

— Австралиец, инженер-компьютерщик. Они познакомились пару лет назад, когда она приезжала сюда отдохнуть. У него хорошее алиби, к тому же он вовсе не похож на убийцу. Хотя как знать.

Они остановились возле парка Гэп, одного из многочисленных зеленых массивов Сиднея. Крутые каменистые дорожки вели в продуваемый ветрами парк, откуда открывался вид на залив Уотсона на севере и Тихий океан на востоке. Стоило полицейским открыть двери автомобиля, как на них дохнуло теплом. Эндрю надел большие солнцезащитные очки, и Харри подумал, что теперь он похож на воротилу порнобизнеса. Сегодня австралиец почему-то натянул на себя тесный костюм, и Харри было забавно смотреть, как этот черный широкоплечий человек шагает перед ним.

— Вот, Харри, это Тихий океан, — сказал Эндрю, когда они поднялись на высокий берег. — Следующая остановка — Новая Зеландия. До нее всего-то две тысячи мокрых километров.

Харри осмотрелся. На западе виднелся центр города с мостом через гавань, на севере — пляж и яхты в заливе Уотсона, а еще Мэнли, пригород на северной стороне залива. На востоке синими переливами неба и воды играл горизонт. Прямо перед ними срывались вниз утесы, а далеко внизу обрывали среди камней свой долгий путь морские волны.

— Вот, Харри, сейчас ты стоишь на историческом месте, — объявил Эндрю. — В тысяча семьсот восемьдесят восьмом году англичане отправили в Австралию первую партию каторжников. Решено было поселить их в заливе Ботани, в нескольких милях к югу отсюда. Но потом милостивый капитан Филлип рассудил, что пейзаж там чересчур суровый, и послал лодку вдоль берега — выбрать местечко получше. Обогнув мыс, на котором мы сейчас стоим, они нашли лучший залив в мире. Немного погодя сюда прибыл и капитан Филлип, а с ним — одиннадцать кораблей, семьсот пятьдесят каторжников — мужчин и женщин, четыреста моряков, четыре роты солдат и провиант на два года. Но в этом краю не так легко жить, как кажется на первый взгляд. Англичане не умели ладить с природой так, как аборигены. И когда через два с половиной года приплыл еще один корабль с провизией, оказалось, что англичане почти вымерли от голода.

— Но похоже, со временем дела пошли лучше. — Харри кивнул в сторону зеленых вершин. От жары у него по коже стекали струйки пота.

— У англичан — да.

Эндрю сплюнул с обрыва. Они проследили взглядом путь жирного плевка, пока тот не пропал из виду.

— Ей посчастливилось, что к моменту падения она уже была мертва, — сказал Эндрю. — Пока тело падало, ударяясь о скалы, камнями из него вырывало куски.

— Сколько времени она была мертва, когда ее нашли?

Эндрю поморщился:

— Судмедэксперт установил, что сорок восемь часов. Но он...

По его жесту Харри понял, что доктор любит выпить.

— К тому же ты не доверяешь круглым цифрам?

— Тело нашли в пятницу утром, поэтому можно предположить, что смерть наступила в ночь на среду.

— Свидетели есть?

— Как видишь, машины можно ставить там, внизу. Ночью это место не освещено и людей здесь практически не бывает. До сих пор свидетелей не объявилось, и не думаю, что они вообще появятся.

— И что же нам делать?

— Мы сделаем, как мне сказал шеф: пойдем в ресторан и будем тратить государственные деньги. Как-никак ты сейчас самый высокий представитель норвежской полиции в радиусе двух тысяч километров. По меньшей мере.

———

Эндрю и Харри сели за столик, покрытый белой скатертью. Рыбный ресторан «Дойлз» находился на берегу залива Уотсона, от моря его отделяла лишь узкая полоска пляжа.

— Ну как тебе? — поинтересовался Эндрю.

— Как в глянцевом журнале.

На пляже перед рестораном мальчик и девочка возводили песчаный замок. За ними расстилалось лазурное море, вдали высились величественные зеленые горы и небоскребы Сиднея.

Харри заказал эскалопы и тасманийскую форель, Эндрю — австралийскую камбалу, о которой Харри никогда раньше не слышал, и бутылку шардоне, «конечно, не подходящего для подобного случая, зато белого по цвету, приятного на вкус и приемлемого по цене». Он очень удивился, когда Харри заявил, что не пьет.

— Ты что, квакер? — спросил он.

— Ну вот еще! — отверг его предположение Харри.

Ресторан «Дойлз», пример старого семейного бизнеса, по словам Эндрю, считался одним из лучших в Сиднее. Сейчас посетителей в ресторане было много, чем Харри попытался объяснить то, что их долго не обслуживают.

— Здешние официанты похожи на планету Плутон, — нервно заметил Эндрю. — Двигаются по периферии, появляются раз в двадцать лет и абсолютно не заметны невооруженным глазом.

Харри не смог выдавить из себя ни капли желчи в ответ и просто откинулся на спинку стула.

— По крайней мере, здесь вкусно кормят, — признал он. — Ты поэтому так вырядился?

— И да, и нет. Как видишь, посетители здесь не при параде. Но я зарекся приходить в подобные места в футболке и джинсах. Костюм — хоть какая-то компенсация.

— В смысле?

Эндрю посмотрел на напарника.

— У аборигенов не такой уж высокий статус, как ты и сам заметил. Уже первые прибывшие сюда англичане писали, что местное население падко на спиртное, — сказал он.

Харри с интересом слушал.

— Считалось, что это у нас в крови. «Они только и могут, что дуть в длинные деревянные трубки, которые называют диджериду, производя адский шум», — писал один из них. Здесь хвалятся, что в Австралии удалось интегрировать несколько культур и создать благоустроенное общество. Но для кого оно благоустроенное? Вся беда или вся прелесть — с какой стороны посмотреть — в том, что местное население уже в расчет не принимают. Аборигены практически не участвуют в общественной жизни Австралии, кроме разве что политических вопросов, непосредственно затрагивающих интересы коренного населения и его культуры. Австралийцы охотно украшают свои дома произведениями туземного искусства. А самих туземцев чаще всего можно встретить в списках неимущих, самоубийц и заключенных. В Австралии у чернокожего в двадцать шесть раз больше шансов оказаться в тюрьме, чем у белого. Подумай над этим, Харри Хоули.

Эндрю допил вино, а Харри стал думать над этим. И над тем, что за свои тридцать два года он ни разу не ел рыбы вкуснее.

— Нет, расизма здесь не больше, чем в других странах. Австралия — поликультурная страна, здесь живут люди со всех концов света. Просто, чтобы пойти в ресторан, мне приходится надевать костюм.

Харри кивнул. Что тут скажешь?

— Я слышал, Ингер Холтер работала в баре?

— Да, конечно. Бар «Олбери» на Оксфорд-стрит в Паддингтоне. Я думаю, вечером можно будет туда наведаться.

— А почему не сейчас? — Харри начинала бесить вся эта неспешность.

— Потому что сначала надо поздороваться с хозяином.

Это было как внезапное явление Плутона на звездном небе.

Глиб-Пойнт-роуд оказалась уютной и не слишком деловой улицей, сплошь застроенной скромными ресторанчиками, в основном с национальной кухней.

— Когда-то здесь был богемный район Сиднея, — рассказывал Эндрю. — В семидесятых я жил совсем неподалеку. И до сих пор здесь можно найти вегетарианские рестораны для людей, свихнувшихся на охране природы и альтернативном образе жизни, а также книжные магазины для лесбиянок и много всего прочего. А вот старые добрые хиппи и «кислотники» перевелись. Чем популярнее делалась Глиб, тем дороже здесь становилось жить, и теперь я со своей зарплатой полицейского уже не могу себе этого позволить.

Они свернули направо, к Херфорд-стрит, и вошли в калитку с номером 54. Навстречу им с визгом выскочило мелкое косматое черное существо и оскалило мелкие острые зубки. Чудовище выглядело свирепым и поразительно напоминало иллюстрацию из туристического буклета: «Тасманийский дьявол. Агрессивен, мертвой хваткой вцепляется в горло. Вид на грани исчезновения». На последнее Харри очень надеялся. Но когда данный экземпляр бросился вперед с широко разинутой пастью, Эндрю пинком отшвырнул его, и животное, скуля, отлетело в кусты.

Когда полицейские поднялись по лестнице, в дверях их встретил заспанный пузатый человек.

— Что вы сделали с моей псиной? — спросил он недовольно.

— Она наслаждается ароматом роз, — с улыбкой пояснил Эндрю. — Мы из полиции. Отдел убийств. Мистер Робертсон, если не ошибаюсь?

— Не ошибаетесь. Что вам еще нужно? Я уже сказал, что сказал все, что знаю.

— А теперь вы сказали, что сказали все, что сказали... — Эндрю умолк, но не перестал улыбаться.

Харри начал переминаться с ноги на ногу.

— Извините, мистер Робертсон, не хочу вас сильно удивлять, но вот это — брат Ингер Холтер, и он желает осмотреть ее комнату. Если вас это, конечно, не затруднит.

Робертсон сразу переменился в лице:

— Прошу прощения, я не знал... Проходите! — Он открыл дверь и стал подниматься по лестнице, показывая им дорогу. — Я ведь и не знал, что у Ингер есть брат. Но когда вы сказали, я сразу же заметил сходство.

За его спиной Харри обратил к Эндрю страдальческое лицо.

Комнату Ингер даже не пытались прибрать. Повсюду валялись одежда, журналы, полные пепельницы и пустые бутылки.

— Э-э, полицейские просили пока ничего не трогать.

— Понятно.

— Как-то вечером она просто не вернулась домой. Пропала.

— Спасибо, мистер Робертсон, мы об этом читали.

— Я говорил ей, что не надо ходить по дороге между Бридж-роуд и рыбным рынком, когда возвращаешься домой поздно. Там темно и много черных и желтых... — Он осекся и покосился на Эндрю Кенсингтона. — Извините, я не хотел...

— Все в порядке. Можете идти, мистер Робертсон.

Робертсон пошлепал вниз по лестнице, и полицейские услышали, как он открывает бутылку на кухне.

Итак, в комнате были кровать, несколько книжных полок и письменный стол. Осмотревшись, Харри попытался представить себе Ингер Холтер. Легче понять, если вжиться в шкуру потерпевшего. Он припомнил ту отвязную девчонку из телепрограммы, ее благие юные начинания и синий невинный взгляд.

Во всяком случае, на домоседку она не тянула и уж точно не собиралась проводить в гнездышке все свободное время. Картин в комнате не было, только афиша «Храброго сердца» с Мэлом Гибсоном. Харри запомнил этот фильм лишь потому, что он непонятно за что получил «Оскара». Ага, подумал полицейский, значит, в фильмах она разбиралась плохо. Как и в мужчинах. Сам Харри, подобно многим другим, считал, что со стороны Гибсона было просто предательством стать голливудской звездой.

Еще на стене висела фотография Ингер и каких-то волосатых и бородатых парней на скамейке перед ярко освещенным домом, похожим на салун. На ней было свободное сиреневое платье. Распущенные светлые волосы обрамляли бледное серьезное лицо. Она держала за руку молодого человека, который прижимал к себе ребенка.

На полке лежали пачка сигарет, несколько книг по астрологии и треснутая грубая деревянная маска с носом, напоминающим птичий клюв. Харри повертел маску в руках. На этикетке значилось: «Сделано в Новой Гвинее».

Та одежда, что не валялась на полу и на кровати, висела в небольшом платяном шкафу. Несколько хлопчатобумажных рубашек, старое пальто, а на верхней полке — большая соломенная шляпа.

Эндрю достал из ящика стола пачку папиросной бумаги и прочел надпись на упаковке:

— «Кинг сайз». Она сама скручивала себе курево.

— Наркотиков здесь нет? — спросил Харри.

Эндрю покачал головой и указал на папиросную бумагу:

— Но если порыться в пепельницах, бьюсь об заклад, найдутся следы марихуаны.

— Почему же не порылись? Сюда приходила следственная группа?

— Ну, во-первых, у нас нет оснований считать это местом преступления. Во-вторых, ни к чему поднимать шум из-за марихуаны, в Новом Южном Уэльсе отношение к ней куда более терпимое, чем в других штатах Австралии. Не исключено, что наркотики могут иметь отношение к убийству, но я так не думаю. Может, она принимала и более сильные наркотики — кто знает? В баре «Олбери» бывают наркодилеры, но ни один из тех, кого мы допросили, ничего такого не говорил. В крови у нее тоже ничего не обнаружили. Так или иначе, тяжелой наркотой она не баловалась. Следов от уколов на теле нет, да и за всеми этими шайками мы приглядываем.

Харри взглянул на него, и Эндрю откашлялся:

— Но основная версия у нас есть. И еще кое-что, с чем ты мог бы помочь нам разобраться.

Он протянул Харри письмо. Оно начиналось словами «Дорогая Элизабет» и явно не было закончено. Харри пробежал его глазами:

«Да-да, у меня все хорошо, а лучше всего то, что я влюбилась! Разумеется, он безумно красив, у него длинные каштановые кудри, узкие бедра и взгляд, в котором читаешь то, что он уже шептал тебе: он хочет овладеть тобой сейчас и прямо здесь — за ближайшей стеной, в туалете, на столе, на полу, где угодно. Его зовут Эванс, ему тридцать два, он (приготовься!) уже был женат, и у него есть милый сынишка Том-Том, которому полтора года. Сейчас он пока нигде не работает, так, делает кое-что для себя.

Да, знаю, ты предчувствуешь проблемы! Обещаю не сломаться. По крайней мере, сейчас.

Ну, хватит об Эвансе. Я по-прежнему работаю в „Олбери“. С тех пор как однажды вечером в бар зашел Эванс, „мистер Бин“ больше не подкатывает ко мне. А это прогресс. Но он по-прежнему ходит за мной по пятам и вечно на меня глазеет. Черт! Честно говоря, я начинаю уставать от этой работы, главное теперь — продержаться, чтобы мне продлили вид на жительство. Я говорила с НРК, они планируют возобновить передачу со следующей осени и приглашают меня в ней участвовать. Опять приходится решать!»

На этом письмо обрывалось — ни подписи, ни даты.

На прощание Харри благодарно пожал Робертсону руку, а тот с сочувственным поклоном сказал, что Ингер была хорошей девушкой и замечательной квартиранткой, да, настоящим украшением всего дома, а может, и всех домов в округе, кто знает? От Робертсона пахло пивом, язык у него заплетался. По пути к калитке полицейские услышали слабый вой: из розовых кустов за ними следила пара испуганных глаз.

Они решили закусить в многолюдном вьетнамском ресторане в бухте Дарлинг. Там было полно азиатов, судя по всему завсегдатаев, — с официантом они разговаривали на непонятном языке с немыслимым чередованием высоких и низких тонов.

— Похоже, они время от времени вдыхают гелий, чтобы разговаривать, как Дональд Дак, — сказал Харри.

— Не любишь азиатов? — поинтересовался Эндрю.

Харри пожал плечами.

— Любишь — не любишь. Сам не знаю. Скажем так, у меня нет причин их не любить. Вроде бы честные, трудолюбивые люди. А ты что скажешь?

— Многие азиаты хотят переехать в Австралию, но отнюдь не всем нравится здесь жить. Я против них не выступаю. По мне, пускай приезжают.

Харри показалось, что он понял подтекст: «Все равно мой народ уже потерял эту землю».

— Меньше года назад азиатам и мечтать не приходилось о том, чтобы получить здесь вид на жительство: власти по мере сил пытались сохранить страну для белых.

Официально — чтобы избежать крупных межнациональных конфликтов, ведь попытки «ассимилировать аборигенов в социум» обернулись, мягко говоря, неудачей. Но потом японцы предложили свои инвестиции, и власти запели по-новому. Вдруг оказалось, что нельзя изолироваться от мира, а надо все делить с соседями. Ближайший наш сосед — Азия. Вскоре Япония стала основным торговым партнером Австралии, обогнав США и Европу. Японские компании начали строить отели вдоль Золотого берега до самого Брисбена. Теперь там японские директора, повара и администраторы, а австралийцам достались места горничных и помощников официанта. И протеста с их стороны ждать уже недолго. Кому же понравится быть на побегушках в собственной стране?

— И твоему народу это не нравится, верно?

Улыбка Эндрю стала свирепой:

— Европейцы никогда не просили у аборигенов вид на жительство.

Харри взглянул на часы. До открытия бара «Олбери», где работала Ингер Холтер, оставалось не больше двух часов.

— Ты не хочешь сначала заехать домой? — спросил он.

Эндрю покачал головой.

— Кого я сейчас там найду, кроме себя?

— Сейчас?

— Ну да. Это «сейчас» длится уже десять лет. Я разведен. Жена живет в Ньюкасле вместе с дочками. Я стараюсь навещать их почаще, но это далековато, да и девчонки скоро вырастут — по выходным им будет не до меня. В их жизни появятся и другие мужчины. Одной четырнадцать, другой пятнадцать. Маленькие красивые плутовки. Черт! Всякому, кто только подойдет к их двери, не поздоровится!

Эндрю широко улыбнулся. Этот человек не может не нравиться, подумал Харри.

— Так уж мир устроен, Эндрю.

— Это верно, приятель. А у тебя как?

— Ну... Жены нет. Детей нет. Собаки нет. Все, что у меня есть, — это мой шеф, мой отец и пара людей, которых я зову приятелями, хотя они звонят мне раз в год. Или я им.

— Именно в таком порядке?

— Именно в таком.

Они рассмеялись. За окном начиналась вечерняя сутолока. Эндрю заказал еще пива («Виктория», горькое). Из магазинов и банков выливался поток людей: седые горбоносые греки, азиаты в темных костюмах и очках, голландцы и рыжие девицы несомненно английского происхождения. Они бежали, чтобы не упустить автобус на Парраматту, спешили к метро. Деловой люд в шортах — типично австралийское явление, как сказал Эндрю, — торопился на пристани, чтобы успеть на паром, отплывающий к пригородам на северной стороне залива Порт-Джексон.

— Куда теперь? — спросил Харри.

— В цирк! Он как раз на этой улице, а я обещал приятелю как-нибудь заскочить. «Как-нибудь» и значит «сейчас», ведь верно?

Немногочисленная труппа цирка «Энергетик» уже начала свое бесплатное вечернее представление для немногочисленной, но молодой и оживленной аудитории. Раньше, когда в Сиднее еще были трамваи, сказал Эндрю, в этом здании были электростанция и трамвайное депо. А теперь оно походило на музей современности. Две девушки только что закончили номер на трапеции — не особенно эффектный, но заслуживший бурные и искренние аплодисменты.

На манеже одновременно появились огромная гильотина и клоун в пестром костюме и фригийском колпаке по французской революционной моде. На радость ребятишкам он спотыкался и показывал фокусы. Потом вышел другой клоун, в длинном белом парике, и до Харри постепенно дошло, что он будет изображать Людовика XVI.

— Приговорен к смерти большинством в один голос, — объявил клоун в фригийском колпаке.

Приговоренного быстро возвели на эшафот, и после шумных жалоб и воплей он, к великому веселью детишек, положил голову прямо под нож гильотины. Послышалась барабанная дробь, нож упал, и, ко всеобщему (включая Харри) удивлению, после звука, напоминающего стук топора в лесу, голова монарха отвалилась. Подпрыгивая, она покатилась по сцене и угодила в корзину. Свет погас, а когда зажегся снова, безголовый король стоял на сцене с собственной головой под мышкой. Детской радости не было предела. Свет снова погас, и вот уже на манеже стояла и раскланивалась труппа в полном составе. Представление закончилось.

Зрители направились к выходу, а Эндрю и Харри — за сцену. В импровизированной гримерной артисты снимали костюмы и смывали грим.

— Отто, поздоровайся с гостем из Норвегии, — прокричал Эндрю.

Один из артистов, тот, что изображал Людовика XVI, обернулся. Без парика и в размытом гриме он выглядел не слишком величественно.

— А, индеец Тука!

— Харри, это Отто Рехтнагель.

Отто изящно протянул руку и щелкнул пальцами, а когда немного растерявшийся Харри слегка пожал ее, изобразил возмущение:

— А поцелуй, красавчик?

— Отто думает, что он — дама. Благородного происхождения, — пояснил Эндрю.

— Брось, Тука. Отто знает, что он мужчина. Что это вы, молодые люди? Хотите убедиться сами?

У Харри покраснели уши. Клоун перевел свои накладные ресницы на Эндрю:

— Твой дружок умеет говорить?

— Прошу прощения. Меня зовут Харри... э-э... Хоули. Мне понравился ваш номер. И костюмы. Очень... натурально. И необычно.

— Людовик номер шестнадцать? Необычно? Да что вы, это же классика жанра. Впервые этот номер был поставлен семьей Яндашевских всего через две недели после подлинной казни в январе тысяча семьсот девяносто третьего года. Народу понравилось. Народу всегда нравятся публичные казни. Знаете, сколько раз в год американские телеканалы прокручивают убийство Кеннеди?

Харри покачал головой.

Отто задумчиво посмотрел в потолок.

— Без конца.

— Отто считает себя последователем великого Янди Яндашевского.

— Неужели? — В знаменитых клоунских династиях Харри особо не разбирался.

— Тука, я-то думал, твой приятель смыслит, что к чему. Итак, семья Яндашевских была музыкальной комической труппой, которая в начале двадцатого века приехала на гастроли и обосновалась в Австралии. До самой смерти Янди в семьдесят первом они руководили цирком. Я впервые увидел Янди, когда мне было шесть лет. С тех пор я знал, кем стану, когда вырасту. И я им стал.

Грустная клоунская улыбка проступила сквозь грим.

— А как вы друг с другом? — спросил Харри. Эндрю и Отто переглянулись. По выражению их лиц он понял, что ляпнул что-то не то. — В смысле, познакомились... Ну, полицейский и клоун... не совсем...

— Это долгая история, — ответил Эндрю. — Мы, можно сказать, росли вместе. Отто, разумеется, маму родную продал бы за кусок моей задницы, но я с детства бегал за девчонками и вел себя как мерзкий гетеросексуал. Наверное, дурная наследственность или окружающая среда, как думаешь, Отто?

Эндрю рассмеялся, но Отто жестом заставил его заткнуться.

— Не было бы у тебя денег и работы, и твоя попка досталась бы мне, — посетовал он.

Харри посмотрел вокруг: другие члены труппы, казалось, не обращали на их разговор никакого внимания. Одна из девушек, выступавших на трапеции, подмигнула полицейскому.

— Мы с Харри собираемся вечерком прогуляться до
«Олбери». Составишь компанию?

— Ты же знаешь, Тука, я туда больше ни ногой, — раздраженно бросил Отто.

— Пересиль себя, Отто. Ведь жизнь продолжается.

— Ты имеешь в виду, продолжается у других. А моя
остановилась здесь, именно здесь. Любовь гибнет, и я вместе с ней, — и он театрально приложил руку ко лбу.

— Как хочешь.

— К тому же мне надо заскочить домой — покормить
Вальдорфа. Идите без меня, я, может, подойду попозже.

— До свидания. — Харри чмокнул протянутую ему
руку.

— До скорого свидания, красавчик!

Солнце уже зашло, когда они нашли автостоянку на
Оксфорд-стрит в Паддингтоне, рядом с парком. У входа
красовалась табличка «Green Park», хотя трава уже по-
жухла и стала коричневой и, кроме беседки в самом центре, зеленого там ничего не было. Под деревом валялся пожилой абориген. Одежда изодрана в клочья, а сам до того
грязный, что казался скорее серым, чем черным. Завидев
Эндрю, он приветственно помахал рукой, но тот никак не
отреагировал.

В баре «Олбери» народу было столько, что полицейские с трудом протиснулись в стеклянные двери. Харри
постоял у входа, разглядывая пеструю толпу посетителей.
Кого здесь только не было, но больше всего молодых людей: рокеров в потертых куртках, «яппи» в строгих костю-

мах, «художников» с бородками и коктейлями, симпатичных белобрысых и белозубых поклонников серфинга и чернокожих эм-си — как их назвал Эндрю, «байкиз». Посреди бара в полном разгаре было шоу с участием длинноногих девиц в чересчур откровенных темно-красных нарядах. Они скакали вокруг стойки и под фонограмму пели «I Will Survive» Глории Гейнор. Время от времени они подменяли тех, кто обслуживал посетителей, подмигивая и откровенно заигрывая с ними.

Растолкав посетителей локтями, Харри подошел к стойке и сделал заказ.

— Сию минуту, милашка! — пробасила официантка в римском шлеме и лукаво ухмыльнулась.

— Слушай, мы с тобой что, единственные в этом городе, у кого нормальная ориентация? — спросил Харри, возвращаясь к напарнику с пивом и стаканом сока.

— После Сан-Франциско здесь самое большое в мире скопление голубых, — признал Эндрю. — В сельской местности у нас извращенцев не слишком жалуют. Ну вот деревенские педерасты и тянутся в Сидней со всей Австралии. Да и не только Австралии — со всего мира.

Они подошли к другой стойке в глубине бара, и Эндрю обратился к девушке, стоявшей к ним спиной. У девушки были рыжие волосы — таких рыжих Харри в жизни не видел. Они доходили до задних карманов обтягивающих джинсов, однако не скрывали стройную спину и округлые бедра. Девушка обернулась и улыбнулась ослепительно-белой улыбкой. У нее были красивые, тонкие черты лица, небесно-голубые глаза и бесчисленные веснушки. Обидно, если она окажется мужчиной, подумал Харри.

— Привет, это опять я. — Эндрю старался перекричать громоподобное диско семидесятых. — Помните, я спрашивал про Ингер. Есть время поговорить?

Рыжая посерьезнела, кивнула и, сказав что-то своим напарникам, пошла в курилку за кухней.

— Что-нибудь нашли? — спросила она по-английски. Одной этой фразы хватило, чтобы Харри понял: она куда лучше говорит по-шведски.

— Однажды я встретил старика, — сказал Харри по-норвежски. Девушка удивленно посмотрела на него. — Он плавал по Амазонке. После того как он сказал мне три слова по-португальски, я понял, что он швед. Он прожил там тридцать лет. А я ни слова не знаю по-португальски.

Удивление девушки сменилось звонким смехом, напомнившим Харри пение лесной птицы.

— Är det värklingen så uppenbart?[1] — спросила она спокойным низким голосом, слегка грассируя.

— Интонация, — объяснил Харри. — Вы никак не можете отвыкнуть от своей интонации.

— Ребята, вы что, знакомы? — услышали они английскую речь. Эндрю с подозрением смотрел на них.

Харри взглянул на девушку.

— Да нет, — ответила та.

А жаль, подумал Харри про себя.

Ее звали Биргитта Энквист, она прожила в Австралии уже четыре года и год проработала в баре «Олбери».

— Ну разумеется, мы иногда болтали на работе, но близкими подругами не были — она как-то держалась в стороне. Мы иногда всей толпой выбирались в город, погулять. Ингер ездила с нами, но особо себя там не проявляла. Когда пришла сюда устраиваться, она только-только съехала от своего парня в Ньютауне. Насколько мне известно, они долго были вместе, но это все. И еще — она очень любила находить в жизни что-то новое.

— А вы не представляете, с кем из своих знакомых она чаще всего встречалась? — спросил Эндрю.

— Сказать по правде, нет. Я же говорю, она особенно о себе не распространялась. Да и мне это было не слишком интересно. В октябре она ездила в Квинсленд и там

---

[1] Разве это так заметно? (швед.)

повстречалась с какими-то ребятами, потом поддерживала с ними контакт. Может, и парня она там подцепила — он как-то заходил сюда. Но ведь об этом я уже рассказывала? — Ее голос звучал вопросительно.

— Да-да, я знаю, фрекен Энквист, просто хочу, чтобы это услышал мой норвежский коллега, а заодно и посмотрел, где работала Ингер. Может быть, мы здесь, в сиднейской полиции, чего-то не заметили, и на это нам укажет Харри Хоули — лучший следователь Норвегии.

Харри закашлялся.

— Кто такой «мистер Бин»? — наконец спросил он не своим голосом.

— «Мистер Бин»? — Биргитта удивленно посмотрела на полицейских.

— Ну, не актер Роуэн Аткинсон, а тот, который, по-вашему, на него похож.

— А-а, «мистер Бин»! — и Биргитта снова залилась своим звонким смехом. Как он ей идет, подумал Харри. — Это наш управляющий Алекс. Он всегда опаздывает.

— У нас есть основания полагать, что он интересовался Ингер.

— Да, она ему нравилась. И не только она: большинство девушек, работающих в баре, изнывают от его навязчивых ухаживаний. Мы еще называем его Камбалой. А кличку «мистер Бин» придумала Ингер. Ему, бедняге, тоже нелегко: за тридцать, живет с матерью, и вряд ли что-нибудь изменится. Но управляющий он хороший. И человек безобидный, если это вас интересует.

— Откуда вы знаете?

Биргитта почесала нос:

— Ну, по нему видно.

Харри сделал вид, будто записывает ее слова.

— А вы не вспомните кого-то из знакомых Ингер, по кому было бы видно другое?

— Сюда много народу ходит. Не все ведь педики. Ингер многим нравилась, она красивая. Была. Но вот так чтобы вспомнить... Пожалуй...

— Да-да?

— Да нет, ничего.

— В рапорте сказано, что в ночь убийства Ингер была здесь. Вы не знаете, она договаривалась встретиться с кем-нибудь после работы или собиралась сразу пойти домой?

— Она забрала с кухни остатки еды, сказала, для псины. Я и не знала, что у нее есть собака, поэтому спросила, куда она собирается. Она сказала, что домой. Больше я ничего не знаю.

— Дьявол, — проборомотал Харри. И в ответ на недоуменный взгляд Биргитты пояснил: — У ее домовладельца есть тасманийский дьявол. Значит, эту тварь надо было чем-нибудь умаслить, чтобы проскочить в дом целой и невредимой.

Поблагодарив Биргитту, полицейские уже собрались уходить, когда девушка сказала:

— Мы здесь, в «Олбери», все очень сожалеем о том, что произошло. Как там ее родители?

— Да боюсь, не очень хорошо, — ответил Харри. — Естественно, оба в шоке. И винят себя в том, что позволили ей сюда уехать. Гроб с телом отправят в Норвегию завтра. Если хотите послать цветы на похороны, я могу дать вам адрес в Осло.

— Спасибо, очень любезно с вашей стороны.

Харри хотел спросить еще кое о чем, но решил, что это будет неуместно после беседы о смерти и похоронах. Напоследок он поймал ее улыбку, и долго еще она сияла у него перед глазами.

— Черт! — проборомотал он. — А, была не была.

В баре гремела музыка «Walking on Sunshine», и все трансвеститы, а также некоторые гости дергались под нее, забравшись на стойку бара.

— В таких местах, как «Олбери», печали и скорби не задерживаются, — заметил Эндрю.

— Неудивительно, — отозвался Харри. — Жизнь продолжается.

Попросив Эндрю подождать, он вернулся в бар и помахал рукой Биргитте:

— Прошу прощения, еще один вопрос.

— Да?

Харри сделал глубокий вдох. Он уже пожалел, что сказал это, но отступать было поздно.

— Вы не знаете, здесь есть какой-нибудь хороший тайский ресторан?

Биргитта задумалась:

— Да-а... есть, на Бент-стрит, в Сити. Знаете, где это? Говорят, очень даже приличный.

— Раз так, не могли бы вы сходить туда со мной?

Как-то глупо звучит, подумал Харри. И непрофессионально. Даже слишком. Биргитта обреченно вздохнула. Но Харри понял, что это — начало. К тому же она улыбнулась.

— Вы часто так делаете, господин следователь?

— Бывает.

— И как, срабатывает?

— В плане статистики? Не очень.

Она рассмеялась и с интересом посмотрела на Харри. Потом пожала плечами.

— А почему бы и нет? Среда у меня выходной. Встречаемся в девять. И платишь ты, snutjävel[1].

3
Епископ, боксер и медуза

Когда Харри открыл глаза, было всего три часа ночи. Он попытался заснуть снова, но не мог отвлечься от мыслей о странном убийстве Ингер Холтер и о том, что сейчас в Осло восемь вечера. К тому же он вспоминал веснушчатое

---

[1] Негодник (швед.).

лицо, которое видел всего пару минут, а потом чувствовал себя последним дураком.

— Ну и олух ты, Холе! — ругал он себя шепотом в темноте.

В шесть часов он понял, что надо вставать. Приняв освежающий душ, Харри вышел навстречу неяркому небу и утреннему солнцу и стал искать, где бы позавтракать. Со стороны Сити доносился гул, но городская суета пока еще не достигла своего пика. У района Кингс-Кросс был свой шарм, свое очарование небрежности, и Харри заметил, что идет, напевая какой-то веселый мотивчик. На улицах пусто, если не считать нескольких загулявшихся полуночников, спящей парочки, мило устроившейся под одеялом на лестнице, и легко одетой бледной проститутки, заступившей на утреннюю смену.

Возле ресторанчика у обочины стоял его владелец и мыл тротуар. В замечательном настроении Харри заказал ветчину и тост и расправился с завтраком, глядя, как легкий ветерок заигрывает с салфеткой на столе.

— Что-то рановато, Хоули, — сказал Маккормак. — Ну и правильно: мозг лучше всего работает утром, между половиной седьмого и одиннадцатью. А потом уже толку не жди. К тому же с утра тут тихо. Зато в девять начинается такой бедлам, что я простой мысли в голове удержать не могу. Ты, думаю, тоже. А вот у сына в комнате вечно гремит магнитофон. Говорит, в тишине он не может делать уроки. Представляешь?

— ...

— Но вчера я решил, что с меня хватит, вошел к нему и вырубил эту адскую машину. А он кричит: «Я иначе не могу сосредоточиться!» Я ему сказал, что нормальные люди так не читают. А он мину скорчил: «Люди, папуля, бывают разные!» Ну что с него взять, в его-то возрасте?

Маккормак приумолк и посмотрел на фотографию на своем столе.

— А у тебя есть дети, Хоули? Нет? Я вот иногда задаюсь вопросом: чего я, собственно говоря, достиг в жизни? Кстати, в какой дыре тебя поселили?

— Отель «Кресент» на Кингс-Кросс, сэр.

— Ну да, Кингс-Кросс. Ты не первый норвежец, которому довелось там пожить. Пару лет назад сюда с официальным визитом приезжал епископ Норвегии или вроде того — не помню, как по имени. Но помню, его ребята заказали ему номер в отеле на Кингс-Кросс. Решили, что «Кингс-Кросс» — это «Царский крест» или что-нибудь еще в библейском духе. Ну, значит, приезжает он туда, сразу же попадает на глаза местным шлюхам, и одна из них подходит к нему и делает довольно откровенное предложение. Бьюсь об заклад, епископ выписался из отеля еще до того, как туда занесли его чемоданы...

Маккормак смеялся, пока на глазах не выступили слезы.

— Вот оно как, Хоули. Ну так чем думаешь заняться сегодня?

— Хочу взглянуть на тело Ингер Холтер, пока его не отправили в Норвегию, сэр.

— Дождись Кенсингтона — он проводит тебя до морга. Но ты ведь читал копию отчета о вскрытии?

— Да, конечно, просто я...

— Просто — что?

Отвернувшись к окну, Маккормак пробормотал что-то, принятое Харри за одобрение.

На улице было плюс двадцать восемь, а в подвале морга Южного Сиднея — плюс восемь.

— Много нового узнал? — спросил Эндрю, поплотнее запахивая пиджак.

— Да в общем-то нет.

Харри смотрел на останки Ингер Холтер. Лицо при падении почти не пострадало. Да, кончик носа разбит, на одной щеке заметная вмятина, но никаких сомнений, что это лицо той самой улыбающейся девушки с фотографии, приложенной к полицейскому отчету. Вокруг шеи черные отметины, по всему телу — синяки, раны и несколько глубоких порезов, а в одном месте видна белая кость.

— Родители хотят посмотреть на снимки. Норвежский посол пытался их отговорить, но адвокат настоял. Не думаю, что матери стоит видеть дочь в таком виде, — покачал головой Эндрю.

Харри взял лупу и стал внимательно изучать синяки на шее.

— Душили голыми руками. Это не так-то просто. Убийце либо силы не занимать, либо он одержим жаждой убийства.

— Или есть опыт в подобных делах.

Харри посмотрел на Эндрю.

— В смысле?

— У нее нет ни кожи под ногтями, ни волос убийцы на одежде, по рукам не скажешь, что она отбивалась. Она погибла так быстро, что почти не успела оказать сопротивление.

— Вы с похожим уже сталкивались?

Эндрю пожал плечами:

— Поработай здесь с мое — любое убийство будет на что-то похоже.

Да нет, подумал Харри. Как раз наоборот. Чем дольше работаешь, тем больше убеждаешься, что в каждом убийстве есть свои детали и нюансы, делающие его непохожим на остальные.

Эндрю посмотрел на часы:

— Через полчаса утреннее совещание. Надо поторапливаться.

Начальником следственной группы был Ларри Уодкинс, выпускник юридического факультета, стремительно взбежавший по карьерной лестнице. Губы тонкие, волосы редкие. Говорит кратко, быстро и по делу, не заботясь о ненужных интонациях и прилагательных.

— Да и о вежливости, — признался Эндрю. — Опытный следователь, но не из тех, кого просишь позвонить родителям, когда дочь находят мертвой. К тому же он, когда нервничает, начинает ругаться.

Правая рука Уодкинса — Сергей Лебье, подтянутый югослав с бритой головой и острой бородкой, что делало его похожим на Мефистофеля в костюме. Вообще-то Эндрю недолюбливал людей, которые слишком заботятся о своей внешности.

— Но Лебье — совсем другое дело. Он не павлин, просто хочет выглядеть аккуратно. А еще у него есть привычка во время разговора изучать свои ногти. Но не чтобы кого-то задеть. А в обеденный перерыв он чистит свои туфли. И разговаривать особо не любит: ни о себе, ни о чем-либо другом.

Самым младшим в команде был Юн Суэ, невысокий сухощавый паренек с неизменной улыбкой. Его семья приехала в Австралию из Китая тридцать лет тому назад. А лет десять назад, когда Суэ было девятнадцать, родители решили съездить на родину и не вернулись. Дед говорил, что сын «ввязался в политику», но не распространялся на эту тему. Суэ так и не узнал, что же с ними произошло. Теперь на нем были старики и двое младших братьев, поэтому он работал по двенадцать часов в сутки, из которых по меньшей мере десять улыбался.

— Если знаешь тупую шутку — расскажи ее Суэ. Он смеется над всем, — говорил Эндрю по дороге.

Итак, все они собрались в тесной комнатушке с жалобно скрипящим вентилятором под потолком. Уодкинс встал у доски и представил Харри остальным.

— Наш норвежский коллега перевел письмо, найденное в квартире Ингер. Что ты можешь о нем рассказать, Хоул?

— Хоу-ли.

— Прошу прощения, Хоули.

— Ну, она пишет о человеке по имени Эванс. И, судя по всему, именно его она держит за руку на фотографии над письменным столом.

— Мы проверили, — сказал Лебье. — Похоже, что это Эванс Уайт.

— Вот как? — Уодкинс удивленно поднял тонкую бровь.

— О нем нам известно не так много. Родители приехали из Штатов в конце шестидесятых и получили вид на жительство. Тогда это не было проблемой, — добавил Лебье. — Так или иначе, они колесили по стране, практикуя вегетарианство и балуясь марихуаной и ЛСД, по тем временам дело обычное. Потом родился Эванс, родители развелись, и, когда парню было восемнадцать, отец уехал обратно в Штаты. Мать занимается знахарством, сайентологией и всякого рода мистикой. На каком-то ранчо на Золотом берегу она открыла свое заведение, так называемый «Хрустальный храм», и там продает туристам и духовным искателям камни-амулеты и всякое привозное барахло из Таиланда. В восемнадцать лет Эванс решил заняться тем же, что и большинство австралийских подростков. — Он посмотрел на Харри. — То есть ничем.

Эндрю откинулся на спинку кресла и громко пробурчал:

— Да, хорошо просто бродить по Австралии, заниматься серфингом и жить на деньги налогоплательщиков. Отличная социальная система, отличный климат. Отличная у нас страна! — И он снова сел прямо.

— У него уже давно нет определенного места жительства, — продолжил Лебье. — Но нам известно, что не так давно он обитал где-то на окраине Сиднея вместе с «белой рванью». Однако те, у кого мы спрашивали, говорят, он куда-то запропал. Его ни разу не арестовывали. Так что единственное его фото, какое у нас есть, — фотография на паспорт, который он получил в тринадцать.

— Да вы волшебники, — заметил Харри. — Это ж как вам удалось по одной фотографии и имени так быстро отыскать парня среди восемнадцати миллионов?

Лебье кивнул на Кенсингтона.

— Эндрю узнал город на фотографии. Копию фотографии мы отправили в местный полицейский участок, и они выдали нам имя. Оказалось, что там парень «занимает положение в определенных кругах». В переводе на нормальный язык это значит, что он — один из наркобаронов, торгует марихуаной.

— Судя по всему, городок совсем небольшой, — предположил Харри.

— Нимбин, свыше тысячи жителей, — сообщил Эндрю. — Основным занятием было молочное животноводство, до тех пор пока в тысяча девятьсот семьдесят третьем году Австралийское национальное студенческое общество не надумало провести так называемый фестиваль «Аквариус». — На лицах у присутствующих появились ухмылки. — Собственно говоря, лозунгами фестиваля были идеализм, альтернативный образ жизни, возврат к природе и все такое прочее. Газеты только и писали, что о студентах, которые ходили нагишом и занимались сексом направо и налево, не считаясь с приличиями. Праздник длился десять дней, но кое у кого он затянулся. Почва в окрестностях Нимбина плодородная. Для всего. И сейчас я, если можно так выразиться, сомневаюсь, что молочное животноводство там по-прежнему важнейшая статья дохода. На главной улице, в пятидесяти метрах от полицейского участка, находится самый открытый в Австралии рынок, где торгуют марихуаной. Не удивлюсь, если и ЛСД.

— Так или иначе, — подытожил Лебье, — Эванса, если верить полиции, недавно видели в Нимбине.

— В настоящее время губернатор Нового Южного Уэльса развернул борьбу с наркотиками, — вставил Уодкинс. — Должно быть, правительство заставило его ужесточить меры против растущей наркомании.

— Точно, — кивнул Лебье. — Полиция делает аэрофотосъемку полей, засеянных коноплей.

— К делу, — сказал Уодкинс. — Нужно найти этого парня. Кенсингтон, ты, похоже, неплохо ориентируешься в тех краях, а вам, Хоули, будет интересно поездить по Австралии. Маккормак позвонит в Нимбин, предупредит о вашем приезде. Юн, продолжай стучать по клавиатуре и искать, искать, искать. Let's make some good![1]

— Let's have some dinner[2], — бросил Эндрю.

Смешавшись с туристами, они сели на монорельс до бухты Дарлинг, сошли в Харборсайде и расположились на обед в кафе под открытым небом с видом на залив.

Мимо продефилировали длинные ноги на высоких шпильках. Эндрю не постеснялся охнуть и присвистнуть, обратив на себя внимание посетителей. Харри покачал головой.

— Как поживает твой друг Отто?

— Ну... Места себе не находит. Ему предпочли женщину. Говорит, если у твоего любовника кроме тебя есть женщина, он останется с ней, а не с тобой. Не беда, ему не впервой. Как-нибудь переживет.

Харри показалось, что на него упала пара капель. Он удивленно взглянул на небо — и правда, с северо-запада незаметно подкралась тяжелая грозовая туча.

— А как ты узнал Нимбин по фотографии какого-то дома?

— Нимбин? Забыл тебе сказать: я старый хиппи, — осклабился Эндрю. — Всем известно, что те, кто хвастает, будто помнит фестиваль «Аквариус», на самом деле врут. Ну я-то, во всяком случае, помню дома на главной улице. И ощущение, как будто оказался в бандитском городке

---

[1] Давайте сделаем что-нибудь хорошее! *(англ.)* — цитата из фильма Брайана Де Пальмы «Неприкасаемые».
[2] Давайте пообедаем *(англ.)*.

из вестерна, раскрашенном каким-то психом в сиреневый и золотой. Думаю, эти цвета застряли в моем подсознании, так на меня подействовало их сочетание. И я сразу вспомнил про них, увидев ту фотографию.

После обеда Уодкинс созвал еще одно совещание. На этот раз кое-что интересное удалось найти Юн Суэ.

— Я просмотрел все нераскрытые убийства в Новом Южном Уэльсе за последние десять лет и нашел четыре похожих на наше. Трупы найдены в глухих местах: два — в мусорных кучах, один — на опушке леса, возле шоссе, и еще один всплыл в реке Дарлинг. Женщины сперва были изнасилованы и убиты в другом месте, а потом выброшены. И что самое важное, все до одной задушены и у всех на шее были синяки от пальцев.

Юн Суэ ослепительно улыбнулся.

Уодкинс откашлялся:

— Тебя малость занесло, Суэ. Удушение — не такой уж редкий способ убийства, если оно сопряжено с изнасилованием. А география, Суэ? Река Дарлинг — это черт-те где! За сто километров от Сиднея.

— Здесь загвоздка, сэр. Я не могу выявить никакой территориальной закономерности.

Вид у Юна был измученный.

— Тогда не думаю, что на основании того, что за десять лет по всей стране были найдены четыре задушенные женщины...

— Еще кое-что, сэр. У всех них светлые волосы. И не просто светлые, а белые.

Лебье тихо присвистнул. За столом стало тихо.

Лицо Уодкинса оставалось недоверчивым:

— Юн, ты можешь сделать кое-какие подсчеты? Посмотри статистику, прикинь, как эти дела с ней соотносятся, насколько они выходят за рамки обычного, чтобы нам не бить тревогу раньше времени. Для большей надежности проверь всю Австралию. Разбери в том числе нераскрытые случаи изнасилования. Может, там что найдется.

— На это уйдет какое-то время. Но я постараюсь, сэр, — снова улыбнулся Юн.

— Хорошо. Кенсингтон и Хоули, почему вы еще не в Нимбине?

— Уезжаем завтра утром, сэр, — ответил Эндрю. — В Литгау свежий случай изнасилования, и я хочу сначала заняться им. Мне кажется, здесь возможна какая-то связь с нашим делом. Мы как раз собирались туда отправиться.

Уодкинс наморщил лоб.

— Литгау? Кенсингтон, мы работаем в команде. А это значит, обсуждаем и координируем наши действия, а не просто мечемся, как нам в голову взбредет. По-моему, мы здесь не обсуждали никакого изнасилования в Литгау.

— У меня предчувствие, сэр.

Уодкинс вздохнул:

— Ну да, Маккормак говорит, что у вас какая-то там особая интуиция...

— У нас, аборигенов, связь с миром духов сильнее, чем у вас, бледнолицых.

— В моем отделении, Кенсингтон, подобные соображения в расчет не берутся.

— Я просто пошутил, сэр. Но это дело интересует меня и по другой причине.

Уодкинс покачал головой:

— Ладно, только не пропусти, пожалуйста, утром свой самолет.

По шоссе они доехали до Литгау — промышленного городка с десятью-двенадцатью тысячами жителей, напомнившего Харри большой поселок. Возле полицейского участка горел проблесковый маячок, бросая осколки синего света на стоящий рядом столб.

Начальник полиции принял их радушно. Он оказался добродушным толстяком с немыслимым двойным подбородком и фамилией Ларсен. У него были дальние родственники в Норвегии.

— У вас в Норвегии есть знакомые Ларсены? — спросил он.

— И не один, — ответил Харри.

— Да, бабушка рассказывала, что у нас там большая семья.

— Это точно.

Дело об изнасиловании Ларсен помнил хорошо.

— По счастью, в Литгау такое нечасто. Случилось это в начале ноября. Женщина возвращалась домой с фабрики, с ночной смены. В переулке ее сбили с ног, посадили в машину и увезли. Угрожая жертве ножом, преступник отвез ее в лес у подножья Голубых гор, где изнасиловал на заднем сиденье. Он уже схватил ее за шею и начал душить, когда услышал позади автомобильный сигнал. Водитель ехал в загородный дом и, решив, что помешал влюбленной парочке, не стал выходить из машины. Пока насильник перебирался на переднее сиденье, женщина успела выскочить и бросилась ко второй машине. Насильник понял, что его дело плохо, нажал на газ и уехал.

— Кто-нибудь заметил номер автомобиля?

— Нет, ведь было темно, да и все произошло слишком быстро.

— А женщина успела разглядеть преступника? Обратила внимание на особые приметы?

— Конечно. Ну, то есть... В общем, было темно.

— У нас с собой есть одна фотография. А у вас есть адрес той женщины?

Ларсен достал архивную папку и, тяжело дыша, начал листать страницы.

— И еще, — сказал Харри. — Вы не знаете, она не блондинка?

— Блондинка?

— Ну да, у нее случайно не светлые волосы? Может, белые?

Дыхание Ларсена стало еще тяжелее, двойной подбородок затрясся. Харри понял, что толстяк смеется.

— Нет, не думаю, приятель. Она — куури.

Харри вопросительно посмотрел на Эндрю.

— Она черненькая, — устало пояснил тот.

— Как уголь, — добавил Ларсен.

— Куури — это название племени? — спросил Харри, снова оказавшись в машине.

— Ну, не совсем, — сказал Эндрю.

— Не совсем?

— Долго рассказывать. В общем, когда в Австралию прибыли белые, там уже было шестьсот-семьсот местных племен — это семьсот пятьдесят тысяч жителей. Они говорили на двухстах пятидесяти языках, иные из которых были так же не похожи, как английский и китайский. Но благодаря огнестрельному оружию, невиданным дотоле болезням, расовой интеграции и другим благам, которые принесли с собой белые, местное население заметно сократилось. Вымирали целые племена. И когда от изначальной племенной структуры ничего не осталось, тех, кто выжил, стали обозначать общими названиями. Здесь, на юго-востоке, аборигенов называют «куури».

— А скажи мне, почему ты сразу не проверил, блондинка она или нет?

— Я ошибся. Наверное, какой-то компьютерный сбой. Что, у вас в Норвегии такого не бывает?

— Эндрю, ты понимаешь, что на такие марш-броски у нас сейчас нет времени?

— Почему? У нас даже есть время, чтобы тебя развеселить, — и Эндрю резко повернул направо.

— Куда мы едем?

— Вообще-то на Австралийскую ярмарку сельскохозяйственной продукции.

— Ярмарку? Эндрю, у меня сегодня вечером встреча!

— Да? Думаю, с «Мисс Швеция»? Да ладно, успокойся, успеешь! Но должен тебя предупредить как представителя правоохранительных органов: личные отношения с потенциальным свидетелем могут привести к...

— Ну разумеется, этот ужин имеет отношение к расследованию. У меня к ней кое-какие вопросы.

— Да-да, конечно.

Рыночная площадь казалась обширной проплешиной среди густо посаженных фабричных корпусов и гаражей. Когда Харри и Эндрю подъехали к большому шатру, воздух еще был насыщен выхлопными газами — только что прошли гонки на тракторах. На площади кипела жизнь: повсюду шумели и кричали, улыбались и пили пиво.

— Чудная смесь праздника и базара, — объявил Эндрю. — Такого в Норвегии не увидишь.

— Ну... у нас есть праздник «мартнад».

— «Ма-а-ар...» как?

— Не важно.

Возле шатра пестрели большие плакаты. «Команда боксеров Джима Чайверса» — гласила огромная огненная надпись. Ниже помещалась фотография десяти боксеров, очевидно из этой команды. Тут же вкратце сообщалось о каждом: имя, возраст, место рождения, вес. И в самом низу слова: «Ты готов принять вызов?»

Внутри шатра, на ринге, в тусклом пучке света разминался первый боксер. Он прыгал в развевающемся блестящем халате и отрабатывал удары. К неописуемому восторгу зрителей, на ринг вылез полный мужчина средних лет в потрепанном смокинге. Похоже, его здесь знали, потому что со всех сторон послышалось одобрительное скандирование: «Тер-ри! Тер-ри!»

Терри жестом прекратил крики и взял свисающий сверху микрофон. «Леди и джентльмены! — возгласил он. — Кто поднимет брошенную перчатку?» Одобрительный гул. Далее последовала длинная и витиеватая ритуальная речь о «благородном искусстве самозащиты», о почете и славе и о непростых отношениях с властями, которые осуждают бокс как проповедь жестокости. И в конце — тот же вопрос: «Кто поднимет брошенную перчатку?»

Кое-кто из зрителей поднял руку, и Терри жестом подозвал их. Добровольцы выстроились в очередь у письменного стола, где им, по всей видимости, давали что-то подписывать.

— Что сейчас происходит? — спросил Харри.

— Эти ребята приехали из разных уголков страны, чтобы сразиться с кем-нибудь из боксеров Джима Чайверса. Победивший получит большие деньги и — что еще важнее — почет и славу. А сейчас они подписывают заявление, что находятся в добром здравии и понимают, что с этого момента организатор снимает с себя какую бы то ни было ответственность за внезапные изменения в их самочувствии, — объяснил Эндрю.

— Неужели это законно?

— Ну как сказать, — протянул Эндрю. — Вроде бы это запретили в семьдесят первом, поэтому пришлось слегка изменить форму. Понимаешь, в Австралии у подобных развлечений давние традиции. Имя Джимми Чайверса сейчас только этикетка. Настоящий Джимми разъезжал с командой боксеров по всей стране после Второй мировой. В чутье ему не откажешь! Позже некоторые из его ребят стали мастерами. Кого только не было в его команде: китайцы, итальянцы, греки. И аборигены. Добровольцы сами могли выбирать, против кого драться. И если ты, к примеру, антисемит, то вполне мог выбрать себе еврея. Хотя было очень вероятно, что это еврей тебя побьет, а не ты его.

Харри хохотнул:

— Но ведь это только разжигает расизм?

Эндрю почесал подбородок:

— Да как сказать. Во всяком случае, так можно было выплеснуть накопившуюся агрессию. В Австралии люди привыкли уживаться с разными культурами и расами. В общем-то получается неплохо. Но без трений все равно не обходится. И тогда уж лучше намять друг другу бока на ринге, а не на улице. Возьмем, скажем, борьбу аборигенов с белыми. За такими матчами всегда очень внимательно следили. Если абориген из команды Джимми Чайверса побеждал, в родном поселке он становился героем. И несмотря на все унижения, люди начинали гордиться собой и становились сплоченнее. Не думаю, чтобы это разжигало расовую вражду. Когда черный колотил белых, его скорее уважали, чем ненавидели. Если так посмотреть, австралийцы — спортивная нация.

— Ты рассуждаешь как деревенщина.

Эндрю рассмеялся:

— Почти угадал. Я окер. Одинокий человек из сельской местности.

— Совсем не похож.

Эндрю рассмеялся еще громче.

Начался первый поединок. В одном углу ринга — низенький и плотный рыжий паренек, который притащил сюда собственные перчатки и собственную группу поддержки. В другом — боксер из команды Чайверса, тоже рыжий, но еще ниже ростом.

— Ирландец против ирландца, — с видом знатока заметил Эндрю.

— Особая интуиция? — поинтересовался Харри.

— Нет, нормальное зрение. Рыжие — значит, ирландцы. Выносливые, черти, — драка затянется.

— Бей-бей, Джонни! Бей-бей-бей! — вопила группа поддержки.

Они успели повторить свою кричалку еще дважды, потом поединок закончился. Три удара по носу отбили у Джонни всякую охоту продолжать.

— Да, ирландцы теперь уже не те, что раньше, — вздохнул Эндрю.

А на следующий бой уже вовсю делали ставки. Народ толпился вокруг двух букмекеров в широкополых кожаных шляпах, крича во все горло и протягивая немнущиеся австралийские купюры. Разговор с букмекером длился недолго, записей никто не делал, о том, что ставка принята, сообщали коротким кивком.

— Во что превратился игорный устав! — посетовал Эндрю и выкрикнул три-четыре слова, которые Харри не разобрал.

— Что ты сейчас сделал?

— Поставил сотню на то, что боец Чайверса победит до конца второго раунда.

— Ты думаешь, тебя кто-нибудь услышал?

Эндрю ухмыльнулся. Ему, очевидно, нравилось читать лекции.

— Неужели ты не увидел, что букмекер поднял одну бровь? Это, дружище, называется многозадачностью. Частично врожденное свойство, частично — наживное. Умение слушать несколько вещей сразу, пропускать мимо ушей шум и видеть только главное.

— Слышать.

— И слышать. Пробовал когда-нибудь? В жизни пригодится.

Громкоговорители затрещали, и Терри, снова взяв микрофон, представил Робина Тувумбу по прозвищу Мурри из команды Чайверса и Бобби Пейна по прозвищу Лобби, местного богатыря, который с ревом выпрыгнул на ринг, сорвал с себя футболку и выпятил мощную волосатую грудь и накачанные плечи. Послав воздушный поцелуй прыгающей возле ринга женщине в белом, Бобби с помощью двоих помощников стал натягивать перчатки. В зале послышался гул: на ринг вылез Тувумба — высокий боксер, необычайно черный и красивый.

— Мурри? — переспросил Харри.

— Абориген из Квинсленда.

Болельщики Джонни оживились — они вдруг поняли, что могут использовать ту же кричалку и для Бобби. Ударили в гонг, боксеры начали сходиться. Белый выглядел крупнее и почти на голову выше своего черного противника, но невооруженным глазом было видно, что движения у мурри легче и четче.

Ринувшись вперед, Бобби со всей силы обрушился на Тувумбу, но тот ловко увернулся. По толпе прокатился вздох, а женщина в белом выкрикнула что-то ободряющее. Когда Бобби провел еще пару неудачных атак, Тувумба подскочил к нему и осторожно, будто примеряясь, ударил по лицу. Бобби отступил на два шага, при этом лицо у него было такое, будто с него уже хватит.

— Надо было поставить две сотни, — сказал Эндрю.

Тувумба кружил вокруг противника, нанося ему время от времени несильные удары и ускользая от ответных. Мускулистый Бобби пыхтел и ревел от злобы — Тувумба нигде не задерживался больше чем на полсекунды. Зрители начали свистеть. Протянув руку, будто для приветствия, Тувумба двинул противника в живот. Бобби, скорчившись и не двигаясь, остался стоять в углу ринга. Тувумба с озабоченным лицом отступил на пару шагов.

— Добей его, черный сукин сын! — крикнул Эндрю. Тувумба удивленно посмотрел в его сторону, улыбнулся и помахал рукой. — Что ты стоишь как истукан? Работай, придурок! Я на тебя деньги поставил!

Тувумба повернулся было, чтобы нанести Бобби последний удар, но тут раздался гонг. Боксеры разошлись по своим углам, ведущий взял микрофон. Женщина в белом стояла рядом с Бобби и ругалась на чем свет стоит, пока помощники открывали для него бутылку пива.

Эндрю был недоволен:

— Робин не хочет поранить белого, это хорошо. Но никчемный гаденыш должен считаться с тем, что я на него поставил!

— Ты с ним знаком?

— С Робином Тувумбой? Конечно!

Снова гонг, но теперь Бобби стоял в углу и, глядя, как к нему уверенными шагами приближается Тувумба, высоко держал руки, прикрывая голову. Поэтому Тувумба снова ударил его в живот. Бобби снова сложился вдвое. Тувумба обернулся к Терри-ведущему — который также выполнял обязанности судьи, — чтобы тот прекратил бой.

Эндрю вскрикнул, но поздно.

Удар Бобби свалил Тувумбу с ног, и тот шлепнулся на ринг, а когда поднялся снова, противник налетел на него как ураган. Точные удары следовали один за другим, и голова Тувумбы отскакивала взад-вперед, как теннисный мячик. Из носа потекла струйка крови.

— Черт! Hustler![1] — закричал Эндрю.

— Hustler?

— Наш приятель Бобби разыгрывал из себя любителя. Старый трюк, чтобы заставить чайверсовского боксера расслабиться и раскрыться. Наверное, парень — местный мастер. Робин, раззява, тебя провели!

Тувумба заслонил лицо руками и прогнулся, а Бобби продолжал наносить короткие прямые удары левой рукой и тяжелые боковые и апперкоты — правой. Зрители были в восторге. Женщина в белом снова вскочила и прокричала первый слог его имени:

— Бо-о-о...

Терри качал головой. Группа поддержки скандировала новую кричалку:

— Бей-бей, Бобби! Бей-бей-бей! Бобби, Бобби, бей сильней!

— Да-а... Ну все, — вздохнул Эндрю.

— Тувумба проиграет?

— Спятил? — Кенсингтон удивленно взглянул на Харри. — Тувумба его прикончит. Я-то надеялся, что сегодня все обойдется малой кровью.

[1] Мошенник *(англ.)*.

Харри постарался увидеть то, что видел Эндрю. Тувумба откинулся на канаты ринга и, казалось, расслабился, в то время как Бобби молотил его по животу. На мгновение Харри подумал, что он сейчас заснет. Женщина в белом переместилась за спину мурри. Бобби изменил тактику и теперь метил в голову, но Тувумба уходил от ударов, медленно и неторопливо раскачиваясь взад-вперед. Почти как очковая змея, подумал Харри, как...

Кобра!

Бобби замер, не успев довести удар до конца. Голова его была слегка повернута налево, на лице такое выражение, будто он только сейчас что-то вспомнил, глаза закатились, загубник вывалился, переносица сломана, из раны течет кровь. Дождавшись, пока Бобби начнет падать, Тувумба ударил снова. В шатре стало совсем тихо, и Харри услышал, с каким мерзким звуком нос Бобби встретил второй удар. И голос женщины в белом, которая кричала второй слог:

— ...би-и-и-и-и!

Бобби растекся в углу ринга в луже собственной крови.

Терри проскользнул на ринг и сказал, что бой окончен, хотя все и так поняли. В шатре по-прежнему стояла полная тишина, если не считать стука каблуков женщины в белом, когда та выбегала наружу. Спереди ее платье стало красным, а на лице было то же удивление, что и у Бобби.

Тувумба попробовал поднять Бобби на ноги, но его помощники оттащили тело. Послышались слабые и недолгие аплодисменты, но, когда Терри поднял вверх руку Тувумбы, они утонули в свисте. Эндрю покачал головой.

— Значит, сегодня многие поставили на местного бойца, — решил он. — Идиоты! Пойдем получим выигрыш, да надо перекинуться словечком с этим болваном мурри.

— Робин! Ты, недоумок! По тебе тюрьма плачет!

Робин Тувумба по прозвищу Мурри, прижимавший к одному глазу платок со льдом, расцвел в улыбке.

— Тука! Я слышал твой голос. Что, снова потянуло на азартные игры? — негромко спросил он.

Любит, чтобы к нему прислушивались, тут же решил Харри. Голос был приятным и мягким и, казалось, не мог принадлежать боксеру, который только что сломал нос человеку вдвое больше его.

Эндрю шмыгнул носом:

— Азартные игры, говоришь? Хорошо, если я теперь могу позволить себе ставить на ребят Чайверса. Да и то не наверняка. Того и гляди, какой-нибудь белый отморозок тебя проведет. Что тогда?

Харри кашлянул.

— Ах да, Робин, поздоровайся с моим другом. Его зовут Харри Холе. Харри, это Робин Тувумба, самый скверный и опасный маньяк в Квинсленде.

Они поздоровались, и Харри показалось, будто его руку прищемили дверью. Простонал формальное: «Как дела?» и получил в ответ: «Отлично, дружище, как у тебя?» и белозубую улыбку.

— Лучше не бывает. — Харри потер руку. Эта австралийская манера здороваться в гроб его вгонит. А в ответ, по словам Эндрю, должна выражаться искренняя и бурная радость. Вялое «спасибо, ничего» воспринималось здесь как оскорбление.

Тувумба кивком указал на Эндрю:

— Кстати, приятель, Тука говорил, что он в свое время сам боксировал в команде Джима Чайверса?

— Вот именно этого я не знал о... э-э, Туке. Он состоит из одних загадок.

— Тука? — рассмеялся Тувумба. — Да он состоит из одних отгадок. Сам тебе все рассказывает, только надо уметь слышать. Но он, естественно, не сказал, что из команды его попросили уйти потому, что он был слишком опасен? Тука, сколько у тебя на совести сломанных скул, носов и челюстей? Он долго был лучшим боксером в Новом Южном Уэльсе. Но вот беда: совсем не умел себя контролировать, ну нисколько. В конце концов однажды отправил в нокаут судью за то, что тот, по мнению Туки, слишком рано присудил ему победу! Вот это буян так буян! Его дисквалифицировали на два года.

— На три с половиной, — осклабился Эндрю. Очевидно, ему нравилось слушать, как другие рассказывают о его боксерской карьере. — Парень был еще тот придурок, поверь. Я только сбил его с ног, а кости он себе сам все переломал.

Тувумба и Эндрю расхохотались.

— Когда я боксировал, Робин еще пешком под стол ходил. Так что пересказывает все с моих слов, — пояснил Кенсингтон. — Когда удавалось выкроить время, я работал с трудными детьми, среди них был и Робин. Я объяснял, как важно уметь себя контролировать. В назидание напел им пару страшилок про самого себя. Только Робин все понял неправильно и решил пойти по моим стопам.

Тувумба посерьезнел.

— Мы нормальные, славные ребята, Харри. Обычно даем им порезвиться, перед тем как врезать пару раз, чтоб не задавались, понимаешь? Но этот парень умел драться! Такие типы получают то, что заслужили.

Дверь приоткрылась.

— Черт тебя дери, Тувумба! Как будто у нас до этого проблем не хватало! Нет, обязательно надо сломать нос зятю шефа местной полиции! — пробурчал Терри-ведущий и с подчеркнутым недовольством шумно сплюнул.

— Просто рефлекс, шеф, — сказал Тувумба, глядя на жирный бурый плевок. — Такое больше не повторится. — Он незаметно подмигнул Эндрю.

Обнявшись напоследок с Эндрю, Тувумба попрощался с Харри на неизвестном языке, и норвежец поспешил дружески похлопать его по плечу, чтобы избежать рукопожатия.

———

— На каком языке вы говорили под конец? — спросил Харри, когда они сели в автомобиль.

— А, это! Креольский, смесь английского и слов аборигенов. На нем говорят многие аборигены по всей стране. Как тебе бокс?

Харри пожал плечами:

— Интересно было посмотреть, как ты зарабатываешь деньги, но сейчас мы могли бы уже добраться до Нимбина.

— Если бы мы не поехали сюда, то сегодня вечером тебя бы не было в Сиднее, — ответил Эндрю. — Таким женщинам так просто свидания не назначают. Может, потом она станет твоей женой и нарожает тебе маленьких Хоули?

Оба улыбнулись. За стеклом на фоне закатного неба проплывали мимо деревья и маленькие домики.

Засветло в Сидней они не успели, но телевышка посреди города освещала улицы, словно огромная лампа. Эндрю остановился возле лагуны Серкулар, неподалеку от Оперного театра. В свете фар трепыхался маленький нетопырь. Эндрю зажег сигару. Харри понял, что выходить из машины не стоит.

— Нетопырь у аборигенов — символ смерти. Знал?

Харри этого не знал.

— Представь себе населенное место, на сорок тысяч лет отрезанное от всего мира. То есть в этом месте не знали ни иудаизма, ни христианства, ни ислама, потому что между этим местом и ближайшим континентом — целое море. А картина сотворения мира у местных жителей выглядит так. Первым человеком был Бир-рок-бурн. Его вылепил Байме, «несотворенный», который был началом всего и любил все создания свои и заботился о них. Короче, этот Байме — парень хоть куда, и друзья звали его Великий Отеческий Дух. И когда Байме создал Бир-рок-бурну и его жене неплохие в общем условия для жизни, он указал на древо ярран, где был пчелиный улей. «Можете есть все, что захотите, на земле, подаренной вам, но это дерево — мое, — предупредил он их. — Потому не ешьте с него, иначе вам и потомкам вашим достанется на орехи». Ну, в этом роде. Как бы то ни было, однажды, когда Бир-рок-бурн ушел за хворостом, его жена подошла к древу ярран. Сначала она испугалась, увидев перед собой высокое священное дерево, и хотела со всех ног бежать от него, но вокруг было так много хвороста, что она не стала спешить. Кроме того, про хворост Байме ничего не говорил. Собирая хворост, она услышала над собой тихое жужжание, подняла голову и увидела улей и мед, который стекал из улья по стволу дерева. До этого она пробовала мед всего лишь один раз, а тут его было очень много. На вязких желтых каплях играло солнце, и Бир-рок-бурнова жена в конце концов не устояла и полезла на дерево. В то же мгновение со скоростью ветра с дерева слетело ужасное существо с огромными крыльями. И был то нетопырь Нарадарн, которого Байме посадил стеречь священное дерево. Женщина свалилась на землю и кинулась к своей землянке. Но было уже поздно: смерть пришла в мир в образе нетопыря Нарадарна, и проклятие его легло на всех потомков Бир-рок-бурна. И от такого горя заплакало древо ярран горькими слезами. Слезы сбегали вниз по стволу и застывали, и красные клейкие капли до сих пор можно увидеть на коре деревьев ярран.

Эндрю с довольным видом сбил пепел с сигары.

— Ну чем не Адам и Ева, а?

Харри кивнул, признавая, что да, какое-то сходство есть:

— Может быть, иногда у народов в разных уголках планеты просто появляются схожие толкования или фантазии. Может, это врожденное, записано в подсознании. И мы, несмотря на всю нашу непохожесть, рано или поздно все равно приходим к одинаковым ответам.

— Будем надеяться. — Эндрю, прищурившись, вглядывался в сигарный дым. — Будем надеяться.

———

Биргитта пришла в десять минут десятого, когда Харри уже допивал второй стакан колы. На ней было простое белое хлопковое платье, рыжие волосы собраны в симпатичный хвостик.

— Я уж боялся, что ты не придешь, — сказал Харри.

Вроде бы в шутку, но ведь он действительно этого боялся. С того самого момента, как назначил ей встречу.

— Правда? — Она игриво посмотрела на Харри.

Он решил, что вечер обещает быть приятным.

Они заказали свинину под карри, цыпленка с кешью по-китайски и австралийское вино.

— Знаешь, я до сих пор удивляюсь, как тебя занесло так далеко от Швеции.

— Не стоит. В Австралии живет около девяноста тысяч шведов.

— В самом деле?

— Большая волна была перед Первой мировой, потом молодежь потянулась в восьмидесятые, когда в Швеции стала расти безработица.

— А я думал, вы, шведы, не успеете уехать из дома, как начинаете тосковать по родной еде и праздникам.

— Все верно, только это про норвежцев. Да-да! Те норвежцы, с которыми я здесь встречалась, начинали скучать по дому чуть ли не с первых дней, а через пару месяцев возвращались в Норвегию, к своим вязаным свитерам!

— Но Ингер была не из таких?

Биргитта посерьезнела:

— Нет, Ингер была не из таких.

— Почему же она осталась здесь, в Австралии?

— Потому же, что и большинство из нас. Приезжаешь погостить и влюбляешься в страну, погоду, легкую жизнь или какого-нибудь парня. Хочется продлить вид на жительство. Скандинавки без труда находят работу в баре. А потом понимаешь, что это уже твой дом.

— С тобой было примерно то же?

— Примерно да.

Некоторое время они ели молча. Мясо было вкусным и хорошо прожаренным.

— А что ты знаешь о новом парне Ингер?

— Ну, один раз он заглянул в наш бар. Они познакомились в Квинсленде. Думаю, на острове Фрэзер. Он смахивал на тот тип хиппи, который, я думала, уже совершенно вымер, но оказалось, неплохо прижился в Австралии. Длинные волосы, цветастая просторная одежда, сандалии. Как будто только что с пляжа в Вудстоке.

— С пляжа? Но в Вудстоке нет моря, он посреди Нью-Джерси.

— Там ведь, кажется, есть озеро, где купаются? Насколько я помню.

Харри внимательно посмотрел на нее. Биргитта слегка ссутулилась над тарелкой. Возле переносицы сбились в стаю веснушки. Харри подумал, что она очень мила.

— Ты не можешь этого помнить. Ты еще слишком молодая.

Она рассмеялась:

— А ты что, старый?

— Я? Ну, на пару дней, может, постарше. Есть вещи, без которых в моей работе не обойтись. И где-то внутри быстро начинаешь чувствовать себя дряхлым стариком. Но будем надеяться, что я еще не потерял способности ощущать жизнь и себя в ней.

— Ах, бедняжка...

Харри натянуто улыбнулся:

— Думай что хочешь, но я это сказал не чтобы вызвать твое сострадание — хотя, конечно, было бы неплохо, — просто так оно и есть.

Харри подозвал проходящего мимо официанта и заказал еще вина.

— Всякий раз, когда копаешься в убийстве, это оставляет свой след. К сожалению, копаться приходится не в тех мотивах, о которых писала Агата Кристи, а больше в чужом грязном белье и просто в дерьме. Раньше я казался себе эдаким рыцарем правосудия, но со временем все больше чувствую себя мусорщиком. Обычно убийцы — жалкие люди, и не так уж сложно найти как минимум десять причин, почему они стали такими. В итоге остается одно-единственное чувство — раздражение. Оттого, что они хотят не просто разрушить свою жизнь, но, падая, прихватить еще и других. Это, конечно, звучит несколько сентиментально...

— Извини, не хотела казаться циничной. Я понимаю, о чем ты говоришь, — сказала она.

Пламя свечи между ними дрогнуло от легкого ветерка с улицы.

Биргитта заговорила о себе и своем друге: как они четыре года назад собрали в Швеции свои вещи и с рюкзаками за спиной прибыли в Австралию. Как пешком и на автобусах добирались от Сиднея до Кернза, ночуя в палатках и дешевых гостиницах для таких же бродяг, иногда подрабатывая в этих же гостиницах внештатными администраторами и поварами. Как выбрались к самому Большому Барьерному рифу, как ныряли в океане, плавали бок о бок с черепахами и молот-рыбами. Как, затаив дыхание, смотрели на древнюю скалу Айрес-рок. Как на сэкономленные деньги купили билет на поезд «Аделаида — Алис-Спрингс», как в Мельбурне побывали на концерте группы «Crowded House» и, вконец измотанные, очутились в сиднейском мотеле.

— Удивительно, как хорошее порой оборачивается плохим.

— Плохим?

Биргитта вздохнула. Может, подумала, что рассказала этому навязчивому норвежцу слишком много?

— Не знаю, как объяснить. По дороге мы, наверное, что-то потеряли. То, что раньше принимали как само собой разумеющееся. Со временем мы перестали замечать, а потом забыли друг друга. Просто попутчики. Было хорошо. Ведь и номер на двоих снимать дешевле, и в палатке вдвоем ночевать спокойнее. Он нашел себе в Нузе богатенькую немку, а я поехала дальше, чтобы лишний раз не напоминать о себе. Наплевать на все. Когда он приехал в Сидней, я сказала, что встречаюсь с одним американцем, фанатом серфинга. Не знаю, поверил ли он, а может, понял, что я просто пытаюсь поставить в наших отношениях точку. В том сиднейском мотеле мы пробовали ссориться, но и это не спасло наши отношения. Я попросила его уехать в Швецию и сказала, что приеду следом.

— Наверное, он уже заждался.

— Мы были вместе шесть лет. Веришь, я даже не помню, как он выглядит.

— Верю.

Биргитта снова вздохнула.

— Не думала, что все так получится. Я была уверена, что мы поженимся, заведем детей и поселимся где-нибудь в предместье Мальмё. И у нас будет дом с садиком, и каждое утро перед дверью будет лежать свежая газета. А теперь... теперь я уже почти забыла, как звучит его голос, или как хорошо нам было вместе, или как... — Она посмотрела на Харри. — Или как он из вежливости терпел мою болтовню после пары бокалов вина.

Все это время Харри улыбался. Бутылки вина ему явно не хватило, но Биргитта это никак не прокомментировала.

— Я не из вежливости, я из интереса, — сказал Харри.

— Ну тогда расскажи что-нибудь о себе, кроме того, что ты работаешь в полиции.

Биргитта наклонилась к нему, и Харри заставил себя не смотреть в вырез ее платья. Но теперь он почувствовал легкий запах ее духов и жадно втянул его носом. Стоп, стоп! Держать себя в руках! Эти сволочи у Карла Лагерфельда и Кристиана Диора знают, как свести мужчину с ума.

Запах был волшебный!

— Значит, так, — начал Харри. — У меня есть старшая сестра, мать умерла несколько лет назад, сам я живу в Осло — снимаю в Тёйене квартиру, едва свожу концы с концами. Долгих романов в моей жизни не было, кроме, пожалуй, одного.

— Правда? И сейчас у тебя тоже никого нет?

— Ну, не совсем. Так, пара женщин, с которыми я играю в какие-то глупые и бессмысленные игры. Иногда я звоню им, иногда они — мне.

Биргитта нахмурилась.

— Что-то не так? — спросил Харри.

— Не знаю, как я отношусь к такого рода мужчинам. И женщинам. В этом я несколько старомодна.

— Но теперь все это, естественно, в прошлом, — поднял бокал Харри.

— Не сказать, чтобы мне понравились твои блестящие ответы.

Они чокнулись.

— Что же ты прежде всего ценишь в мужчинах?

Приняв позу мыслителя, она какое-то время молча смотрела в пустоту, прежде чем ответить:

— Не знаю. Наверное, легче будет сказать, что мне в мужчинах не нравится.

— Так что же? Помимо блестящих ответов.

— Мне не нравится, когда мне устраивают проверки.

— Тебя это сильно задевает?

Биргитта улыбнулась:

— Мой тебе совет, Казанова: если хочешь очаровать женщину, дай ей понять, что она уникальна, что к ней у тебя особое отношение, не такое, как к остальным. Парням, которые цепляют девушек в барах, этого не понять. Да и развратникам вроде тебя — тоже.

Харри рассмеялся:

— Говоря «пара», я имел в виду «две». А «пара» я сказал потому, что это звучит немного иначе, вроде как... «три». Одну недавно бросил молодой человек, ну, по ее словам. В последний раз она благодарила меня за то, что я такой... неискусственный, а наши отношения — такие... наверное, ни к чему не обязывающие. Другая — это женщина, с которой я давно уже поддерживаю ненавязчивые отношения, и она настаивает, что поскольку начал их я, то я же обязан обеспечивать ее каким-то минимумом личной жизни, пока один из нас не найдет себе что-то взамен. Погоди, а с чего это я оправдываюсь? Я обычный парень, мухи не обижу. Думаешь, я кого-то здесь пытаюсь очаровать?

— Конечно. Ты пытаешься очаровать меня. И не отрицай!

Отрицать Харри не стал.

— Ладно. И как у меня получилось?

Она задумчиво взяла бокал, отпила из него и ответила:

— Нормально. Во всяком случае, сносно. А вообще нет, отлично. Вполне.

— Звучит как «на пять с минусом».

— Вроде того.

Рядом с заливом было темно и почти безлюдно. Дул свежий ветер. На лестнице Оперного театра фотограф что-то объяснял необычайно тучным новобрачным. Тем явно не нравилось то и дело переходить с места на место, да и неудивительно при их телесах. Но наконец идеальный вариант был найден, и они закончили фотосессию с улыбками, смехом и, возможно, слезами.

Харри и Биргитта наблюдали эту картину с балюстрады.

— Вот что значит лопаться от радости, — сказал Харри. — Или по-шведски так не говорят?

— Почему нет? Бывает, человек так счастлив, что и по-шведски можно сказать: он лопается от радости. — Биргитта вынула из волос заколку и подставила лицо ветру. — Бывает, — повторила она чуть слышно.

Она стояла лицом к морю, и ветер развевал ее огненные волосы, так что они походили на щупальца огромной медузы.

Харри раньше и не подозревал, что медузы бывают такими красивыми.

4

Городок Нимбин, Коре Виллок и Элис Купер

Самолет приземлился в Брисбене, когда у Харри на часах было одиннадцать, но стюардесса по громкой связи настаивала, что всего десять.

— Здесь, в Квинсленде, время не делят на зимнее и летнее, — объяснил Эндрю. — Были настоящие политические баталии, но в итоге фермеры собрались на референдум и высказались против.

— Такое чувство, что это большая деревня.

— Вроде того. Еще недавно парней с длинными волосами сюда просто не пускали. Это было запрещено.

— Шутишь?

— Квинсленд — особая статья. Скоро отсюда погонят бритоголовых.

Харри улыбнулся и провел рукой по бритому затылку.

— Что еще?

— Да, если ты привез с собой марихуану, оставь ее лучше в самолете. В Квинсленде к наркоманам относятся строже, чем в остальных штатах. Неудивительно, что фестиваль «Аквариус» проводили именно здесь — прямо на границе с Новым Южным Уэльсом.

Первой их целью было найти машину. В конторе по прокату оказалась свободной и исправной только одна.

— Зато в Квинсленде есть места вроде острова Фрэзер, где познакомились Ингер Холтер и Эванс Уайт. По большому счету остров этот — просто огромный пляж, но есть на нем и тропический лес, и озера с чистейшей в мире водой. А песок до того белый, что пляж кажется мраморным. Такой песок называют силиконовым — из-за повышенного содержания кремния. Из него можно сразу лепить компьютеры.

— Страна изобилия, верно? — Парень за стойкой протянул ключ.

— «Форд эскорт»? — Эндрю в задумчивости потер нос, но потом все-таки согласился, спросив только: — Неужели они еще существуют?

— Особое предложение, сэр!

— Не сомневаюсь.

Солнце добела раскалило Тихоокеанское шоссе, и построенные из стекла и бетона небоскребы Брисбена светились, как хрустальная люстра.

— Красиво, — сказал Харри. — Так правильно и чисто. Как будто этот город кто-то нарисовал.

— Ты недалек от истины. Брисбен в общем-то молодой город. Не так давно здесь было просто большое село со стотысячным населением. Если хорошенько приглядеться, у местных до сих пор ноги колесом. Сейчас город похож на подновленную кухню в крестьянском доме: блестящий, броский и деловой. А вокруг бродят задумчивые коровы.

— Ты нарисовал симпатичную картину, Эндрю.

— Не выпендривайся.

Они ехали по шоссе на восток. Вокруг простирались зеленые холмы, перемежавшиеся лесом и возделанными полями.

— Добро пожаловать в австралийскую деревню, — объявил Эндрю.

Миновали пасущихся коров, проводивших их безразличным взглядом.

Харри рассмеялся.

— Что еще? — спросил Эндрю.

— Видел карикатуру Ларсона[1], где две коровы стоят на задних ногах, разговаривают, курят и одна кричит: «Осторожно, машина!»?

---

[1] *Гэри Ларсон* (р. 1950) — известный американский карикатурист, автор серии «По ту сторону».

Пауза.

— Кто такой Ларсон?

— Ладно, проехали.

Мимо проносились низенькие деревянные домики, непременно с верандами, сетками от комаров и пикапами перед дверью, меланхоличные рабочие лошади с широкими крупами, пасеки и блаженствующие в грязи свиньи. Дорога становилась все уже. Перевалило за полдень, когда они остановились на заправку в маленьком городке. Если верить вывеске, он назывался Юки и уже два года претендовал на звание самого чистого города в Австралии.

— Ну и ну! — воскликнул Харри, когда они приехали в Нимбин.

Центр города (около ста метров) был разукрашен во все цвета радуги. Харри увидел персонажей, знакомых ему по фильмам Чича и Чонга.

— Это же семидесятые! — выдохнул он. — Смотри, там стоит Питер Фонда и обнимается с Дженис Джоплин.

Они медленно поехали по улице, провожаемые застывшими взглядами изображений.

— Фантастика! Не думал, что такие места еще существуют. Умереть со смеху!

— Почему? — спросил Эндрю.

— Тебе это не кажется забавным?

— Может быть, — пожал плечами Эндрю. — Сегодня, конечно, легко смеяться над этими чудаками. Я знаю, что ребята, которые верили во flower-power generation[1], были дуралеями, они только и делали, что бренчали на гитарах, читали стихи собственного сочинения и трахали друг друга. Что организаторы фестиваля в Вудстоке разгуливали, нацепив галстуки, и давали смехотворные интервью, над

---

[1] Поколение детей цветов (англ.).

наивностью которых потешаются до сих пор. Но еще я знаю, что без их идей наша жизнь была бы совершенно другой. Может, сегодня такие лозунги, как «мир» и «любовь», кажутся затертыми, но мы, те, кто вырос в то время, в них верили. Всей душой.

— А не староват ты был для хиппи, Эндрю?

— Да. Староват. Я был опытным и коварным хиппи, — улыбнулся он. — Но скольким девочкам дядя Эндрю открыл двери в волшебный мир любви!

Харри похлопал товарища по плечу.

— Старый развратник, мне-то казалось, ты только что толковал про идеализм.

— Это и был идеализм! — возмутился Эндрю. — Не мог же я доверить эти нежные бутоны какому-то неуклюжему прыщавому подростку, чтобы девушка до конца семидесятых страдала от душевной травмы.

— Так вот в чем важнейший вклад семидесятых в развитие общества?

Эндрю покачал головой:

— Дух, приятель. Это наш дух. Дух свободы. Веры в человека. В возможность построить что-то новое. Пусть Билл Клинтон заявляет, что в то время не курил марихуану, — он вдыхал тот же воздух, тот же дух, что и все мы. А это как-то влияет на то, кем ты станешь. Черт возьми! Нужно было вообще не дышать, чтобы не вдохнуть частичку того, что витало в воздухе! Так что смейся, Харри Хоули. Через двадцать лет, когда забудутся клёши и глупые стихи, мысли того поколения предстанут совсем в другом свете, попомни мои слова!

Но Харри все равно рассмеялся:

— Не обижайся, Эндрю, но я принадлежу к уже другому, следующему поколению. И как вы смеялись над узкими рубашками и бриллиантиновыми проборами пятидесятых, так и мы смеемся над вашими «махатмами» с цветами в волосах. Думаешь, современные подростки не смеются над такими, как я? Так было всегда. Но здесь, кажется, семидесятые затянулись?

Эндрю махнул рукой:

— Думаю, у нас в Австралии просто очень хорошие почва и климат. Движение хиппи никогда не исчезало — оно изменилось, влившись в Новую эру. В любой книжной лавке хотя бы одна полка отводится для книг об альтернативном образе жизни, целительстве, контакте с внутренним «я» и о том, как избавиться от вещизма и жить в гармонии с самим собой и окружающим миром. Но разумеется, не все курят травку.

— Нет, Эндрю, это не Новая эра. Это старые добрые обкуренные хиппи, ни больше, ни меньше.

Эндрю выглянул в окно и усмехнулся. На скамейке у дороги сидел человек с длинной седой бородой и в куртке и на пальцах показывал им букву V — знак победы. Рядом была вывеска с изображением старого желтого вагончика хиппи и надписью «Музей марихуаны». И ниже — маленькими буквами: «Вход один доллар. Если нет таких денег, все равно заходи».

— Местный музей наркоты, — объяснил Эндрю. — В основном барахло, но есть пара интересных фотографий из мексиканской поездки Кена Кизи, Джека Керуака и других бравых ребят, которые экспериментировали с галлюциногенными наркотиками.

— ЛСД тогда считали безопасным?

— И секс тогда был безопасным. Славное было времечко, Харри Хоули. Тебе бы понравилось.

Остановившись в начале главной улицы, они вышли из машины и повернули обратно. Харри снял полицейские очки «рэй-бен» и постарался ничем не походить на стража порядка. Денек в Нимбине, очевидно, выдался тихий, и Харри с Эндрю шли сквозь строй торговцев, кричащих: «Хорошая травка!», «Эй, ребята, лучшая травка в Австралии!», «Травка из Папуа — Новой Гвинеи, уносит только так!»

— Папуа — Новой Гвинеи! — фыркнул Эндрю. — Даже здесь, в столице марихуаны, некоторые воображают, будто за границей травка лучше. Хочешь совет? Покупай австралийскую!

Сидящая на табурете перед «музеем» беременная, но все равно тощая женщина помахала им рукой. Ей могло быть от двадцати до сорока. Одежда просторная и цветастая, причем рубашка застегнута только на верхние пуговицы, так что виден круглый, с туго натянутой кожей живот. Харри показалось, что он ее уже где-то видел. Зрачки сильно расширены, поэтому сомневаться не приходится: на завтрак было что-то покрепче марихуаны.

— Looking for something else?[1] — спросила она, видя, что парни вовсе не собираются покупать марихуану.

— Н-нет... — начал Харри.

— Acid. Кислота. Хотите ЛСД? — Она наклонилась вперед и говорила быстро и настойчиво.

— Нет, ЛСД мы не хотим, — тихо и уверенно ответил Эндрю. — Мы здесь за другим. Ясно?

Она продолжала сидеть, уставившись на них. Эндрю уже собрался идти дальше и потянул за собою Харри, но женщина вдруг вскочила с табуретки (необычайно резво для беременной) и ухватила Эндрю за рукав.

— Хорошо. Но не здесь. Встретимся в пабе через дорогу. Я подойду минут через десять.

Эндрю кивнул, и женщина с круглым животом быстро зашагала вниз по улице в сопровождении маленького щенка.

— Знаю, о чем ты думаешь, Харри. — Эндрю зажег сигару. — О том, что нехорошо обманывать сердобольную мадам: мол, нам нужен героин. И что в ста метрах отсюда — полицейский участок, где мы можем все разузнать об

---

[1] Ищете что-то еще? *(англ.)*

Эвансе Уайте. Но у меня есть чувство, что так пойдет быстрее. Пойдем глотнем пива и посмотрим, что из этого всего выйдет.

Через полчаса в почти пустой бар зашла та самая сердобольная мадам в сопровождении парня, на вид такого же запуганного, как и она сама. Парень смахивал на графа Дракулу в исполнении Клауса Кински: весь в черном, бледный и тощий, с синими кругами вокруг глаз.

— Вот это забота о покупателях, — прошептал Эндрю. — Самолично проверять качество товара.

Сердобольная мадам и «Дракула» торопливо приблизились к столику. «Вампиру» явно не хотелось проводить много времени при свете дня, поэтому он сразу перешел к делу:

— Сколько заплатите?

Эндрю демонстративно продолжал сидеть к нему спиной.

— Мне лишних ушей тут не надо, — бросил он, не оборачиваясь.

«Дракула» зыркнул на сердобольную мадам, и та, сделав недовольное лицо, удалилась. Очевидно, она получала с каждой сделки какую-то долю, и, как большинство наркоторговцев, они с «Дракулой» не особо друг другу доверяли.

— У меня с собой ничего нет, а если вы копы, я вам яйца отрежу. Покажите сначала бабки, и я вас кое-куда отведу. — Он говорил быстро и нервно, а глаза у него беспрестанно бегали.

— Далеко? — осведомился Эндрю.

— It's a short walk but a lo-ong trip[1], — и он коротко осклабился.

— Ладно, хватит. Заткнись и сядь, — приказал Эндрю и показал ему полицейский значок.

[1] Идти близко, но унесет вас о-очень далеко *(англ.)*.

«Дракула» ошарашенно посмотрел на него. Харри встал и сунул руку за спину, будто собираясь достать из кобуры пистолет. Но «Дракуле» не захотелось проверять, есть ли у него оружие. Он послушно плюхнулся на стул перед Эндрю.

— Что за беспредел? Я ж говорю, у меня ничего с собой нет!

— Полагаю, ты знаком с местным шерифом и его помощником? Они, думаю, тоже с тобой знакомы. А вот знают ли они о том, что ты занялся «большой дурью»?

«Вампир» пожал плечами:

— А кто тут говорил о «большой дури»? Я думал, вы за травкой...

— Ну еще бы. О «герике» никто и не заикался. И не заикнется, если ты потрудишься кое-что нам рассказать.

— Да вы рехнулись? Стану я башкой рисковать и стучать только потому, что два нездешних копа, у которых ничего на меня нет, вламываются и...

— Стучать? Мы встретились, не смогли договориться о цене на товар, и все. К тому же у тебя есть свидетель — она подтвердит, за каким делом мы явились. Если будешь паинькой, больше нас не увидишь. Мы вообще здесь больше не появимся.

Эндрю закурил, щурясь, посмотрел на бедного «вампира» и выпустил дым ему в лицо.

— А вот если не будешь паинькой, мы выйдем отсюда с полицейскими значками на груди. Потом тут кого-нибудь арестуют, и сомневаюсь, что после этого к тебе станут лучше относиться. Не знаю, как часто здесь, как ты выразился, отрезают яйца стукачам, potheads[1] — обычно ребята мирные. Но они ведь кое-что про тебя знают, и я не удивлюсь, если в один прекрасный вечер к тебе завалится шериф с обыском — так, ни с того ни с сего — и перевернет все вверх дном. Potheads не любят конкурентов,

---

[1] Люди, которые торгуют или балуются травкой *(англ.)*.

торгующих тяжелыми наркотиками. К тому же стукачей. А что тебе светит, если у тебя найдут столько героина, думаю, ты знаешь.

Он снова пустил дым в лицо «Дракуле». Не каждый день выпадает такое удовольствие, подумал Харри.

— Итак, — сказал Эндрю, так и не дождавшись ответа. — Эванс Уайт. Где он? Кто он? И как его найти? Ну!

«Дракула» затравленно огляделся. Большая голова со впалыми щеками и тонкая шея делали его похожим на грифа, который присел полакомиться падалью, но боится, как бы не вернулись львы.

— Это все? — спросил он. — Или еще что-нибудь?

— Больше ничего, — бросил Эндрю.

— А откуда мне знать, вдруг вы вернетесь и потребуете чего-нибудь еще?

— Ниоткуда.

«Дракула» кивнул, будто именно такого ответа и ждал.

— Хорошо. Он пока не бог весть какая шишка, но, слышал, идет в гору. Работал на мадам Россо, здешнюю королеву марихуаны, а сейчас вот открыл свое дело. Травка, ЛСД... морфий, наверное. Травка у него та же, что и у нас всех, местная. Но у него в Сиднее какие-то свои связи. Он возит травку туда, а оттуда привозит дешевую и хорошую кислоту. ЛСД сейчас особо ценится.

— А разве не экстези и героин?

— С чего бы? — скривился наркоторговец.

— Ну, так обстоят дела там, откуда я приехал: считается, что половина английских подростков старше шестнадцати после волны «хауса»[1] пробовали экстези. А после фильма «На игле» героин стал наркотиком номер...

— Что? «Хаус»? «На игле»? — «Вампир» непонимающе уставился на него.

---

[1] «Хаус» (англ. house) — возникшее в 1980-х гг. музыкальное направление, получило распространение среди наркоманов.

Харри уже замечал, что о последних событиях в мире наркоманы не имеют ни малейшего представления.

— Как можно найти Эванса? — потребовал Эндрю.

— Он часто бывает в Сиднее, но на днях я видел его здесь. У него есть сын. От телки из Брисбена, которая раньше тут ошивалась. Не знаю, где она сейчас, но сын живет у папаши, тут, в Нимбине.

И он вкратце рассказал, как найти дом Эванса.

— Какой из себя этот Уайт? — продолжал Эндрю.

— Да как бы объяснить... — Вампир почесал гладкий подбородок. — Смазливый придурок. Кажется, теперь это так называют.

Ни Эндрю, ни Харри понятия не имели, как это теперь называют, но оба понимающе кивнули.

— Общаться с ним легко, но не завидую его девушке, если вы понимаете, о чем я.

Оба непонимающе помотали головами.

— Он ведь бабник и одной телкой не довольствуется. Бабы его вечно скандалят — кричат и орут. И никто не удивляется, когда какая-нибудь из них ходит с фингалом.

— Хм. Ты не знаком с одной норвежкой, блондинкой по имени Ингер Холтер? На прошлой неделе ее труп нашли в заливе Уотсона в Сиднее.

— Да? Ни разу о ней не слыхал. — Газет он, видно, тоже не читал.

Эндрю затушил сигару. Они с Харри встали.

— Я точно могу рассчитывать на ваше молчание? — недоверчиво спросил «Дракула».

— Конечно, — ответил Эндрю и направился к выходу.

Полицейский участок тоже располагался на главной улице, метрах в ста от музея, и походил на обычный жилой дом. Однако вывеска, пусть и убогая, ясно указывала, что это именно полицейский участок. Внутри, в просторной комнате, за огромными столами сидели шериф и его помощник. Кроме того, в помещении обнаружились диван, кофейный столик, телевизор, премилая коллекция комнатных растений в горшочках и в уголке — книжная полка, на которой стояла кондовая кофеварка. В довершение всего занавески в мелкую клеточку делали полицейский участок как две капли воды похожим на норвежский дачный домик.

— Good day[1], — поприветствовал коллег Эндрю.

Харри вспомнил, как в восьмидесятых то же самое сказал американским телезрителям тогдашний премьер-министр Норвегии Коре Виллок. На следующий день норвежские газеты обрушились на премьера, заявляя, что тот позорит страну своим скверным английским.

— Good day, — ответили шериф и его помощник, которые норвежских газет, очевидно, не читали.

— Меня зовут Кенсингтон, а это — Хоули. Полагаю, вам звонили из Сиднея? Объяснили, кто мы и зачем приехали?

— И да и нет, — ответил тот, кто, по-видимому, был шерифом, бодрый загорелый мужчина лет сорока, с голубыми глазами и крепким рукопожатием. Харри он напомнил папашу из «Скиппи» или какого-нибудь другого сериала, этакого надежного, принципиального и славного австралийского героя. — Мы так до конца и не поняли. Вы, кажется, хотите найти одного типа, но не желаете, чтобы мы его арестовали и отправили к вам? — Шериф встал и подтянул брюки. — Боитесь, мы сядем в галошу? Думаете, здешняя полиция работать не умеет?

— Ничего подобного, шеф. Просто мы знаем, с этой марихуаной у вас своих забот по горло. Вот и решили сами заняться этим делом. Чтобы вас лишний раз не беспокоить. У нас есть адресок, и мы только хотим задать парню пару вопросов.

---

[1] Добрый день (как приветствие в Великобритании считается устаревшим, но в США и Австралии употребляется).

— Что Сидней, что Канберра — без разницы, — проворчал шериф. — Отдаете приказы, шлете своих людей, нас даже в известность не ставите. А на кого потом все шишки валятся?

— Вот-вот, — поддакнул со своего места помощник.

Эндрю кивнул:

— И не говори. У всех такая же беда. Куда ни посмотри, нигде начальство носа на улицу не сунет. Вот и нами, оперативниками, заправляют какие-то канцелярские крысы с посредственными дипломами юристов и заветной мечтой о повышении по службе.

Харри поспешно кивнул и печально вздохнул в подтверждение его слов.

Шериф недоверчиво посмотрел на них, но лицо у Эндрю было непроницаемо честным, и в конце концов провинциальный блюститель закона радушно предложил гостям по чашечке кофе.

— Из этого агрегата? — Харри кивнул на огромную кофеварку.

Шериф окончательно уверовал в порядочность своих гостей.

— Готовит литр кофе в минуту, — гордо сказал он и добавил краткий технический комментарий.

После пары чашек они пришли к выводу, что «Медведи», команда Северного Сиднея по регби, — жуткие снобы, а Юхан Косс, дружок пловчихи Саманты Райли, — отличный парень.

— А вы видели в городе лозунги демонстрантов? — спросил помощник шерифа. — Людей призывают пойти завтра на посадочную площадку и разломать наш вертолет. Мы, мол, не имеем права фотографировать частную собственность. А вчера пятеро приковали себя к нему, так что вылететь удалось только к вечеру.

Шериф и его помощник усмехнулись. Значит, они еще не сломлены.

После очередной чашечки кофе Эндрю и Харри встали, сказали, что пора бы побеседовать с этим Эвансом Уайтом, и, пожав блюстителям руки, поблагодарили за кофе.

— Кстати, — обернулся Эндрю в дверях. — Я тут выяснил, что кое-кто у вас в Нимбине промышляет героином. Такой тощий парень с черными волосами. Похож на вампира на диете.

Шериф вскинул брови:

— Героином?

— Это, наверное, Мондейл, — предположил его помощник.

— Мондейл, чертов выродок! — выругался шериф.

Эндрю взял под козырек, хотя козырька, конечно, никакого не было.

— Просто подумал, что вам будет интересно узнать.

— Ну, как поужинал со свидетельницей из Швеции? — спросил Эндрю по дороге к дому Уайта.

— Неплохо. Специй было многовато, а так — ничего, — небрежно ответил Харри.

— Дубль два, Харри. О чем вы разговаривали?

— О разном. О Норвегии и Швеции.

— Ну-ну. И кто победил?

— Она.

— А что есть в Швеции, чего нет у вас в Норвегии? — поинтересовался Эндрю.

— Ну, для начала, у них есть пара хороших кинорежиссеров. Бу Видерберг, Ингмар Бергман.

— А, кинорежиссеров, — хмыкнул Эндрю. — Их везде полно. А вот Эдвард Григ — только у вас.

— Ого, я и не знал, что ты интересуешься классической музыкой. Кроме всего прочего.

— Григ был гением. Возьми, к примеру, вторую часть его Симфонии до минор, там...

— Извини, Эндрю, — прервал его Харри. — Я в детстве слушал панк-рок и из симфоний лучше всего помню «Йес» и «Кинг Кримсон». Я не слушаю древнюю музыку, понимаешь? Все, что исполняли до тысяча девятьсот восьмидесятого, — каменный век. У нас в Норвегии есть группа «DumDum Boys», так вот они...

— Симфония до минор исполнялась в восемьдесят первом, — сказал Эндрю. — «DumDum Boys»? Название с претензией.

Харри сдался.

Эванс Уайт смотрел на них из-под приспущенных век. Спутанные волосы падали ему на лицо. Он почесал в промежности и демонстративно отрыгнул. Казалось, гостям он не удивился. Не потому, что ждал их, а потому, что не считал удивительным, что его разыскивают. Как-никак он продавал лучшую кислоту в округе, а в таком маленьком городке, как Нимбин, слухи расходятся быстро. Харри понимал, что тип вроде Уайта не станет торговать по мелочи, тем более с порога собственного дома, но это людей не останавливало, и они время от времени здесь появлялись в надежде что-нибудь купить.

— Не по адресу. Поищите в центре, — обронил Уайт и захлопнул дверь с сеткой от комаров.

— Мы из полиции, мистер Уайт. — Эндрю достал значок. — Нам нужно с вами поговорить.

Эванс повернулся к ним спиной.

— Не сегодня. Не люблю копов. Приходите с ордером на арест, обыск или еще на что, тогда и поговорим. Но только тогда. Спокойной ночи.

Захлопнулась и внутренняя дверь.

Харри прислонился к дверному косяку и крикнул:

— Эванс Уайт! Вы меня слышите? Мы думаем, на этой фотографии вы, сэр! Кстати, вы не знакомы с блондинкой, которая сидит рядом с вами? Ее звали Ингер Холтер, она недавно умерла!

Пауза. Потом звякнул дверной замок. Эванс снова выглянул из-за внутренней двери.

Харри поднес фотографию к сетке от комаров.

— Когда полиция ее нашла, она выглядела очень плохо, мистер Уайт.

Вместо скатерти на кухонном столе были расстелены газеты, на тарелках и стаканах красовалась несмытая пена, а влажную уборку тут, похоже, не делали несколько месяцев. Вместе с тем здесь и не царил хаос: Харри отметил про себя, что дом не похож на логово вконец опустившегося наркомана. Здесь не валялись объедки и огрызки недельной давности, не воняло мочой, занавески висели как положено. Напротив, в доме чувствовался какой-то порядок и присутствие хозяина.

Когда гости расселись на кухонных стульях, Эванс достал из холодильника бутылку пива и сделал большой глоток. Затем громко, на всю кухню, срыгнул и довольно хохотнул.

— Расскажите о своих отношениях с Ингер Холтер, мистер Уайт, — сказал Харри, стараясь отмахнуться от запаха отрыжки.

— Ингер была доброй, красивой и глуповатой девчонкой, которая вообразила, будто мы с ней можем быть счастливы. — Эванс поднял глаза к потолку и опять с довольным видом усмехнулся. — По-моему, это очень точное описание.

— Есть ли у вас какие-нибудь предположения о том, как она могла быть убита и кто мог это сделать?

— Да, сюда в Нимбин тоже доходят газеты. Пишут, что ее задушили. А кто? Я думаю, душитель. — Он запрокинул голову и ухмыльнулся. Кудрявая прядь упала на загорелый лоб, белые зубы блеснули, от уголков глаз к ушам с пиратскими кольцами потянулись веселые морщинки.

Эндрю откашлялся:

— Мистер Уайт, только что убита женщина, которую вы хорошо знали и с которой состояли в близких отношениях. Нас не волнует, что вы в связи с этим чувствуете и чего не чувствуете. Как вы, должно быть, понимаете, сейчас мы ищем убийцу, и если вы не постараетесь нам помочь здесь и сейчас, придется препроводить вас в полицейский участок в Сиднее.

— Я и так собирался в Сидней, и если ваше предложение означает бесплатный билет на самолет, я согласен. — Уайт бросил презрительный взгляд.

Харри не знал, что и думать. Либо Эванс Уайт действительно такой крутой, каким хочет казаться, либо просто страдает так называемыми «отдельно развитыми душевными качествами» — типично норвежское понятие, подумал Харри: больше нигде в мире от закона не требуют определять качество души.

— Конечно, мистер Уайт, — ответил Эндрю. — Бесплатный проезд, бесплатная еда и проживание, бесплатный адвокат и бесплатная известность как подозреваемого.

— Big deal[1]. Буду готов в течение сорока восьми часов.

— В таком случае в придачу вы получите бесплатную тень — круглосуточно, бесплатную проверку, дома ли вы по ночам, и, возможно, даже пару неурочных обысков. Как знать, что нам при этом удастся выяснить?

Эванс допил пиво и начал старательно отковыривать от бутылки этикетку.

— Господа, что вам нужно? — спросил он угрюмо. — Я знаю только, что однажды она пропала. Я собирался в Сидней и решил ей позвонить, но ни на работе, ни дома ее не оказалось. Потом я приезжаю и в тот же день узнаю из газет, что ее нашли убитой. Два дня я хожу как зомби. Кстати, по поводу «убитой»: сколько людей умирает вот так, задушенными?

— Не очень много. Итак, у вас есть алиби на момент убийства? Это хорошо... — Эндрю достал ручку и блокнот.

[1] Грандиозно *(англ.)*.

— Алиби? — пискнул Эванс. — Что вы имеете в виду? Я что, подозреваемый? Или вы хотите сказать, что за неделю не напали на след?

— Мы ведем поиски во всех направлениях, мистер Уайт. Вы можете вспомнить, где были за два дня до своей поездки в Сидней?

— Здесь, дома. Где ж еще?

— Один?

— Не совсем, — ухмыльнулся Эванс, поднимая пустую бутылку. Описав в воздухе изящную параболу, бутылка бесшумно исчезла в мусорной корзине за кухонной скамейкой. Харри одобрительно кивнул.

— Позвольте узнать, кто был с вами?

— Да, естественно. Мне скрывать нечего. Женщина по имени Анджелина Хатчинсон. Она живет здесь, в Нимбине.

Харри сделал запись в своем блокноте.

— Ваша любовница? — уточнил Эндрю.

— Что-то вроде, — ответил Эванс.

— Что вы можете рассказать об Ингер Холтер? Кем она была и чем занималась?

Эванс вздохнул:

— Мы не так долго были знакомы. Встретились в Сиднее, в баре «Олбери», где она работала. Поболтали, она сказала, что собирается провести отпуск на Байрон-Бей. Это в нескольких милях отсюда, и я дал ей свой телефон в Нимбине. Через несколько дней она позвонила и попросилась ко мне — пару раз переночевать. У меня она прожила больше недели. Потом мы встречались в Сиднее, когда я туда приезжал. Каких-то два-три раза. Сами понимаете, роман наш длился не особо долго. К тому же она стала набирать слишком большие обороты.

— Слишком?

— Да, проявлять заботу о моем сынишке, Том-Томе, и строить планы о доме и семье. Мне это не нравилось, но я ей позволял.

— Позволяли — что?

Эванс заерзал.

— Она была из тех женщин, которые наглеют при первой встрече, но плавятся как воск, стоит почесать за ушком и шепнуть, что она тебе приглянулась. Тогда ради тебя она готова на все.

— Значит, она была заботливой? — уточнил Харри.

По всей видимости, Эвансу не понравилось направление, которое приняла беседа.

— Может, и была. Я же говорю, что плохо ее знал. Она давно не виделась со своими родными в Норвегии, так что, возможно, ей просто не хватало... их, ну, тех людей, понятно? Черт, я не знаю! В ней было, как я уже сказал, много глупости и романтики, но ничего плохого...

Его голос сорвался. В кухне стало тихо. «Либо он хороший актер, либо в нем тоже есть что-то человеческое», — подумал Харри.

— Но если у ваших отношений не было будущего, почему вы не предложили ей расстаться?

— Уже собирался. Хотел вот так прямо уйти и сказать ей: «Прощай!» Но не успел — она умерла раньше. Just like that[1]... — Он щелкнул пальцами.

Голос его стал прежним, отметил Харри.

Эванс посмотрел на свои руки:

— Вот так я и держусь.

5
Мамаша, огромный паук и Буббур

Они свернули на горный серпантин и, ориентируясь по указателям. отыскали дорогу к «Хрустальному храму».

— Вопрос в том, говорит ли Эванс Уайт правду, — заметил Харри.

---

[1] Такие дела (англ.).

Эндрю свернул, уступая дорогу трактору.

— Харри, позволь поделиться с тобой опытом. Более двадцати лет я разговариваю с людьми, у которых самые разные мотивы, чтобы лгать мне или говорить правду. С виновными и невиновными, убийцами и карманниками, с невротиками и флегматиками, с голубоглазыми младенцами и очерствевшими мерзавцами, с социопатами, психопатами, филантропами...

Эндрю попытался найти еще несколько примеров.

— Point taken, Andrew![1]

— ...черными и белыми. Все они сидели и рассказывали мне свои истории с единственной целью — чтобы им поверили. И знаешь, к какому выводу я пришел?

— Что невозможно определить, когда врут, а когда — нет.

— В точку, Харри! — воскликнул Эндрю. — В классических детективах любой уважающий себя сыщик с точностью определяет, когда человек лжет. Чушь! Человеческая природа — лес дремучий, который никогда не узнаешь до конца. Даже мать не знает сокровенных тайн своего ребенка.

Машина остановилась перед буйным зеленым садом с фонтаном, цветочными клумбами и экзотическими деревьями, между которыми петляла узкая гравиевая дорожка. За садом возвышалось большое здание — судя по всему, это и был «Хрустальный храм», который они с шерифом Нимбина так долго искали на карте.

О прибытии гостей возвестил колокольчик над дверью. В магазине было много народу — по всей видимости, это место пользовалось популярностью. К полицейским подошла худощавая, обаятельно улыбающаяся женщина и с таким энтузиазмом их приветствовала, будто ей несколько месяцев не с кем было словом перекинуться.

— Вы у нас впервые? — спросила она.

---

[1] Я понял, Эндрю! *(англ.)*

Как будто ее хрустальная лавка стала для посетителей местом регулярных паломничеств. Хотя как знать, может, так оно и было.

— О, как я вам завидую! — сказала она, услышав ответ. — Вам еще только предстоит познакомиться с «Хрустальным храмом»!

Стоявшая рядом женщина застонала от восторга.

— Проходите сюда. Направо — наше великолепное вегетарианское кафе, в котором вам подадут самые удивительные блюда. После просим в хрустально-каменный чертог. That's where the real action is! Now go, go![1]

И она на прощание помахала им рукой. После такого предисловия велико же было их разочарование, когда выяснилось, что кафе, в сущности, самое обычное: там подавали кофе, чай, бутерброды и салаты с йогуртом. В так называемом хрустально-каменном чертоге в замысловатом освещении красовались сверкающие куски хрусталя, фигурки Будды в позе лотоса, зеленые и синие кварцы и просто булыжники. Комнату наполняли тонкий аромат благовоний, переливы свирели и журчание воды. Бутик показался Харри весьма милым, но несколько простоватым, и дух от него никоим образом не захватывало. Разве что от цен.

— Хе-хе, — усмехнулся Эндрю, изучив пару ценников. — Гениальная женщина.

Он кивнул в сторону посетителей: по большей части люди средних лет с несредними доходами.

— Дети цветов выросли. И доходы их выросли вместе с ними. Но душой они все еще где-то в астрале.

Они вернулись в первую комнату. Встречавшая их женщина по-прежнему обаятельно улыбалась. Она взяла Харри за руку и прижала к его ладони сине-зеленый камень.

---

[1] Вот там действительно интересно! Ступайте же, ступайте! *(англ.)*

— Вы Козерог, верно? Положите этот камень под подушку — он очистит вашу комнату от любых видов негативной энергии. Вообще-то он стоит шестьдесят долларов, но, понимая, насколько он вам необходим, я отдам его за пятьдесят.

Она повернулась к Эндрю:

— А вы, наверное, Лев?

— Э, нет, мэм, я полицейский. — Он быстро показал ей значок.

Женщина побледнела и испуганно посмотрела на него:

— Какой кошмар! Надеюсь, я не сделала ничего дурного?

— На моей памяти — нет, мэм. Полагаю, вы — Маргарет Доусон, ранее Уайт? Если да, могли бы мы переговорить с вами в отдельной комнате?

Маргарет Доусон быстро собралась с мыслями и, приказав одной из своих служащих подменить ее за кассой, отвела Харри и Эндрю в сад, где они уселись за белый деревянный столик. Между деревьями Харри увидел сетку, которую поначалу принял за невод, но при ближайшем рассмотрении она оказалась огромной паутиной.

— Кажется, будет дождь, — сказала миссис Доусон, потирая руки.

Эндрю кашлянул.

Она прикусила нижнюю губу:

— Извините, констебль. Я так волнуюсь.

— Все в порядке, мэм. Ну и сеточка у вас.

— Ах, эта! Это сетка Билли, нашего паука-птицееда. Лежит сейчас, наверное, где-нибудь и спит.

Харри поежился и поджал ноги.

— Птицеед? Вы хотите сказать, что он ест... птиц?

Эндрю улыбнулся.

— Харри из Норвегии. Там такие большие пауки — диковинка.

— Ну, я могу вас утешить: большие не опасны, — сказала Маргарет Доусон. — А вот малюсенький проказник, которого мы называем «redback»[1], ядовит. Но он предпочитает города, где можно, так сказать, затеряться в толпе. В темных подвалах и сырых углах.

— Кажется, я таких знаю, — заметил Эндрю. — Но вернемся к делу, мэм. Это касается вашего сына.

Вот когда миссис Доусон действительно побледнела:

— Эванса?

Эндрю посмотрел на коллегу.

— Насколько мы знаем, миссис Доусон, раньше у него проблем с полицией не было, — сказал Харри.

— Нет. Нет, конечно, не было. Слава богу.

— Собственно говоря, к вам мы заехали, потому что ваше заведение как раз по пути в Брисбен. Мы подумали, вдруг вам известно что-нибудь об Ингер Холтер.

Она повторила про себя имя, будто пробуя его на вкус. Потом покачала головой:

— У Эванса было не так много девушек. А тех, что были, он привозил сюда, чтобы познакомить со мной. После того как родился сын — у него с... той проклятой девчонкой, имя которой я, кажется, забыла, — я запретила... я сказала, по-моему, он должен подождать. Пока не найдет подходящую.

— Почему он должен подождать? — спросил Харри.

— Потому что я так сказала.

— А почему вы так сказали, мэм?

— Потому что... потому что так будет лучше, — она посмотрела в сторону магазина, давая понять, что ей дорого время, — и потому что Эванс — очень ранимый мальчик. В его жизни было много негативной энергии, и ему нужна женщина, на которую он сможет целиком и полностью положиться. А не эти потаскухи... которым лишь бы вскружить моему мальчику голову.

Ее глаза затуманились.

---

[1] «Красная спина» *(англ.)*, разновидность каракурта.

— Вы часто видитесь с сыном? — спросил Эндрю.

— Эванс приезжает сюда, как только у него выдается время. Ему здесь спокойно. Бедненький, он так много работает. Вы пробовали травы, которые он продает? Иногда он привозит их мне — я завариваю их с чаем и кофе.

Эндрю снова кашлянул. Уголком глаза Харри заметил какое-то шевеление между деревьями.

— Нам уже пора уходить, мэм. Последний вопрос.

— Да?

Похоже, Эндрю что-то попало в горло — он все кашлял и кашлял. Паутина начала раскачиваться.

— Миссис Доусон, у вас всегда были такие светлые волосы?

В Сидней они вернулись уже поздно вечером. Харри чувствовал себя настолько измотанным, что мечтал лишь о том, чтобы поскорей вернуться в свой номер и завалиться спать.

— Пропустим по стаканчику? — предложил Эндрю.

— Нет, спасибо, — отказался Харри.

— В «Олбери»?

— Ну, это уже почти работа.

— Именно.

Когда они вошли, Биргитта улыбнулась. После очередного посетителя она направилась к ним. Ее глаза были прикованы к Харри.

— Привет, — сказала она.

Харри понял, что сейчас хочет просто упасть в ее объятия и уснуть.

— Именем закона, два двойных джина с тоником, — потребовал Эндрю.

— Я бы лучше выпил грейпфрутового сока, — сказал Харри.

Она принесла заказ и склонилась над стойкой.

— Takk så mycket för igår[1], — прошептала она Харри.

Харри узрел у нее за спиной свое отражение с идиотской улыбкой.

— Эй, там! Хватит вашей скандинавской воркотни! Пока за выпивку плачу я, будьте добры говорить по-английски, — строго посмотрел на них Эндрю. — А сейчас, молодые люди, я вам кое-что расскажу. Любовь — бо́льшая тайна, чем смерть. — Театральная пауза. — Дядя Эндрю расскажет вам древнюю австралийскую легенду, а именно историю об огромном змее Буббуре и Валле.

Они придвинулись ближе, и Эндрю с довольным видом причмокнул, зажигая сигару.

— Жил-был на свете молодой воин по имени Валла, который очень сильно любил девушку по имени Муура. А она — его. Валла прошел племенной обряд посвящения и теперь был мужчиной, а значит, мог выбрать себе в жены любую женщину племени при условии, что она не замужем и тоже его любит. А Муура его любила. Валла очень не хотел расставаться с любимой, но по традиции он должен был отправиться на охоту, чтобы принести добычу в дар родителям невесты. Только так свадьба могла состояться. В одно прекрасное утро, когда на листьях еще лежала роса, отправился Валла в путь, воткнув в волосы белые перья какаду, которые дала ему Муура.

Пока Валлы не было, Муура отправилась собирать мед для праздника. А между тем его было не так-то легко найти, и ей пришлось уйти от стоянки дальше обычного. И пришла она в долину валунов. Над долиной распростерлась удивительная тишина: не было слышно ни птиц, ни насекомых. Она уже хотела идти дальше, как вдруг увидела гнездо, а в нем — крупные яйца. «Надо взять их с собой к празднику», — подумала она и протянула к ним руку.

---

[1] Спасибо за вчерашнее (швед.).

В то же мгновение она услышала, как по камням кто-то ползет, и не успела Муура ни шагу ступить, ни рта раскрыть, как огромная коричнево-желтая змея обвила ей живот. Муура пыталась освободиться, но у нее никак не получалось, змея начала душить ее. Девушка посмотрела в небо и попробовала выкрикнуть имя Валлы, но у нее не хватило воздуха. А змея все душила и душила ее и в конце концов выжала всю жизнь из Мууры и переломала ей все кости. Потом змея уползла туда, откуда и приползла, — в тень, где ее невозможно было разглядеть, потому что все цвета сливались в один в игре солнечных лучей меж деревьями и камнями долины.

Лишь два дня спустя изломанное тело Мууры нашли в долине валунов. Родители девушки были безутешны. Мать плакала и спрашивала мужа, что они скажут Валле, когда тот вернется домой.

Эндрю блестящими глазами посмотрел на Харри и Биргитту.

— Костер уже догорал, когда на рассвете следующего дня с охоты вернулся Валла. Хотя поход был тяжелым, шаги воина были легки, а глаза блестели от радости. Он подошел к родителям Мууры, в молчании сидевшим у костра.

«Вот мои дары», — сказал он. И добыча его была богатой: кенгуру, вомбат и ляжки эму.

«Ты как раз успел к похоронам, Валла, который должен был стать нам сыном», — сказал отец Мууры. Казалось, Валлу кто-то больно ударил, ему плохо удавалось скрывать свою боль и скорбь. Но, закаленный воин, он сдержал слезы и спросил холодно:

«Почему вы не похоронили ее раньше?»

«Потому что нашли ее только сегодня», — ответил отец.

«Тогда я последую за ней и потребую ее душу обратно. Наш виринун сложит ее сломанные кости, а я снова вдохну в нее душу жизни».

«Поздно, — ответил отец. — Ее душа уже отошла туда, куда попадают души всех умерших женщин. Но жив еще ее убийца. Ты выполнишь свой долг, сын?»

Валла ушел от них, не сказав ни слова. Он жил в одной землянке с другими неженатыми мужчинами племени. Но даже с ними он не заговорил. Несколько месяцев Валла не участвовал в песнях и плясках, а сидел один. Одни думали, он пытается укрепить свое сердце и забыть Мууру. Другие говорили, что он хочет отправиться за Муурой в женское царство мертвых.

«У него не выйдет, — говорили они. — Женщины попадают в одно царство, а мужчины — в другое».

Однажды к костру подсела женщина, которая сказала: «Вы ошибаетесь. Просто он погружен в мысли о том, как отомстить за свою невесту. Может, вы думаете, стоит просто взять копье и убить Буббура — коричнево-желтую змею? Вы никогда его не видели, а я видела — однажды, когда была маленькой. Я поседела в тот же день. Это было самое ужасное зрелище на свете. Поверьте мне, Буббура можно победить только храбростью и хитростью. И я верю, что у этого молодого воина они есть».

На следующий день Валла пришел к костру. Его глаза блестели; казалось, он даже весел. Он спросил, кто отправится с ним собирать смолу.

«У нас есть смола, — удивились его хорошему настроению соплеменники. — Можешь взять у нас».

«Мне нужна свежая смола, — ответил он, засмеялся, увидев их испуганные лица, и сказал: — Пойдемте, и я покажу, зачем мне нужна смола».

Любопытные пошли с ним, а когда они собрали смолу, он повел их в долину валунов. Устроившись на самом высоком дереве, Валла попросил остальных отойти на край долины. С собою он взял лишь лучшего друга. Сидя на дереве, они выкрикивали имя Буббура, и эхо разносило их крики по долине, залитой солнцем.

Вдруг показалась коричнево-желтая голова. Змея прислушивалась, откуда доносятся крики. Вокруг кишели маленькие коричнево-желтые змееныши, которые вылупились из тех яиц, что видела Муура. Валла и его друг скатали смолу в большие шары. Когда Буббур увидел воинов, он раскрыл пасть, высунул язык и бросился на друзей. Был полдень, и солнце ярко высвечивало белые зубы и красную пасть Буббура. Но в тот же миг Валла кинул самый большой шар прямо в открытую змеиную пасть. Челюсти непроизвольно сомкнулись, и зубы завязли в смоле.

Буббур начал кататься по долине, но никак не мог избавиться от смолы, застрявшей в пасти. То же самое Валла и его друг проделали с другими змеями, и вскоре все они были не опасны и не могли разжать челюстей. Потом Валла позвал остальных людей, и те просто перебили всех змей. Все-таки Буббур убил самую красивую дочь племени, а потомство Буббура рано или поздно выросло бы в таких же жутких гадов. С тех пор этих ужасных коричнево-желтых змей в Австралии поубавилось. Но людской страх не пропал, а рос год от года.

Эндрю допил свой джин-тоник.

— А мораль? — спросила Биргитта.

— Любовь — тайна бо́льшая, чем смерть. И надо остерегаться змей.

Эндрю расплатился, дружески похлопал Харри по плечу и вышел из бара.

Myypa

6
Халат, статистика и аквариумная рыбка

Он распахнул глаза. Город просыпался, жужжал и гремел в окно, а оно лениво отмахивалось занавеской. Харри лежал и смотрел на висящую напротив нелепицу — портрет шведской королевской четы. Королева уверенно и спокойно улыбается, а у короля такое лицо, будто в спину ему тычут ножом. Харри знал, каково это, — его и самого в третьем классе начальной школы заставляли играть принца в сценке «Капризная принцесса».

Где-то шумела вода. Харри наклонился понюхать ее подушку. На ней лежало щупальце медузы — или то был длинный рыжий волос? Ему вспомнилась фраза из спортивной рубрики газеты «Дагбладе»: «Эрланд Юнсен, футбольный клуб „Мосс“, — известен своими рыжими волосами и „длинными“ мячами».

Потом Харри вдруг понял, как он себя чувствует. Легко. Легко, как перышко. Так легко, что он испугался, что его подхватит ветерком и унесет в окно, и он будет летать над утренней суетой Сиднея совсем без одежды. Потом он пришел к выводу, что чувствует такую легкость оттого, что за ночь вывел из организма много жидкости и, наверное, сбросил пару килограммов.

«Харри Холе, полиция Осло, — известен своими дурацкими идеями и пустыми шарами».

— Förlät?[1]

---

[1] Прошу прощения (швед.).

Биргитта стояла посреди комнаты в каком-то кошмарном халате и с полотенцем, повязанным вокруг головы.

— Доброе утро, о прекрасная и свободная. А я вот смотрел на портрет Капризного короля на той стене. Тебе не кажется, что он предпочел бы быть крестьянином и копаться в земле? Судя по лицу — да.

Она посмотрела на фотографию.

— Не всем дано найти правильное место в жизни. Вот, к примеру, тебе, а, snutjävel?

Она села на постель рядом с ним.

— Трудный вопрос с утра пораньше. Но могла бы ты, прежде чем я отвечу, снять с себя этот халат? Просто мне кажется, он входит в десятку самых страшных вещей, какие я видел.

Биргитта рассмеялась.

— Я называю его «erotikk-dödaren»[1]. Он бывает нужен, когда мужчины начинают слишком докучать.

— А ты узнавала, как называется этот цвет? Может, это новое слово, неизвестное дотоле белое пятно на палитре, между зеленым и коричневым.

— Не увиливай от ответа, norrbagga![2] — Она ударила его по голове подушкой, но после недолгой борьбы оказалась поверженной.

Не отпуская рук, Харри наклонился и зубами нашел пояс халата. Поняв его намерения, Биргитта вскрикнула и впечатала ему колено в подбородок. Харри охнул и осел на постель. Биргитта быстро прижала его руки коленями.

— Отвечай!

— Хорошо, хорошо, сдаюсь. Да, я нашел свое место в жизни. Я самый лучший snutjävel из всех, кого ты видела. Да, я бы лучше обнимал маленьких озорниц, чем копаться в земле или выходить на балкон, чтобы помахать ручкой толпе. Да, да, я знаю — это извращение.

---

[1] «Убийца чувства» (швед.).
[2] Ироническое прозвище норвежцев (швед.).

Биргитта поцеловала его в губы.

— Могла бы и зубы почистить, — процедил Харри.

И когда она непринужденно запрокинула голову и рассмеялась, Харри не упустил эту возможность. Быстро подняв голову, он ухватил зубами пояс и потянул. Халат съехал, Харри поднял колени, Биргитта оказалась верхом на нем. Ее кожа была теплой и слегка влажной после душа.

— Полиция! — закричала она, обвивая его ногами.

Харри почувствовал, как пульсирует все его тело.

— Насилуют! — прошептала она и укусила его за ухо.

А потом они лежали и вместе смотрели в потолок.

— Я бы хотела... — начала Биргитта.

— Чего?

— Да нет, ничего.

Они встали и начали одеваться. Взглянув на часы, Харри понял, что опоздал на утреннее совещание. Он остановился у дверей и обнял ее.

— Кажется, я знаю, чего бы ты хотела, — сказал Харри. — Ты бы хотела, чтобы я что-нибудь рассказал о себе.

Биргитта положила голову ему на плечо:

— Я знаю, тебе это не нравится. У меня такое чувство, будто из тебя все приходится вытягивать клещами. Что твоя мать была доброй и умной женщиной, наполовину саамкой, и что она умерла шесть лет назад. Что твой отец читает лекции в университете и, хотя ему не нравится, чем ты занимаешься, никогда тебе об этом не говорит. И что человек, которого ты любишь больше всех на свете, — твоя сестра — «самую малость» страдает синдромом Дауна. Вот что мне хочется узнавать о тебе. Но мне важно, чтобы ты сам хотел мне об этом рассказывать.

Харри погладил ее по шее.

— Тебе хочется узнать что-то серьезное? Какую-нибудь тайну?

Она кивнула.

— Но тайны связывают людей, — прошептал он ей на ухо. — А это не всегда то, что нужно.

Они стояли в коридоре и молчали. Харри задержал дыхание.

— Всю мою жизнь меня окружали любящие люди. Я получал все, о чем попрошу. Короче, непонятно, почему я стал таким, каким стал...

Порыв ветра из окна погладил Харри по волосам так легко и мягко, что он невольно закрыл глаза.

— ...Алкоголиком.

Он сказал это твердо и, наверное, громче, чем следовало. Биргитта прижалась к нему.

— В Норвегии не так-то легко вылететь с государственной службы. Можно быть некомпетентным — это ничего; бездельником — пустяки; начальство можно вообще поносить последними словами — не беда. В общем, что хочешь, то и делай: закон защищает тебя во всех случаях. Кроме пьянства. Дважды заявишься на работу в нетрезвом состоянии — вылетишь тут же. А одно время было легче сосчитать дни, когда я приходил на работу трезвым.

Он отпустил Биргитту от себя и посмотрел ей в лицо — ему было важно увидеть ее реакцию. Потом снова прижал ее к себе.

— Так или иначе, но я как-то жил. Те, кто о чем-то догадывался, предпочитали смотреть сквозь пальцы. Наверное, им следовало на меня донести, но в полиции своя круговая порука. Как-то вечером мы с товарищем ехали на Хольменколлен, чтобы задать пару вопросов одному парню по делу о наркотиках и убийстве. Мы его ни в чем даже не подозревали, но когда, позвонив в дверь, увидели, как он на бешеной скорости выезжает из гаража, то вскочили в машину и начали преследование. Включили «мигалку» и помчались на ста десяти по Хиркедалсвейен. Машину слегка заносило. Пару раз мы цепляли за край тротуара. Мой товарищ хотел сам сесть за руль. Но я был так увлечен преследованием, что только отмахивался.

Что произошло потом, Харри узнал от других. В районе станции Виндерн с автозаправки выезжал автомобиль. За рулем сидел паренек, который только-только получил права и заскочил на заправку купить сигарет для отца. Полицейская машина протащила его автомобиль через ограду, зацепила здание рядом с остановкой, где двумя минутами раньше стояло пять-шесть человек, и остановилась по другую сторону путей. Сидевшего рядом с Харри полицейского выбросило через переднее стекло — он пролетел метров двадцать и ударился головой о столбик ограды. С такой силой, что тот погнулся, а для установления личности полицейского понадобились отпечатки пальцев. А паренек, сидевший за рулем другой машины, так и остался парализованным — от шеи и ниже.

— Я приезжал навестить его в местечко под названием Сюннос, — продолжал Харри. — Он еще мечтает когда-нибудь сесть за руль. Меня тогда нашли в машине с травмой черепа и обильным внутренним кровотечением. Несколько недель провалялся под капельницей.

Каждый день приходили мать и сестра. Садились по обе стороны от кровати, держали его за руки. По вечерам, когда посетителей обычно не пускали, приходил отец. Сильное сотрясение мозга повлияло на зрение, и Харри запрещали читать книги и смотреть телевизор. Ему читал отец. Садился вплотную к кровати и шептал на ухо (чтобы сильно не утомлять сына) своих любимых писателей: Сигурда Хоэля и Кьяртана Флейстада.

— Одного человека я убил, другого на всю жизнь сделал калекой и все равно остался окруженным любовью и заботой. А оказавшись в общей палате, первым делом попросил соседа, чтобы его брат купил мне пол-литровую банку джина.

Харри замолчал. Биргитта дышала ровно и спокойно.

— Удивлена? — спросил он.

— Я поняла, что ты алкоголик, еще в первую нашу встречу, — ответила Биргитта. — У меня отец алкоголик.

Харри не знал, что на это сказать.

— Что было дальше? — спросила она.

— То, что было дальше... то, что было дальше, касается только норвежской полиции. Наверное, этого лучше не знать.

— Мы сейчас далеко от Норвегии, — сказала она.

Харри крепко ее обнял:

— Я и так сегодня много рассказал. Продолжение — в следующем номере. Мне пора. Можно, сегодня вечером я снова приду в «Олбери» и буду отвлекать тебя от работы?

Биргитта улыбнулась немного грустно, и Харри понял, что с этой девушкой все будет намного серьезнее, чем положено.

— Поздновато ты явился, — констатировал Уодкинс, когда Харри вошел в кабинет, и положил ему на стол несколько ксерокопий.

— У меня jet lag[1], — ответил Харри. — Есть новости?

— Да, почитай. Юн Суэ откопал старые дела об изнасилованиях. Сейчас они с Кенсингтоном как раз их изучают.

Решив, что для начала необходима чашка хорошего кофе, Харри направился в столовую, где наткнулся на веселого Маккормака. Они заказали по порции white flat[2] и сели за один столик.

— Звонили из аппарата министра юстиции. А им звонили из норвежского Минюста. Я как раз разговаривал с Уодкинсом и так понял, что у вас уже есть кто-то на примете?

— Эванс Уайт. Да. Он утверждает, что у него алиби на тот день, когда, как мы думаем, было совершено убийство. Мы попросили нимбинскую полицию расспросить ту женщину, с которой, если верить Уайту, он тогда был.

---

[1] Сбой биологических часов при смене часового пояса (англ.).
[2] Кофе с густой пенкой (англ.).

Маккормак буркнул:

— Ты видел этого парня лицом к лицу, Харри. Это он?

Харри опустил глаза и уставился в чашку. Спирали молока вертелись в кофе, напоминая галактику.

— Разрешите провести аналогию, сэр? Вы знаете, что Млечный Путь — это звездная туманность, насчитывающая более ста тысяч миллионов звезд? И что если с одного конца этой спирали лететь к другому со скоростью света, то за тысячу лет не преодолеть и половину пути? Я уж не говорю о том, чтобы облететь всю Галактику.

— Многовато философии с утра, Хоули. Что ты хочешь всем этим сказать?

— Что человеческая душа — дремучий лес, который нельзя изведать за короткую человеческую жизнь. Что я понятия не имею, сэр.

Маккормак посмотрел на Харри как-то тревожно:

— Хоули, ты начинаешь говорить как Кенсингтон. Наверное, зря я позволил вам работать в паре. У этого парня много странностей.

Юн вставил слайд в проектор.

— В стране за последний год было заведено свыше пяти тысяч дел об изнасиловании. Само собой, при таком количестве нельзя что-то искать без статистического подхода. То есть первое ключевое понятие для нас — «статистические значения». Другими словами, мы ищем тенденцию, которую нельзя объяснить статистическими погрешностями. Второе ключевое понятие — «демография». Прежде всего я искал нераскрытые дела об убийствах или изнасилованиях, где фигурируют слова «удушение» или «удушье». И нашел двенадцать убийств и несколько сот изнасилований. Затем сократил поиск, уточнив, что жертвы должны быть блондинками от пятнадцати до тридцати пяти лет и жить на восточном побережье. Статистика и сведения из паспортных столов показывают, что волосы такого цвета лишь у пяти процентов женщин. Так у меня осталось семь убийств и более сорока изнасилований.

Юн вставил новый слайд с процентными долями и гистограммами. Он не стал ничего говорить, просто дал остальным прочитать цифры. Надолго воцарилась тишина. Первым заговорил Уодкинс:

— Значит...

— Нет, — ответил Юн. — Это не значит, что теперь мы знаем что-то, чего не знали раньше. Цифры еще ничего не доказывают.

— Но мы можем предполагать, — сказал Эндрю. — Мы можем, например, предположить, что на свободе человек, который систематически насилует блондинок и периодически их убивает. И любит хватать их за горло.

Внезапно все заговорили разом, и Уодкинсу пришлось потребовать тишины. Слово взял Харри:

— Почему этого не заметили раньше? У нас на руках семь убийств и сорок — пятьдесят изнасилований, которые позволяют судить о тенденции.

Юн Суэ пожал плечами:

— К сожалению, и в Австралии изнасилование — дело будничное и не всегда привлекает такое внимание, как многие себе представляют.

Харри кивнул. Он знал, что и у него на родине дела обстоят не лучше.

— Кроме того, большинство насильников орудуют в том городе или районе, где живут, и не пытаются скрыться после преступления. Поэтому систематического сотрудничества между штатами по обычным делам об изнасиловании нет. В данном случае проблема — территориальный разброс. — Юн указал на список городов и дат. — Сначала в Мельбурне; месяц спустя — в Кернзе; а еще через неделю — в Ньюкасле. Изнасилования в трех разных штатах за два месяца. Иногда он в капюшоне, иногда в маске, минимум один раз — в нейлоновом чулке, а порой жертвы и вовсе не видели насильника. Место преступления — от темных переулков до парков. Их увозили на машине, к ним вламывались ночью домой. Короче, эти дела ничто не объединяет, кроме того, что жертвы — блондинки, были задушены и у полиции нет никаких ключей. Да, и еще кое-что. Убийца работает очень чисто. К сожалению. Ясно, что он удаляет все свои следы: отпечатки пальцев, сперму, волокна одежды, волосы, кожу из-под ногтей жертвы и так далее. Но кроме этого, ничто не указывает на серийного убийцу: ни следов гротескных, ритуальных действий, ни визитной карточки для полиции типа «я здесь был». За этими тремя изнасилованиями последовал целый год затишья. Если преступник не совершал в это время других изнасилований. Но не похоже.

— А убийства? — спросил Харри. — С ними что-нибудь ясно?

Юн покачал головой:

— Территориальный разброс. Когда полиция Брисбена находит труп со следами изнасилования, в Сидней с этим не едут. Кроме того, велик разброс и по времени, так что установить закономерность сложно. К тому же насильники часто душат своих жертв.

— Разве в Австралии нет полиции, работающей на федеральном уровне? — удивился Харри.

На лицах собравшихся появились улыбки. Харри не стал развивать эту тему и перешел на другую.

— Если это маньяк... — начал он.

— ...то он, как подсказывает опыт, должен действовать по одной схеме, — продолжил Эндрю. — Но это ведь не так?

Юн кивнул:

— Очевидно, у кого-то в полиции на протяжении этих лет возникала мысль о серийном убийце. И он, похоже, вырыл из архивов старые дела и начал их сравнивать, но слишком многое не сходилось, чтобы дать делу дальнейший ход.

— Но если это все-таки серийный убийца, у него должно быть более или менее выраженное желание, чтобы его поймали?

Уодкинс откашлялся:

— В литературе по криминалистике часто такое пишут. Что действия убийцы — это крик о помощи. Что он оставляет маленькие закодированные послания и следы, которые говорят о его подсознательном желании, чтобы его кто-то остановил. Иногда так и бывает. Но боюсь, не все так просто. У большинства серийных убийц, как и у нормальных людей, нет желания оказаться за решеткой. И если это действительно маньяк, то подсказок он нам оставил не так много. Мне не нравится еще кое-что...

Он приподнял верхнюю губу, обнажив желтые зубы.

— Во-первых, у него нет стандартной схемы убийства, кроме того, что жертвы — блондинки и он их душит. Может, это значит, что каждое убийство он рассматривает как нечто самоценное, что-то вроде произведения искусства, которое не должно быть похоже на предыдущее. Это делает нашу работу намного труднее. А может, схема все-таки есть, просто мы ее пока не нащупали. Возможно также, что он вовсе не собирается убивать, но иногда ему приходится это делать, потому что жертва видела его лицо, оказала сопротивление, позвала на помощь или что-нибудь еще, чего ему бы не хотелось.

— Может быть, он убивает жертву, только когда у него с ней не получилось?.. — предположил Лебье.

— А может, стоит показать дело психологам? — сказал Харри. — Может, они составят психологический портрет, который нам поможет?

— Может быть, — проговорил Уодкинс. Казалось, думает он о чем-то совсем другом.

— А что во-вторых? — спросил Юн.

— Как? — очнулся Уодкинс.

— Вы сказали: «во-первых», сэр. А что «во-вторых»?

— Что он так внезапно затихает, — ответил Уодкинс. — Возможно, он делает это по сугубо практическим причинам. Например, из-за болезни или срочной поездки. А что, если он просто не хочет, чтобы кто-нибудь заметил связь между преступлениями? И на какое-то время ложится на дно? Just like that. — Он щелкнул пальцами. — И в таком случае мы имеем дело с действительно опасным преступником, который дисциплинирован, хитер и не подвержен той мании саморазрушения, из-за которой в конце концов попадается большинство маньяков. Он превращается в расчетливого убийцу, которого едва ли удастся поймать прежде, чем он устроит кровавую баню. Если нам вообще удастся его поймать.

В комнате повисла тяжелая тишина. У Харри по спине пробежали мурашки. Он вспомнил все, что читал о неуловимых серийных убийцах и о том, как сбивалась с ног полиция, когда убийства внезапно прекращались. В таких случаях было неясно, лег ли убийца на дно или просто умер.

— Наши действия? — спросил Эндрю. — Попросим всех блондинок вплоть до пенсионного возраста по вечерам не выходить из дома?

— Тогда он просто исчезнет, и мы его так и не поймаем, — ответил Лебье и достал карманную пилку, которой принялся усердно чистить ногти.

— Но с другой стороны, не отдавать же ему всех австралийских блондинок на растерзание, — возразил Юн.

— Для этого не нужно требовать, чтобы они сидели взаперти, — сказал Уодкинс. — Если он ищет жертву, он ее находит. Разве он не вламывался пару раз в дом к жертве? Так что забудьте. Его надо выкурить.

— Но каким образом? Он орудует по всей Восточной Австралии, и никто не знает, где его ждать в следующий раз. Он совершенно произвольно насилует и убивает, — сказал Лебье своим ногтям.

— Это не так, — покачал головой Эндрю. — Тот, кто занимается этим давно, ничего не делает произвольно. Может показаться, что серийные убийцы хотят, чтобы о них говорили. Они оставляют на месте преступления свои визитные карточки. А этот не такой. Наоборот, он хочет, чтобы сходства не было. Его выдает только пристрастие душить. Иначе его вообще нельзя было бы вычислить. Так думает он. И ошибается. Потому что схема есть всегда. Не потому, что ее разрабатывают, а потому, что все люди — это животные со своими привычками. И большой разницы между вами и насильником нет. Разница в том, каковы особые привычки животного.

— Этот человек — псих, — сказал Лебье. — У всех серийников, по-моему, шизофрения, верно? Голоса, которые приказывают им убивать, и все такое прочее. Я согласен с Харри: давайте позовем мозговеда.

Уодкинс озадаченно почесал подбородок.

— Психолог, конечно, многое расскажет о серийных убийцах, но не уверен, что мы ищем там, — произнес Эндрю.

— Почему нет? Он ведь как раз серийный, раз совершил семь убийств, — заметил Лебье.

— Послушайте. — Эндрю склонился над столом, держа в воздухе огромные черные кулаки. — Для серийного убийцы убийство важнее полового акта. Бессмысленно насиловать кого-то, а потом не убивать. А для этого важнее изнасилование. Когда он убивает, то делает это, наверное, из практических соображений, как говорил Уодкинс. Например, когда жертва может его разоблачить. Если видела его лицо. — Эндрю сделал паузу. — Или знает, кто он. — Он положил руки перед собой.

Несмотря на жалобные завывания вентилятора, воздух в комнате был более спертый, чем обычно.

— Статистика неплохая, — сказал Харри. — Но нельзя, чтобы она увела нас в сторону. Как говорят у нас в Норвегии, мы можем за деревьями не видеть леса.

Уодкинс достал носовой платок и промокнул потный лоб.

— Возможно, часть смысла приведенной мистером Хоули остроумной норвежской пословицы теряется при переводе, но лично я не совсем ее понял, — признался он.

— Я просто имею в виду, что, рассматривая общую картину, нельзя забывать, что убийство Ингер Холтер может оказаться никак с этим не связано. Кое-кто и в Великую чуму умирал от обычного воспаления легких, верно? Предположим, Эванс Уайт не серийный убийца. И наличие другого человека, который убивает блондинок, не исключает возможности, что Ингер Холтер убил Эванс Уайт.

— Запутанно, но мы поняли, Хоули, — сказал Уодкинс и подытожил: — Итак, ребята, мы ищем насильника и возможно — повторяю, возможно — серийного убийцу. Как дальше пойдет следствие — зависит от Маккормака. А пока будем работать в установленном направлении. Кенсингтон, хочешь что-нибудь добавить?

— Да. Хоули не было на утренней встрече, поэтому повторю, что я разговаривал с Робертсоном, хозяином квартиры Ингер Холтер, и спросил, не слышал ли он раньше имени Эванса Уайта. И знаете, туман прояснился, потому что он действительно о нем слышал. Вечером мы туда отправимся. А еще звонил наш старый приятель — шериф из Нимбина. Эта Анджелина Хатчинсон подтверждает, что двое суток до того, как обнаружили тело Ингер Холтер, провела с Эвансом Уайтом.

Харри выругался.

Уодкинс хлопнул в ладоши:

— Итак, снова за работу, парни. Let's nail this bastard![1]

Последнюю фразу он произнес без уверенности в голосе.

Харри где-то слышал, что краткосрочной памяти собакам хватает в среднем секунды на три, но частыми повторами можно существенно увеличить это время. Выражение «собака Павлова» появилось после опытов, которые русский физиолог Иван Павлов ставил над собаками для исследования так называемых условных рефлексов. Вся-

[1] Поймаем этого ублюдка! *(англ.)*

кий раз, давая собакам еду, он подавал звуковой сигнал. И однажды подал только сигнал — без еды. Но у собак все равно началось выделение слюны и желудочного сока. Может, сейчас это явление и не кажется удивительным, но за свое открытие Павлов получил Нобелевскую премию, доказав, что тело «запоминает» частые повторы.

Когда Эндрю во второй раз за последние несколько дней хорошим пинком отправил тасманийского дьявола в кусты, было основание надеяться, что зловредный питомец Робертсона запомнит этот пинок лучше первого. И в следующий раз, заслышав незнакомые шаги, предпочтет не кидаться на посетителей, а куда-нибудь спрятаться.

Робертсон усадил гостей на кухне и предложил пива. Эндрю охотно согласился, а Харри попросил стакан минералки. Ее у Робертсона не оказалось, поэтому Харри решил просто закурить.

— Нет-нет, — сказал Робертсон, увидев у него в руках пачку сигарет. — В моем доме курить запрещается. Курение вредит здоровью, — и он одним глотком выпил полбутылки.

— Так вы сторонник здорового образа жизни? — спросил Харри.

— Конечно! — Робертсон сделал вид, что не заметил в его голосе иронии. — В этом доме не курят и не едят ни мяса, ни рыбы. Мы дышим чистым воздухом и питаемся дарами природы.

— Ваша псина тоже?

— Моя собака не пробовала ни мяса, ни рыбы с тех пор, как была щенком. Она настоящий вегетарианец, — с откровенной гордостью сказал Робертсон.

— Этим объясняется ее скверный характер, — пробормотал Эндрю.

— Мы так поняли, мистер Робертсон, что вы знакомы с Эвансом Уайтом. Что вы можете нам рассказать? — Харри достал блокнот. Он не собирался ничего записывать, но по опыту знал, что сам вид блокнота вызывает у свидетелей ощущение значимости даваемых показаний. Свидетели подходят к делу основательнее, стараются не допускать ошибок в показаниях и точнее указывают имена, названия мест и время в часах и минутах.

— Констебль Кенсингтон позвонил мне и спросил, кто заходил к Ингер Холтер, пока она здесь жила. И я сказал, что, кажется, видел того молодого человека с фотографии, где он с ребенком.

— Вот как?

— Да, этот молодой человек, насколько я знаю, приходил сюда дважды. В первый раз они заперлись у нее в комнате и не выходили оттуда двое суток. Ее было очень... э-э... очень слышно. Я подумал о соседях и включил громкую музыку, чтобы не ставить их в неловкое положение. В смысле, Ингер и того парня. Думаю, им это не слишком мешало. Во второй раз он зашел к ней и почти сразу вышел.

— Они поругались?

— Думаю, да. Она кричала, что расскажет той стерве, какой он мерзавец. И что она расскажет кое-кому о его планах.

— Кое-кому?

— Она назвала имя, но я забыл.

— А эта «стерва» — кто это может быть? — спросил Эндрю.

— Я стараюсь не вмешиваться в личную жизнь квартирантов, констебль.

— Отличное пиво, мистер Робертсон. Так что это за «стерва»? — Эндрю, казалось, не слышал его ответа.

— Ну, как бы это... — протянул Робертсон. Его глаза нервно бегали от Эндрю к Харри и обратно. Он попробовал улыбнуться. — Это ведь очень важно для следствия, верно?

Вопрос повис в воздухе.

Эндрю со стуком поставил бутылку на стол и сурово посмотрел на домовладельца.

— Вы, Робертсон, слишком много смотрите телевизор. Думаете, я сейчас незаметно положу на стол стодолларовую бумажку, вы шепнете мне имя и мы молча разойдемся? В реальности все не так, и мы сейчас позвоним, и сюда под вой сирен прикатит полицейская машина, на вас наденут наручники и заберут, хотите вы того или нет, на глазах у всех соседей. Потом, в участке, вам в лицо будут светить лампой и как «возможному подозреваемому» устроят допрос на всю ночь. Без адвоката. В реальности все может обернуться приговором за сокрытие информации по делу об убийстве. Это превращает вас в соучастника и гарантирует шесть лет строгого режима. Ну, как вам это, мистер Робертсон?

Побледневший Робертсон беззвучно открывал и закрывал рот. Как аквариумная рыбка, которая поняла, что обед сейчас будет не у нее, а из нее.

— Я... я не хотел, чтобы... — наконец выговорил он.

— В последний раз спрашиваю: кто такая эта «стерва»?

— Наверное, та, на фотографии... та, которая была здесь...

— На какой фотографии?

— На той, что висит у нее в комнате. Она там стоит за Ингер и тем парнем. Такая маленькая, загорелая, с повязкой на лбу. Я ее узнал, потому что несколько недель назад она приходила сюда и спрашивала Ингер. А когда я ее позвал, они вышли на лестницу и стали разговаривать. Потом — кричать и ругаться. Хлопнула дверь, и Ингер в слезах убежала в свою комнату. Больше я той девушки не видел.

— Не могли бы вы принести эту фотографию, Робертсон? Я оставил копию в своем кабинете.

Робертсон был сама услужливость. Он мгновенно убежал и вернулся с тем самым групповым снимком. Харри хватило одного взгляда, чтобы понять, кто эта женщина.

— Мне сразу показалось, что я ее где-то видел, — сказал он.

— Это же наша сердобольная мадам! — удивленно воскликнул Эндрю.

— Думаю, ее зовут Анджелина Хатчинсон.

Когда они уходили, тасманийского дьявола видно не было.

— Детектив Кенсингтон, ты не задумывался, почему все зовут тебя констеблем? — поинтересовался Харри, когда они уже сели в автомобиль.

— Потому что у меня располагающая внешность. «Констебль» звучит как «добрый дядя», а? — с довольным видом сказал Эндрю. — И у меня не хватает смелости их поправлять.

— Да, прямо плюшевый мишка, — рассмеялся Харри.

— Коала, — сказал Эндрю.

— «Шесть лет строгого режима»! — вспомнил Харри. — Ну ты и враль!

— Больше ничего в голову не пришло, — ответил Эндрю.

7

Terra nullius, сутенер и Ник Кейв

В Сиднее шел дождь. Вода барабанила по асфальту, билась о стены домов и тонкими ручейками бежала вдоль тротуаров. Люди спешили в поисках укрытия, расплескивая воду каблуками. Кое-кто, конечно, слушал утром прогноз и захватил с собой зонтик. И теперь зонтики проклевывались на улице, как огромные яркие поганки. Эндрю и Харри стояли и ждали зеленого света на Уильям-стрит возле Гайд-парка.

— Помнишь аборигена, который в тот вечер сидел в парке рядом с «Олбери»? — спросил Харри.

— В Грин-парке?

— Он пытался с тобой поздороваться, а ты ему не ответил. Почему?

— Я с ним незнаком.

Зажегся зеленый, и Эндрю нажал на газ.

Когда Харри вошел в бар «Олбери», там почти никого не было.

— Рановато, — сказала Биргитта, продолжая расставлять по полкам чистые стаканы.

— Я подумал, что, пока посетителей не так много, обслуживание будет лучше.

— Здесь мы обслуживаем всех одинаково хорошо. — Она ущипнула Харри за щеку. — Чего изволите?

— Просто кофе.

— Просто кофе выпьешь дома.

— Спасибо, мое сокровище.

Биргитта рассмеялась:

— Сокровище? Так отец зовет мою маму. — Она села на табурет и, перегнувшись через стойку, посмотрела на Харри. — А на самом деле впору обеспокоиться, если парень, которого я знаю меньше недели, начинает называть меня ласковыми именами.

Харри потянул носом воздух. Исследователи по-прежнему мало знают о том, как импульсы, поступающие от рецепторов запаха, преобразуются в мозгу в значимые ощущения. Но Харри не важно было, как это происходит, — он просто знал, что, когда он чувствует ее аромат, его мозг и тело откликаются на все лады. Веки слегка опускаются, губы растягиваются в широкой улыбке, а настроение заметно улучшается.

— Не беспокойся, — посоветовал он. — Разве ты не знаешь, что «сокровище» относится к безопасным ласковым именам?

— Не знала, что такие бывают.

— Конечно бывают. Например, «дорогая», «подруга». Или «малышка».

— А опасные?

— Ну... Вот «лапуленька» — весьма опасное, — ответил Харри.

— А еще?

— «Лапуленька», «усипусечка». Знаешь, такие плюшевые слова. Главное, они несут в себе не нейтральное, безличное значение, а более интимное. Лучше произносить их немного сюсюкая, будто разговариваешь с детьми. Тогда от ощущения близости и тесного пространства даже может развиться клаустрофобия.

— Еще какие-нибудь примеры?

— А как там с кофе?

Биргитта хлестнула его платком. Потом налила большую кружку кофе. Пока она стояла к нему спиной, Харри захотелось протянуть руку и провести по ее волосам.

— Теперь моя очередь. Я хочу услышать продолжение рассказа, — заявила она, села и взяла его руку в свою.

Харри отпил из кружки, задержал дыхание и посмотрел вокруг.

— Его звали Стиансен, того моего коллегу. А по имени — Ронни. Подходящее имя для хулигана. Но на хулигана он был не похож: добрый, отзывчивый парень, которому нравилась его работа. В основном нравилась. Когда его хоронили, я все еще валялся под капельницей. Мой шеф потом зашел ко мне в больницу. Передал привет от начальницы полиции Осло. Уже тогда мне следовало заподозрить неладное. Но я был трезвым, и настроение паршивое. Медсестра догадалась, что мне приносят выпивку, и соседа перевели в другую палату, так что я не пил уже два дня.

«Знаю, о чем ты думаешь, — сказал шеф. — Не надо, впереди много работы».

Он думал, мне хочется покончить жизнь самоубийством. Он ошибался: мне хотелось только раздобыть выпивку.

Шеф не любит ходить вокруг да около.

«Стиансен погиб. Ему ты уже не поможешь, — сказал он. — Но ты можешь помочь самому себе и своей семье. И нам. Ты читал газеты?»

Я ответил, что вообще ничего не читал, что отец прочитал мне несколько книг и что я просил его не заводить разговоров о происшедшем. Шеф сказал — очень хорошо, что я ни с кем об этом не разговаривал. И это все упрощает.

«Вообще-то машину вел не ты, — сказал он. — То есть скажем иначе: за рулем не сидел сотрудник полицейского участка города Осло в состоянии алкогольного опьянения». И спросил, понимаю ли я его. Это, мол, Стиансен был за рулем. Из нас двоих именно у него в крови не нашли ни капли алкоголя.

Он показал мне газеты недельной давности, и я, хотя еще плохо видел, прочел, что водитель погиб на месте, а его коллегу, сидевшего на переднем сиденье, тяжело ранило.

«Но за рулем сидел я», — ответил я ему.

«Сомневаюсь. Тебя нашли на заднем сиденье, — сказал шеф. — Знаешь, у тебя ведь было серьезное сотрясение мозга. Ты, наверное, вообще ничего не помнишь о той поездке».

Я, конечно, понимал, к чему он клонит. Журналистам интересно только то, что нашли в крови у водителя, и если там все в норме, обо мне уже никто бы не подумал. Для полиции это очень важно.

Лицо у Биргитты было хмурое:

— А как рассказать родителям Стиансена, что это их сын сидел за рулем? У них что, нет ничего человеческого? Как вообще...

— Я же сказал, что в полиции существует круговая порука. Иногда интересы организации важнее интересов родных. Не исключено, что в таком случае семье Стиансена представили бы версию, с которой им было бы легче жить. По версии моего шефа, водитель, то есть Стиансен, пошел на оправданный риск, преследуя возможного убийцу и наркодельца. А несчастный случай при исполнении может случиться с кем угодно. К тому же паренек в другой машине был неопытным шофером, да и в принципе существовала возможность, что он нас пропустит. Все-таки мы ехали с сиреной.

— И на скорости сто десять километров.

— При ограничении в пятьдесят. Ну конечно, парня винить нельзя. Важна аргументация. Каково семье будет узнать, что их сын был пассажиром? Станет ли родителям легче оттого, что их сын не сел за руль сам, а дал вести пьяному коллеге? Шеф повторял эти аргументы снова и снова. Я думал, у меня голова лопнет. Под конец я перегнулся через край кровати, и меня стошнило. Прибежала медсестра. А на следующий день пришли родители Стиансена и его младшая сестра. Они принесли мне цветы и пожелали скорого выздоровления. Отец сокрушался, что так и не смог научить сына водить машину осторожнее. Я плакал как ребенок. Каждая секунда становилась для меня казнью. Они просидели у меня в палате больше часа, а потом ушли.

— Господи, что ты им говорил?

— Ничего. Это они говорили. Про Ронни. Про то, какие у него были планы, кем он хотел стать, чем заниматься. Про его любимую девушку, которая учится в Америке. Про то, как он говорил обо мне. Что я хороший полицейский и хороший друг. На которого можно положиться.

— Что потом?

— Я провалялся в больнице два месяца. Пару раз заходил шеф. Однажды он снова сказал: «Знаю, о чем ты думаешь. Не надо». И на этот раз угадал. Я хотел только одного — умереть. Может, скрыть всю правду было благородным поступком. Но самое скверное не то, что я соврал.

А то, что я спас собственную шкуру. Может, это звучит странно, но я много об этом думал. Поэтому сейчас расскажу одну историю.

В пятидесятых вся Америка знала молодого университетского преподавателя по имени Чарлз Ван Дорен — никто не мог победить его в телевикторине, которая транслировалась по всей стране. Неделю за неделей выходил он победителем. Вопросы иногда попадались самые каверзные, но, ко всеобщему удивлению, этот парень всегда отвечал правильно. Ему писали девушки, мечтавшие выйти за него замуж, у него был свой клуб поклонников, а на его лекции в университете, естественно, люди ходили толпами. В итоге он публично признался, что организаторы викторины давали ему вопросы заранее.

Когда его спросили, зачем он раскрыл обман, Ван Дорен рассказал о своем дяде, который однажды признался жене в том, что изменял ей. После этого в семье был серьезный скандал, и Ван Дорен спросил дядю, зачем он рассказал об измене, ведь она произошла много лет назад и потом дядя ни разу не видел ту женщину. И дядя ответил, что хуже всего не измена, а то, что он остался безнаказанным. Этого дядя больше не мог вытерпеть. И Ван Дорен — тоже.

Думаю, что, когда люди перестают считать свои поступки правильными, у них возникает потребность в наказании. Во всяком случае, я мечтал о том, чтобы меня наказали: бичевали, мучили, унижали. Что угодно, лишь бы я снова смог обрести себя. Но наказывать меня никто не собирался. А так как я официально был трезвым, меня не могли даже выкинуть с работы. Напротив, шеф публично отметил меня как сотрудника, серьезно раненного при исполнении. И я решил наказать себя сам. Вынес самый суровый приговор: жить дальше и бросить пить.

В бар стали приходить люди. Биргитта жестом показала, что скоро освободится.

— А потом?

— Снова встал на ноги, вышел на работу. Работал до-поздна — дольше всех остальных. Ходил на тренировки и в длительные походы. Читал книги. Немного изучал юриспруденцию. Перестал знаться с плохой компанией. Впрочем, и с хорошей тоже. Со всеми, с кем свёл знаком-ство, когда пил. Не знаю почему — это было что-то вроде генеральной уборки. Всё, что случилось в моей жизни раньше, должно было уйти — и плохое, и хорошее. Как-то раз я сел за телефон и обзвонил всех своих прежних прия-телей. Говорил: «Привет, приятно было проводить с вами время, но больше мы встречаться не можем». Большин-ство согласились со мной. Некоторые даже обрадовались. Кое-кто сказал, что я так отгораживаюсь от мира. Возмож-но, они были правы. В последние три года я больше об-щался с сестрой, чем с кем-нибудь другим.

— А женщины?

Харри окинул взглядом стойку. Некоторые посетители начинали терять терпение.

— Это уже другая, тоже долгая история. Старая исто-рия. После аварии у меня никого не было. Я стал эдаким одиноким волком. Кто знает, может, я привлекателен, только когда выпью? — Харри задумчиво налил в кофе ещё молока.

— А почему тебя направили сюда, в Австралию?

— Кое-кто из руководства, наверное, решил, что это как раз для меня. Вроде проверки. Я так понял, что, если не завалю всё дело, передо мной откроются кое-какие перспективы в Норвегии.

— Думаешь, это так важно?

Харри пожал плечами.

— Не многое на свете действительно важно. — Он кив-нул на другой конец стойки. — По крайней мере, не важ-нее, чем выпивка для того парня.

Биргитта ушла, а Харри остался сидеть и смотреть в кружку. Над полками со спиртным висел телевизор. Показывали новости. Харри понял, что рассказывают о группе аборигенов, которые требуют прав на какой-то участок земли.

— ...в соответствии с новым Законом о титуле собственности для коренных народов, — сказал диктор.

— Значит, справедливость торжествует, — услышал Харри голос за спиной.

Обернувшись, он сначала не узнал длинноногую напудренную женщину с грубыми чертами лица и в огромном светлом парике. Но потом вспомнил, где уже видел этот нос картошкой и широкий промежуток между передними зубами.

— The clown![1] — воскликнул Харри. — Отто...

— Отто Рехтнагель собственной высочайшей персоной, красавчик. Ах, эти высокие каблуки такие неудобные. Я предпочитаю, когда мои мужчины выше меня. May I?[2] — Он сел рядом с Харри.

— Что будешь пить? — спросил Харри, пытаясь привлечь внимание Биргитты.

— Расслабься. Она знает, — сказал Отто.

Харри предложил ему сигарету. Тот взял ее, не поблагодарив, и жеманно сунул в розовые губы. Харри достал спичку, и Отто, не отрывая от него глаз, глубоко затянулся.

Платье было коротким, и Харри видел тощие ляжки Отто, обтянутые чулками. Следовало признать, что его одеяние — своего рода шедевр и в Отто больше женственности, чем в большинстве женщин, которых встречал Харри.

— Что ты имел в виду, когда сказал: справедливость торжествует? — спросил Харри, кивая на телеэкран.

[1] Клоун! *(англ.)*
[2] Можно? *(англ.)*

— Ты что, не слышал про terra nullius? И про Эдди Мабо?

Харри покачал головой.

— Terra nullius — очень забавная штука. Когда англичане приехали в Австралию, они заметили, что местные жители не очень-то возделывают землю. Аборигены вели полукочевой образ жизни, охотились, рыбачили и питались дарами природы. И только потому, что они не горбатились полдня на картофельном поле, англичане решили, что народ находится на низкой ступени развития. Они думали, что земледелие — обязательное звено в развитии любой цивилизации, но забыли, что первые европейцы, пытавшиеся возделывать скупую землю Австралии, гибли от голода. А аборигены знали природу как свои пять пальцев и постоянно откочевывали в те места, где в разное время года можно найти пищу. Капитан Кук говорил, что счастливее людей он не встречал. Им попросту не нужно было копать огороды. Но из-за того, что они не были оседлыми, англичане решили, будто земля ничейная. По-латыни terra nullius. И значит, англичане могут раздавать права на владение землей поселенцам, не спрашивая разрешения у аборигенов. Ведь земля им не принадлежала.

Биргитта поставила перед Отто большой бокал «Маргариты».

— А несколько лет назад появился некий Эдди Мабо, парень с островов в Торресовом проливе, который бросил вызов существующему порядку, оспорив принцип «terra nullius». Он заявил, что в те времена земля была незаконно украдена у аборигенов. И в девяносто втором Верховный суд поддержал Эдди Мабо и признал, что раньше Австралия принадлежала аборигенам. Суд постановил, что аборигены могут потребовать возвращения исконных территорий проживания или промысла. Естественно, поднялся жуткий шум: белые испугались, что потеряют свою землю.

— А что происходит сейчас?

Отто сделал глубокий глоток из подсоленного бокала, скорчил недовольную физиономию, будто выпил уксусу, и осторожно вытер губы салфеткой.

— Ну, суд пока не снесли. Закон о титуле собственности для коренных народов приняли. Но применять его на практике не получается. Все-таки бедный крестьянин не захочет ни с того ни с сего расстаться со своей собственностью. Так что паника мало-помалу улеглась.

«Вот я сижу в баре, — подумал Харри, — и слушаю, как педераст рассуждает об австралийской политике». Он даже сравнил себя с Харрисоном Фордом из «Звездных войн», сидящим в космическом баре.

Выпуск новостей прервался рекламой, в которой улыбающиеся австралийцы во фланелевых рубашках и кожаных шляпах на все лады расхваливали пиво, все достоинства которого, очевидно, сводились к тому, что оно — «proudly Australian»[1].

— Выпьем за terra nullius, — предложил Харри.

— Выпьем, красавчик. Ах, совсем вылетело из головы. На следующей неделе мы показываем новую программу в театре Сент-Джордж на Бонди-Бич. Я просто требую, чтобы вы с Эндрю пришли. Возьмите с собой еще кого-нибудь. Приберегите аплодисменты до моих номеров.

Харри глубоко поклонился и поблагодарил Отто за три билета, которые тот протянул, изящно оттопырив мизинец.

Пересекая Грин-парк по пути от «Олбери» до Кингс-Кросс, Харри почему-то искал глазами того седого аборигена. Но в этот вечер в тусклом свете парковых фонарей на скамейках можно было увидеть только пару белых алкоголиков. Облака, застилавшие небо, рассеялись, и теперь оно было высоким и усеянным звездами. Харри миновал

---

[1] «Грандиозно австралийское» *(англ.)*.

двух ссорящихся мужчин. Они стояли по разные стороны тротуара, и ему пришлось пройти между ними.

— Ты не сказал, что уйдешь на всю ночь! — крикнул один из них тонким голосом, задыхаясь от слез.

Прислонившись к стене вьетнамского ресторана, курил официант. Вид у него был уже измученный. По улице Дарлингхерст-роуд в районе Кингс-Кросс медленно текли потоки машин и людей.

На углу Бейсуотер-роуд стоял Эндрю и жевал хот-дог.

— А вот и ты, — сказал он. — Минута в минуту. Как истинный германец.

— Вообще-то Германия...

— В Германии живут тевтоны. А ты принадлежишь к северогерманскому народу. Это у тебя прямо на лице написано. Или ты отказываешься от собственной расы, приятель?

Харри захотелось задать ему тот же вопрос, но он сдержался.

Настроение у Эндрю было превосходное.

— Для начала я покажу тебе пару моих знакомых, — сказал он.

Иголку в стоге сена решили искать в самой гуще стога. А именно — среди шлюх на Дарлингхерст-роуд. Их найти было немудрено, а с некоторыми Харри уже был знаком.

— Mongabi, my man, how's business?[1] — Эндрю остановился и по-приятельски поздоровался с темнокожим парнем в облегающем костюме с изобилием блестящих побрякушек.

Тот улыбнулся, и Харри заметил золотой зуб.

— Тука, похотливый жеребец! Да уж не жалуюсь!

«Если не сутенер, то очень на него похож», — подумал Харри.

— Харри, поприветствуй Тедди Монгаби, самого крутого сутенера в Сиднее. Он начал лет двадцать назад, но

---

[1] Монгаби, дружище, как дела? *(англ.)*

по-прежнему выходит на улицу со своими девушками. А как же годы, Тедди?

Тедди развел руками и широко улыбнулся:

— Мне здесь нравится, Тука. Все ведь происходит здесь. Стоит остаться в офисе, и ты мигом теряешь обзор и контроль. А контроль, знаешь ли, в нашем деле — все. Контроль над девочками и над клиентами. Люди, знаешь ли, они как суки. А сука, которую ты не контролируешь, — это дрянная сука. Дрянные суки, знаешь ли, кусаются.

— Ну, если ты так говоришь, Тедди... Слушай, мне бы побеседовать кое с кем из твоих девочек. Мы ищем плохого парнишу. Возможно, он нашалил и здесь.

— Sure[1], с кем тебе нужно поговорить?

— Сандра здесь?

— Сандра всегда здесь. Больше точно ничего не нужно? В смысле, кроме разговоров.

— Нет, не нужно, Тедди. Мы будем в «Палладиуме». Пусть Сандра зайдет туда.

Перед «Палладиумом» стоял зазывала и заманивал людей громкими непристойными выкриками. Увидев Эндрю, он улыбнулся, а обменявшись с ним парой словечек, пропустил полицейских внутрь без билетов. Узкая лестница вела в подвал, где в тусклом свете стрип-клуба несколько мужчин, рассевшись вокруг столов, ждали следующего выступления. Эндрю и Харри устроились за столиком в глубине зала.

— Такое чувство, что тебя тут все знают, — заметил Харри.

— Все, кому выгодно меня знать. И кого выгодно знать мне. Думаю, и у вас в Осло практикуется такой симбиоз между полицией и полусветом.

— Да, конечно. Но у тебя, кажется, с ними более теплые отношения, чем у нас.

Эндрю рассмеялся:

[1] Конечно (англ.).

— Наверное, родство душ. Кто знает, если б я не пошел в полицию, может, работал бы в этой сфере.

На лестнице показались черная мини-юбка и высокие каблуки. Окинув полутемный зал тяжелым маслянистым взглядом, женщина направилась к их столику. Эндрю подвинул ей стул.

— Сандра, это Харри Хоули.

— Правда? — криво улыбнулся широкий, густо напомаженный рот. Одного клыка не хватало.

Харри пожал ее холодную, мертвенно-бледную руку. Что-то в ней было знакомое. Может, как-то вечером он видел ее на Дарлингхерст-роуд. Только в тот раз у нее был другой макияж. Или одежда?

— Так в чем дело, Кенсингтон? Все ловишь бандитов?

— Не простого бандита, Сандра. Он любит душить. Руками. Слышала о таком?

— Да у нас половина клиентов такие. Он что, кого-то убил?

— Очевидно, только тех, кто мог его опознать, — ответил Харри. — Видела его раньше? — Он достал фотографию Эванса Уайта.

— Нет. — Она даже не взглянула на фотографию и повернулась к Эндрю. — Что это за тип с тобой, Кенсингтон?

— Он из Норвегии, — ответил Эндрю. — Полицейский. А его сестра работала в «Олбери». На прошлой неделе ее изнасиловали и убили. Двадцать три года. Харри отпросился у начальства и прилетел сюда, чтобы найти того, кто это сделал.

— Извиняюсь, — поправилась Сандра и посмотрела на фотографию. — Да, — сказала она коротко.

— Что ты имеешь в виду? — оживился Харри.

— Я имею в виду: да, я его видела.

— То есть ты его... э... встречала?

— Нет, но он несколько раз появлялся на Дарлинг-херст-роуд. Не знаю, что он тут делал, но лицо я припоминаю. Могу еще поспрашивать...

— Мы были бы очень признательны... э... Сандра, — сказал Харри.

На ее губах мелькнула улыбка:

— Мне пора работать, мальчики. Поговорим потом. — И мини-юбка исчезла так же, как и появилась.

— Yes! — сказал Харри.

— Yes? Только потому, что кто-то видел его на Кингс-Кросс? Показываться на Дарлингхерст-роуд не преступление. И по шлюхам ходить — тоже. Во всяком случае, не слишком страшное.

— Ты что, не понимаешь, Эндрю? В Сиднее четыре миллиона людей, а она видела именно того, кого мы подозреваем. Конечно, это еще ничего не доказывает, но ведь это знак! Ты не чувствуешь, что дело пошло?

Выключили музыку, погасили свет. Гости в ожидании смотрели на сцену.

— Ты ведь вполне уверен, что это Эванс Уайт?

Харри кивнул:

— Я это чувствую каждой клеточкой своего тела. Чувствую нутром.

— Нутром?

— Если подумать, Эндрю, то интуиция — не такая уж и чушь.

— Я вот сейчас думаю об этом, Харри. И нутром не чувствую ничего. Объясни мне, пожалуйста, как твое нутро работает?

— Ну... — Харри посмотрел на Эндрю: не издевается ли он?

Эндрю посмотрел в ответ — с неподдельным интересом.

— Интуиция — это всего лишь сумма опыта. Я так себе представляю, что все, что с тобой было, все, что ты знаешь, думаешь, что знаешь, и не догадываешься, что знаешь, лежит в подсознании вроде как в полуспячке. Будто сурок. Как правило, ты на него внимания не обращаешь. И он просто лежит, посапывает и впитывает в себя новое, верно? Но иногда он моргает, просыпается и говорит: эй, ты где-то это уже видел. И рассказывает, как дело обстояло в прошлый раз.

— Отлично, Хоули. А ты уверен, что твой сурок учел все детали? То, что человек видит, зависит от того, откуда он смотрит.

— То есть?

— Возьмем звездное небо. И в Норвегии, и в Австралии ты видишь одно и то же небо. Но поскольку ты пересек экватор, то сейчас — по своим домашним меркам — стоишь вверх ногами. И созвездия видишь вверх ногами. А если ты этого не знаешь, то обязательно попадешь впросак.

Харри посмотрел на Эндрю.

— Вверх ногами?

— Ну да. — Эндрю затушил сигару.

— В школе нас учили, что вы видите совсем другое звездное небо, чем мы. Когда ты в Австралии, земной шар заслоняет звезды, которые ночью видны в Норвегии.

— Допустим, — невозмутимо продолжил Эндрю. — Все равно, важно, откуда ты смотришь на вещи. Все относительно, не так ли? Вот что делает мир таким запутанным.

Со сцены послышалось шипение, пошел белый дым. Через мгновение дым стал красным, а в динамиках зазвучала ритмичная музыка. Из дыма возникли женщина в простом платье и мужчина в брюках и белой рубашке.

Эту музыку Харри где-то слышал раньше. Всю дорогу от Лондона она звучала в наушниках у соседа по самолету. Но текст он разобрал только сейчас. Женщина пела, что ее называют дикой розой, а она не знает почему.

И контрастом звучал низкий мужской голос:

Then I kissed her goodbye,
said all beauty must die,
I bent down and planted a rose
between her teeth[1].

Перед тем как Харри разбудил стук в дверь его номера, ему снились звезды и коричнево-желтые змеи. Несколько мгновений он лежал тихо, просто ощущая, насколько ему спокойно. Опять шел дождь, и пела водосточная труба за окном. Он поднялся и, не заботясь о том, чтобы одеться, широко раскрыл дверь. Биргитта удивленно рассмеялась и бросилась ему в объятия. С ее волос стекала вода.

— Я думал, мы договорились на три часа. — Харри притворился, что сердится.

— Посетители никак не хотели уходить, — подняла она веснушчатое лицо.

— Я дико, безнадежно и бесповоротно в тебя влюбился, — прошептал он, держа ее голову в руках.

— Знаю, — серьезно сказала она. И, оглядев его с ног до головы, спросила: — Это все мне?

Харри стоял у окна, пил апельсиновый сок из мини-бара и смотрел на небо. Снова наползли облака — казалось, кто-то ткнул в них огромной вилкой и через образовавшиеся прорехи шел ослепительный свет.

— Что ты думаешь о трансвеститах? — спросила Биргитта из постели.

— В смысле, об Отто?

— И о нем тоже.

---

[1] Я поцеловал ее уста,
Сказал: погибнет красота.
И, склонившись, вложил розу ей в уста *(англ.)*.

Харри задумался. Потом рассмеялся.

— Думаю, мне по душе его вызывающий стиль. Полуопущенные веки, недовольные гримасы. Усталость от жизни. Как бы это назвать? Меланхолическое кабаре, в котором он флиртует со всеми и всем. Такой поверхностный флирт, пародия на самого себя.

— И тебе это нравится?

— Мне нравится его экстравагантность. К тому же он выступает за то, что большинство ненавидит.

— А что ненавидит большинство?

— Слабость. Ранимость. Австралийцы кичатся своей либеральностью. Может, они и имеют на это право. Но я понял, что здешний идеал — это почтенный одинокий труженик, оптимист и капельку патриот.

— True blue.

— Что?

— Они называют это «true blue». Или «dinkum». Так говорят про что-то настоящее и общепризнанное — про человека или вещь.

— А за этим радостным всенародным фасадом можно скрыть столько дерьма! Напротив, Отто, разодетый как попугай, представляет соблазнительное, иллюзорное и ложное. Он произвел на меня впечатление самого неподдельного и настоящего. Неприкрытого, ранимого и настоящего.

— Очень политкорректно сказано, Харри Хоули, лучший друг педерастов, — отозвалась Биргитта.

— Но согласись, сказано хорошо?

Он прилег, посмотрел на нее и поморгал невинными синими глазами.

— Я очень рад, фрекен, что на сегодня наши утехи закончены. В смысле, нам обоим пора вставать.

— Ты так говоришь, только чтобы подразнить меня, — сказала Биргитта.

Встали они нескоро.

8

Приятная шлюха, ранимый датчанин и крикет

Харри встретил Сандру перед «Дез Гоу-Гоу». Она стояла на краю тротуара и обозревала свое маленькое королевство на Кингс-Кросс, устало балансируя на высоких каблуках, скрестив руки, с сигаретой в руке и взглядом Спящей красавицы — одновременно призывным и отталкивающим. Короче говоря, выглядела она как самая обычная шлюха.

— Доброе утро, — сказал Харри. Сандра, казалось, не узнала его. — Remember me?[1]

Уголки ее губ поползли вверх, должно быть изображая улыбку.

— Sure, love. Let's go[2].

— Я Харри. Из полиции.

Сандра похлопала глазами.

— Ну да, конечно. Мои линзы с утра ни к черту. Наверное, из-за выхлопных газов.

— Могу я предложить чашечку кофе? — вежливо спросил Харри.

Она пожала плечами:

— Народу тут мало. Так что я могу вернуться сюда и вечером.

Внезапно из дверей стрип-клуба появился Тедди Монгаби со спичкой в зубах и коротко кивнул Харри.

— Как это переживают твои родители? — спросила Сандра, когда подали кофе.

Они сидели там, где Харри обычно завтракал, в «Бурбон энд биф», и официант помнил, что Харри заказывает яичницу «Бенедикт», картофельную запеканку и кофе, white flat. Сандра пила черный.

---

[1] Помнишь меня? *(англ.)*
[2] Конечно, милый. Пошли *(англ.)*.

— Excuse me?

— Твою сестру...

— А, понял. — Харри поднес чашку ко рту, чтобы выиграть время. — Спасибо за сочувствие. Им, конечно, тяжело.

— В каком мерзком мире мы живем.

Солнце еще не взошло над крышами домов по Дарлингхерст-роуд, а небо уже было лазурным, кое-где — в белых пятнышках облаков. Как обои в детской. Но что от этого пользы, когда мир такой мерзкий?

— Я поговорила с девчонками, — сказала Сандра. — Этого парня на фотке зовут Уайт. Он толкает ЛСД и калики. Некоторые девчонки у него покупают. Но никто его не обслуживал.

— Может, ему нет нужды за это платить, — предположил Харри.

Сандра усмехнулась:

— Потребность в сексе — это одно. А в том, чтобы купить секс, — другое. Для некоторых это как встряска. Мы можем дать тебе много такого, чего дома ты не получишь. Уж поверь.

Харри поднял глаза. Сандра смотрела прямо на него, и на какое-то мгновение пелена в ее глазах рассеялась.

Харри ей поверил.

— Ты проверяла по датам?

— Одна девчонка говорит, что покупала у него ЛСД за день до того, как нашли твою сестру.

Харри поставил чашку так резко, что пролился кофе. Потом наклонился к Сандре и тихо и быстро спросил:

— Могу я с ней поговорить? Ей можно верить?

Широкий напомаженный рот Сандры расплылся в улыбке. Там, где не хватало зуба, зияла черная дырка.

— Я же говорю: она покупала ЛСД. А ЛСД в Австралии под запретом. Тебе нельзя с ней поговорить. И потом, как по-твоему, можно верить наркоманке?

Харри пожал плечами.

— Я просто сказала тебе, что слышала от нее. Но она, конечно, не особо разбирает, какой день среда, а какой — четверг.

Атмосфера в комнате накалялась. Даже вентилятор дребезжал сильнее обычного.

— Извини, Хоули, но Уайт отпадает. Никакого мотива, и его любовница говорит, что на момент убийства он был в Нимбине, — сказал Уодкинс.

Харри повысил голос:

— Вы что, не слышите меня? Анджелина Хатчинсон принимает черт знает какие наркотики. Она беременна, очевидно от Эванса Уайта. Парни, да он же подкармливает ее наркотой. Он для нее царь и бог! Она вам что угодно скажет. Мы разговаривали с хозяином дома: эта дамочка ненавидела Ингер Холтер, и не без причины. Взять хотя бы то, что какая-то девчонка из Норвегии пытается украсть у нее курицу, несущую золотые яйца.

— Может, тогда лучше заняться мисс Хатчинсон? — тихо предложил Лебье. — У нее, во всяком случае, мотив налицо. Может, это ей Уайт нужен для алиби, а не наоборот.

— Но Уайт лжет! Его видели в Сиднее накануне того дня, когда нашли тело Ингер Холтер. — Харри встал и начал расхаживать по комнате, насколько позволяли ее размеры.

— Если верить проститутке, которая принимает ЛСД, и еще не ясно, сможем ли мы ее допросить, — добавил Уодкинс и повернулся к Юну. — Что авиакомпании?

— За три дня до убийства полиция Нимбина видела на главной улице самого Уайта. С того момента по день убийства он не значится в списках пассажиров ни «Ансетта», ни «Квантаса».

— Это еще ни о чем не говорит, — буркнул Лебье. — Черта с два наркоторговец станет разъезжать под собственным именем. Потом, он мог ехать на поезде. Или в автомобиле, если у него было много времени.

Харри взорвался:

— Повторяю: по данным американской статистики, в семидесяти процентах случаев убийца и жертва знакомы. И ведь мы ищем серийного убийцу, найти которого — все равно что сорвать приз в лотерее. Давайте хотя бы искать там, где у нас больше шансов его найти. Все-таки сейчас у нас есть парень, на которого указывает ряд улик. Нужно его только немного потрясти. Ковать железо, пока горячо. Прижать его к ногтю. Вынудить совершить ошибку. А сейчас мы там, куда он хотел бы нас загнать, то есть в... в этом... — Он безуспешно пытался вспомнить, как по-английски будет «тупик».

— Хм. — Уодкинс принялся размышлять вслух: — Конечно, получится не очень красиво, если окажется́, что виновный был у нас под носом, а мы и не заметили.

В этот момент вошел Эндрю.

— Всем привет! Извините, опоздал. Но кто-то же должен поддерживать порядок на улицах. Что стряслось, шеф? У тебя на лбу морщины глубиной в долину Джамисон!

Уодкинс вздохнул:

— Вот, думаем, куда направить наши ресурсы. Отложить на время версию о серийном убийце и заняться Эвансом Уайтом. Или Анджелиной Хатчинсон. Хоули говорит, что алиби у них так себе.

Эндрю рассмеялся и достал из кармана яблоко.

— Хотел бы я посмотреть, как беременная женщина весом в сорок пять килограммов убивает крепкую скандинавскую девушку. А потом насилует.

— Просто версия... — пробормотал Уодкинс.

— А об Эвансе Уайте вообще пора забыть. — Эндрю вытер яблоко о лацкан пиджака.

— Почему?

— Я потолковал тут с одним своим информатором. В день убийства он был в Нимбине, искал травку и прослышал об отличном товаре Эванса Уайта.

— И?

— Никто не предупредил его, что Уайт не торгует с порога своего дома. Так что парень еле ноги унес от злого дяди с дробовиком. Я показал ему фотографию. Извините, но в день убийства Эванс Уайт точно был в Нимбине.

Наступившую тишину нарушали только дребезжащий под потолком вентилятор и хруст яблока, которое грыз Эндрю.

— Вернемся к плану, — сказал Уодкинс.

Харри договорился встретиться с Биргиттой у Оперного театра в пять и выпить по чашечке кофе до работы. Но кафе, куда они хотели пойти, оказалось закрытым. В записке на двери говорилось что-то про балет.

— Всегда у них так, — сказала Биргитта.

Они поднялись на балюстраду. На другой стороне синел залив Киррибилли.

Мимо проплывал страшный ржавый корабль под российским флагом, а дальше — в заливе Порт-Джексон — мелькали белые парусники.

— Что ты собираешься делать? — спросила Биргитта.

— А что мне остается? Гроб с телом Ингер Холтер уже доставлен на родину. Утром звонили из похоронного бюро в Осло. Объяснили, что самолет заказал посол. Говорили про «морс»[1], оказалось, так они обозначают труп. В песне поется: «Как много имен у милых детишек...» Выходит, у смерти их тоже много.

— Так когда ты уезжаешь?

— Как только из дела вычеркнут всех, с кем Ингер Холтер поддерживала отношения. Завтра поговорю с Мак-

---

[1] Вероятно, от *лат.* mors — смерть.

кормаком. Скорее всего, уеду до субботы. Если не появится свежий след. Иначе дело может затянуться. Но и в этом случае здесь всегда остается посол.

Она кивнула. Рядом с ними расположилась группа японских туристов, и теперь шипение видеокамер мешалось с какофонией японской речи, криками чаек и шумом проплывающих катеров.

— Кстати, знаешь, что архитектор Оперного театра попросту бросил свой проект? — вдруг спросила Биргитта.

Когда иссякли средства, выделенные на сооружение Сиднейского оперного театра, датский архитектор Йорн Утсон все бросил и в знак протеста уехал.

— Да, — ответил Харри. — Мы говорили об этом в прошлый раз, когда приходили сюда.

— Подумай, каково это — уехать от того, что ты начал. От того, в успех чего верил. Я бы не смогла.

Они уже решили, что Биргитта не поедет в «Олбери» на автобусе, а пойдет туда пешком в сопровождении Харри. Но разговаривать было особенно не о чем, и от Оксфорд-стрит до Паддингтона они шли молча. Вдалеке громыхнуло, и Харри поднял удивленный взгляд на чистое голубое небо. На углу улицы они увидели примечательного седого мужчину в безупречном костюме и с плакатом на груди: «Тайная полиция отняла у меня работу и дом, разрушила мою жизнь. Официально тайной полиции нет, у нее нет ни адреса, ни телефона, о ней не пишут в бюджете. Эти люди думают, что останутся безнаказанными. Помогите найти бандитов и привлечь их к суду. Подпишитесь или пожертвуйте денег». В руках он держал блокнот, испещренный подписями.

Когда они шли мимо магазина музыкальных дисков, Харри, повинуясь какому-то импульсу, решил зайти. За стойкой в полумраке стоял парень в солнцезащитных очках. Харри спросил, нет ли у них дисков Ника Кейва.

— Sure, he's Australian[1], — ответил парень и снял очки. На лбу у него была татуировка в виде орла.

— Дуэт. Что-то про «дикую розу»... — начал Харри.

— Да-да, понял, что вам нужно. «Where the Wild Roses Grow»[2] из «Murder Ballads»[3]. Тупая песня. И альбом тупой. Лучше купите какой-нибудь его хороший диск.

Парень снова надел очки и исчез за стойкой.

Харри так и остался стоять в полумраке, моргая от удивления.

— А что такого особенного в этой песне? — спросила Биргитта, когда они снова вышли на улицу.

— Да нет, ничего, — и Харри громко рассмеялся. Парень из магазина поднял ему настроение. — Кейв и та девушка поют про убийство. Но звучит красиво, почти как признание в любви. Хотя песня, конечно, тупая. — Харри снова рассмеялся. — Кажется, этот город начинает мне нравиться.

Они пошли дальше. Харри посмотрел по сторонам. На Оксфорд-стрит они были, пожалуй, единственной разнополой парой. Биргитта взяла его за руку.

— Ты не видел здешнего гей-парада на праздник Марди-Гра, — сказала она. — Он как раз проходит по Оксфорд-стрит. В прошлом году со всей Австралии съехалось полмиллиона зрителей и участников. Просто безумие какое-то!

Улица геев и лесбиянок. Только теперь Харри обратил внимание на то, какую одежду продают в здешних магазинах. Латекс. Кожа. Обтягивающие маечки и шелковые трусики. Молнии и заклепки. Но эксклюзивно и со вкусом, без потной вульгарности, которой буквально пропитаны стрип-клубы на Кингс-Кросс.

— Когда я был маленьким, рядом с нами жил голубой, — сказал Харри. — Ему было уже за сорок, он жил

[1] Конечно, он же австралиец *(англ.)*.
[2] «Там, где растут дикие розы» *(англ.)*.
[3] «Баллады об убийстве» *(англ.)*.

один, и все соседи знали, кто он такой. Зимой мы кидались в него снежками, кричали: «Педик!» — и уносили ноги, потому что думали, что если он нас поймает... Но он никогда не бежал за нами. Только натягивал шапку на уши и шел домой. Однажды он переехал. Он не сделал мне ничего плохого, и я не знаю, за что так его ненавидел.

— Люди боятся того, чего не знают. И ненавидят то, чего боятся.

— Какая ты умная! — сказал Харри.

Биргитта ударила его в живот, и он с криком упал на тротуар. Биргитта рассмеялась и попросила не разыгрывать спектаклей. Харри поднялся и остаток Оксфорд-стрит бежал за ней.

— Надеюсь, он переехал сюда, — закончил он свой рассказ.

После расставания с Биргиттой (Харри поймал себя на мысли, что теперь каждое прощание с ней становится для него «расставанием») он направился к автобусной остановке. Перед ним стоял паренек с норвежским флагом на рюкзаке. Когда подошел автобус, Харри уже придумал, как показать, что он тоже из Норвегии.

Когда он протянул водителю двадцатидолларовую купюру, тот недовольно фыркнул и с издевкой поинтересовался:

— So you didn't have a fifty, did ya?[1]

— Была бы, я бы ее и дал, раздолбай хренов. — Последние слова он произнес по-норвежски и с невинной улыбкой, но водитель не стал ломать над этим голову и только злобно взглянул, отдавая сдачу.

Харри решил повторить путь Ингер в ночь убийства. Но не потому, что этого не сделали раньше, — Лебье и Юн обошли все бары и рестораны по этому маршруту, естественно безрезультатно. Он предлагал и Эндрю пойти с ним,

---

[1] А что, пятидесяти не было? *(англ.)*

но тот сел на корточки и сказал, что не хочет терять драгоценное время, которое можно провести перед телевизором.

— Я не шучу, Харри. Просмотр телевизора придает уверенности в себе. Когда ты видишь, какие дураки в основном маячат на экране, то начинаешь чувствовать себя умным. А ученые выяснили, что люди, чувствующие себя умными, живут лучше, чем те, которые считают себя дураками.

Такой логике Харри было нечего противопоставить, но Эндрю на всякий случай назвал ему бар на Бридж-роуд, владельцу которого можно передать привет от Эндрю.

— Вряд ли он тебе чем-нибудь поможет, но хотя бы нальет колы за полцены, — сказал Эндрю с довольной улыбкой.

Харри сошел возле здания Городского совета и поспешил к Пирмонту. Кругом стояли высокие дома, сновали горожане. И никто ничего не рассказывал ему об Ингер Холтер. Возле рыбного рынка он зашел в кафе и заказал рогалик с семгой и каперсами. Из окна открывался вид на мост через Блэкуотл-Бей и на Глиб на другой стороне бухты. На открытом месте начинали возводить сцену, из плакатов Харри понял, что это подготовка ко Дню Австралии, намеченному на следующее воскресенье. Харри попросил официанта принести кофе и принялся воевать с «Сидней морнинг геральд», газетой, в которую можно завернуть кита, а листать ее просто мука, особенно если смотреть картинки. Но до захода солнца оставался еще час, а Харри хотелось выяснить, какие твари вылезают из Глиба с приходом темноты.

Владелец бара «Крикет» оказался к тому же гордым владельцем костюма, который носил национальный герой Ник Эмброуз, когда в начале восьмидесятых Австралия в трех отборочных матчах подряд разбила Англию в крикет.

Костюм висел в рамке за стеклом прямо над «одноруким бандитом». На другой стене красовались две биты и шар с матча 1978 года, когда после долгой борьбы Австралия наконец победила Пакистан. После того как кто-то умыкнул столбики от калиток с матча в Южной Африке, которые висели прямо над входной дверью, владелец решил прикручивать свои сокровища, так что один посетитель вдребезги разбил легендарный наколенник Вилларда Стонтона, не сумев отодрать его от стены.

Когда Харри вошел в бар и увидел коллекцию сокровищ и сборище поклонников крикета, из которых, видимо, состояла здешняя клиентура, он сразу же пересмотрел свое отношение к крикету как к игре снобов. Гости были явно не только что из парикмахерской, как и стоящий за стойкой Барроуз.

— Evening[1], — словно точильным камнем по косе лязгнул он.

— Tonic, no gin[2]. — Харри выложил десять долларов и попросил оставить сдачу себе.

— Для чаевых многовато, а для взятки — маловато. — Барроуз помахал купюрой. — Полицейский?

— Так заметно? — спросил Харри озадаченно.

— Да, хотя говоришь ты как турист.

Барроуз положил перед ним сдачу и отвернулся.

— Я друг Эндрю Кенсингтона, — сказал Харри.

Барроуз мгновенно повернулся и быстренько сгреб сдачу.

— Что ж ты сразу не сказал? — пробормотал он.

Барроуз не смог припомнить, слышал ли он что-нибудь об Ингер Холтер. Харри это и так было известно — выяснил уже после разговора с Эндрю. Но, как говорил его старый учитель Симонсен по прозвищу Прострел из полиции Осло, «лучше спрашивать сразу и много».

---

[1] Добрый вечер *(англ.)*.
[2] Тоник без джина *(англ.)*.

Харри оглядел помещение:

— Что у вас тут бывает?

— Гриль на шпажках и греческий салат, — ответил Барроуз. — Блюдо дня, семь долларов.

— Простите, неточно выразился, — поправился Харри. — Я имел в виду: что за люди здесь бывают? Что за посетители?

— Уровень ниже среднего, — невесело улыбнулся Барроуз, и эта улыбка лучше, чем что-либо еще, сказала о том, во что превратилась мечта о собственном баре.

— А там сидят завсегдатаи? — Харри кивнул на пятерых парней, попивающих пиво в темном углу.

— Да, конечно. Здесь в основном завсегдатаи. От особого наплыва туристов мы не страдаем.

— Вы не против, если я задам вашим гостям пару вопросов? — спросил Харри.

Барроуз замялся:

— Эти ребята — не из примерных маменькиных сынков. Не знаю, как они зарабатывают себе на пиво, и спрашивать не собираюсь. Но с девяти до четырех они не работают, скажем так.

— Но ведь им тоже не нравится, когда поблизости насилуют и душат девушек? Даже если они сами не всегда блюдут закон. Разве такие преступления не отпугивают народ и не вредят делам, чем бы вы ни торговали?

Барроуз начал нервно протирать стакан.

— На твоем месте я бы все-таки поостерегся.

Харри кивнул и медленно пошел к столику в углу, чтобы его успели разглядеть. Один из парней встал и скрестил руки, так что на мускулистом предплечье стала видна татуировка.

— Столик занят, blondie[1]. — Голос был хриплым, словно ветер гудел в трубе.

---

[1] Разговорное обращение к светловолосому человеку *(англ.)*.

— У меня есть вопрос... — начал Харри, но парень покачал головой. — Только один. Кто-нибудь знает этого человека, Эванса Уайта?

Харри достал фотографию.

До этого те двое, кто сидел к нему лицом, едва окинули его безразличным, даже беззлобным взглядом. Но когда прозвучала фамилия Уайта, в их глазах загорелся интерес. Харри заметил, что заерзали и те двое, что сидели к нему спиной.

— Никогда о нем не слышал, — ответил хриплый. — У нас тут личный... разговор, мистер. Всего хорошего.

— Думаю, не насчет веществ, запрещенных австралийскими законами? — осведомился Харри.

Долгая пауза. Опасная тактика. На голую провокацию идет только тот, у кого есть либо надежная поддержка, либо пути к отступлению. У Харри не было ни того ни другого. Просто он подумал, что пора уже действовать.

Один затылок стал подниматься. Выше и выше. Он почти уперся в потолок, потом верзила повернулся к Харри лицом — рябым и страшным. Прямые усы, свисающие с уголков рта, подчеркивали восточный облик громилы.

— Чингисхан! Рад тебя видеть! Я-то думал, ты умер! — выпалил Харри и протянул руку.

«Хан» открыл рот:

— Ты кто?

Его бас прозвучал предсмертным хрипом — любая группа, выступающая в стиле death metal, продала бы душу за такого вокалиста.

— Я полицейский и не думаю...

— Ай-ди, — бросил «хан» откуда-то из-под потолка.

— Pardon?

— The badge[1].

Харри понял, что ситуация требует от него не просто пластиковой карточки с фотографией из полиции Осло.

[1] Полицейский значок *(англ.)*.

— Тебе говорили, что голос у тебя, как у мертвеца или у вокалиста «Сепультуры», как его там?..

Харри приложил палец к подбородку и сделал вид, будто пытается вспомнить. Хриплый уже вышел из-за стола. Харри ткнул в него пальцем:

— А ты, часом, не Род Стюарт? Так вы тут сидите и обдумываете «Live Aid II», и...

Кулак угодил ему прямо в зубы. Харри покачнулся, но устоял на ногах и поднес руку ко рту.

— Я так понимаю, вы не верите, что у меня как у комика большое будущее? — спросил Харри, глядя на пальцы. Кровь, слюна и еще что-то мягкое, белое, может, пульпа? — Разве пульпа не красная? Ну, пульпа — мягкая внутренность зуба, знаете? — спросил он «Рода», показывая ему ладонь.

«Род» скептически посмотрел на Харри, потом наклонился и внимательно изучил белые осколки.

— Это зубная кость, которая под эмалью, — сказал он. — Мой старик — дантист, — объяснил он остальным. Потом на шаг отступил и ударил еще раз.

На мгновение у Харри потемнело в глазах, но, когда просветлело, он обнаружил, что по-прежнему стоит на ногах.

— Посмотри-ка, нет ли теперь пульпы? — поинтересовался «Род».

Харри знал, что поступает глупо; жизненный опыт вкупе со здравым смыслом тоже считали, что это глупо; работающая еще челюсть могла подтвердить, что даже очень глупо, но вот правая рука посчитала, что это великолепная идея, а в тот момент решение было за ней. Она двинула «Рода» по подбородку, Харри услышал клацанье зубов и увидел, как «Род» отступил на два шага, — верный признак того, что удар был точным и увесистым.

Такой удар через челюсть напрямую достигает мозжечка (то есть «малого мозга» — название, которое, по мнению Харри, в данном случае подходило как нельзя лучше), где волнообразное движение порождает ряд мелких коротких замыканий, а также, если человек здоров, влечет за собой моментальную потерю сознания и/или различные мозговые травмы. В случае «Рода» казалось, будто мозг никак не может решить, что ему предпочесть: полное отключение или кратковременное сотрясение.

Коллега «Чингисхан» решил не дожидаться его решения и, подняв Харри за грудки на высоту своих плеч, бросил его, как грузчики бросают мешки с мукой. Парочка, которая как раз ела блюдо дня за семь долларов, получила бесплатное приложение в виде Харри и поспешила убраться, когда он спиной грохнулся на их столик. «Господи, надеюсь, я скоро потеряю сознание», — подумал Харри, почувствовав боль и увидев надвигающегося «хана».

Ключица — кость хрупкая и уязвимая. Харри прицелился и ударил. Но импульс, полученный от «Рода», не согласовался с глазомером, и Харри попросту пнул воздух.

— Укокошу, — пообещал «хан» и занес над головой тяжелые, как кузнечный молот, кулаки.

Удар пришелся Харри по грудной клетке, мгновенно приостановив все кровеносные и дыхательные функции. Поэтому он не увидел и не услышал, как в бар вошел чернокожий человек, который сорвал со стены шар времен матча Австралия — Пакистан 1969 года, прочный предмет диаметром 7,6 сантиметров и весом 160 граммов. Вошедший наклонил тело вперед и взял небольшой разбег, в конце которого отведенная назад и согнутая в локте рука с огромной силой совершила горизонтальное движение, как в бейсболе, а не в крикете, где бросок производится из-за головы прямой рукой по дугообразной траектории. Так что шар не упал, как положено, на землю, а продолжил движение к цели.

В отличие от «Рода» «Чингисхан» не оставил своему «малому мозгу» времени для размышлений и, когда шар ударил его в лоб, моментально отключился. Его тело начало падать. Оно все падало и падало, как взорванный небоскреб.

Тем временем из-за стола встали трое оставшихся, и вид их не сулил ничего доброго. Темнокожий шагнул вперед, небрежно подняв руки в низкой защитной стойке. Один из троих бросился на него.

Харри, несмотря на дымку перед глазами, идентифицировал новое действующее лицо, угадав, что оно, успешно уклонившись и разведав двумя легкими ударами левой руки расстояние, апперкотом правой пошлет противника в нокаут. По счастью, все это происходило в узкой части зала, где все трое напасть на него не могли. Пока первый противник выбирался из нокаута, в бой кинулся второй, более осторожный. Его боевая стойка наводила на мысль, что у этого бойца есть пояс какого-нибудь цвета в каком-нибудь единоборстве с азиатским названием. Первый, пробный удар был отбит, а дальнейший разворот с обязательным ударом ногой не дал результата — темнокожий увернулся.

Зато быстрая серия левая-правая-левая оказалась весьма результативной, отбросив каратиста к стене. Темнокожий подскочил к нему и довершил начатое прямым ударом левой, так что голова с неприятным звуком стукнулась о кирпичную кладку и боец сполз по стене на пол. Метатель шара ударил его еще пару раз, но это было уже лишнее.

Сидящий на табурете «Род» остекленевшим взглядом наблюдал за сценой.

Щелкнуло лезвие складного ножа. Пригнувшись и широко раскинув руки, в бой ринулся третий противник. Как раз в этот момент «Рода» стошнило на собственные ботинки — верный признак сотрясения мозга, отметил Харри удовлетворенно. Его и самого стало подташнивать, особенно когда он увидел, как оклемавшийся первый противник сорвал со стены биту и подошел к боксеру сзади. Третий, с ножом, стоял теперь рядом с Харри, не обращая на него внимания.

— Сзади, Эндрю! — крикнул Харри, повисая на руке с ножом.

Он услышал глухой и сухой треск биты, грохот столов и стульев, но внимание его было приковано к человеку с ножом — тот вырвался и теперь кружил возле него, театрально размахивая руками и полоумно ухмыляясь.

Не сводя глаз с противника, Харри принялся шарить по столу в поисках хоть какого-то оружия. От стойки доносились удары крикетной биты.

Человек с ножом рассмеялся и стал подходить ближе, перебрасывая оружие из одной руки в другую.

Харри прыгнул вперед, ударил и отскочил назад. Правая рука противника повисла как плеть, нож, звякнув, упал на каменный пол. Сам он с удивлением воззрился на правое плечо, из которого торчала шпажка с кусочком шампиньона. Правая рука отказывалась двигаться. Все с тем же удивленным видом он левой рукой потрогал шпажку, будто проверяя, не мерещится ли она ему. «Наверное, угодил в мышцу или нерв», — подумал Харри и ударил снова.

Он понял только, что попал по чему-то твердому — от кисти к плечу пробежала резкая боль. Противник отступил на шаг и обиженно посмотрел на Харри. Из одной ноздри у него вытекала густая струйка крови. Харри потер руку. Потом поднял кулак снова, но передумал.

— Так я себе костяшки собью. Может, просто сдашься? — предложил он.

Противник кивнул и плюхнулся рядом с «Родом», который по-прежнему сидел, зажав голову коленями.

Когда Харри обернулся, он увидел, что Барроуз стоит, направив на первого из нападавших пистолет, а между покореженных столов безжизненно распростерся Эндрю.

Кое-кто из посетителей удрал, кое-кто стоял и с интересом наблюдал за происходящим, но большинство сидели и смотрели телевизор. Крикетный матч Англия — Австралия.

Когда за ранеными приехала машина «скорой помощи», Харри позаботился о том, чтобы Эндрю забрали первым.

Сам он шел рядом с носилками. У Эндрю еще шла кровь из уха и при дыхании из горла вырывался жуткий хрип, но он все-таки пришел в себя.

— Не знал, что ты играешь в крикет, Эндрю. Отличный бросок, но, по-моему, слишком жестко.

— Да, ты прав. Я неверно оценил обстановку. Ты полностью держал ситуацию под контролем.

— Нет, — ответил Харри, — не буду врать: не держал.

— Ладно, — сказал Эндрю. — И я не буду врать: у меня дико болит башка и я жалею, что вообще сюда приперся. Было бы справедливее и лучше, если бы вместо меня лежал ты. Я не шучу.

Когда уехала «скорая помощь», в баре остались лишь Харри и Барроуз.

— Надеюсь, мы не наломали тут у вас дров? — спросил Харри.

— Да нет, ничего. Кроме того, моим посетителям иногда по вкусу живые зрелища. Но теперь тебе надо держать ухо востро. Боссу этих ребят не понравится, когда он все узнает, — ответил Барроуз.

— Вот как? — Харри показалось, что Барроуз готов что-то ему рассказать. — А кто их босс?

— Я тебе ничего не говорил, но парень на твоей фотографии здорово на него смахивает.

Харри медленно кивнул:

— Теперь я предупрежден. Значит, вооружен. Вы не против, если я возьму еще одну шпажку?

9

Два эксгибициониста, пьяница, педераст и черная змея

Зубной врач на Кингс-Кросс с первого взгляда определил, что над восстановлением сломанного посередине переднего зуба придется покорпеть. За подготовительную работу Харри выдал ему щедрый гонорар, надеясь, что начальница полиции Осло позже возместит эти расходы.

В участке Харри узнал, что у Эндрю сломаны три ребра и сильное сотрясение мозга, так что он проваляется на больничной койке минимум неделю.

После обеда Харри попросил Лебье съездить вместе с ним навестить больного. Они доехали до больницы Сент-Этьен и оставили запись в журнале посещений — огромном фолианте, лежавшем в регистратуре перед еще более огромной медсестрой. Харри попытался спросить, куда идти дальше, но медсестра только показала на себя пальцем и покачала головой.

— Она не говорит по-английски, — объяснил Лебье.

Они пошли дальше и наткнулись на молодого и улыбчивого дежурного администратора, который занес их имена в компьютер, сообщил им номера палат и объяснил, как пройти.

— От каменного века до наших дней за десять секунд, — прошептал Харри.

Они перекинулись парой слов с загипсованным Эндрю, но тот был в дурном настроении и через пять минут попросил их убраться. Этажом выше в отдельной палате лежал тот парень с ножом. С рукой на перевязи и отеками на лице, он смотрел на Харри так же обиженно, как и вчера вечером.

— Что тебе нужно, чертов коп? — простонал он.

Харри сел на табурет возле койки.

— Узнать, давал ли Эванс Уайт распоряжение убить Ингер Холтер, кому он его давал и почему.

Человек на койке попробовал рассмеяться, но вместо этого зашелся кашлем.

— Не знаю, о чем ты говоришь, коп, и думаю, ты сам этого не знаешь.

— Как плечо? — осведомился Харри.

Глаза человека на койке стали вылезать из орбит.

— Только попро...

Харри достал из кармана шпажку. На лбу у человека на койке набухла синяя вена.

— Шутишь, коп?

Харри ничего не ответил.

— Ты что, спятил? Думаешь, это тебе с рук сойдет? Да если на моем теле найдут хоть царапину после того, как вы уйдете, тебя враз вышибут с твоей поганой работы!

Его голос сорвался на писк.

Харри приложил указательный палец к его губам.

— Тише, тише! Ты видишь вон того большого бритоголового дядю у двери? Может, так с виду и не скажешь, но он двоюродный брат того, кому вы вчера проломили битой череп. Он очень просил меня взять его сегодня с собой. И сейчас он заклеит тебе рот и будет тебя держать, а я развяжу вот этот бинт и воткну вот эту изящную штучку туда, где следа от нее не останется. Потому что он остался еще с прошлого раза, помнишь?

Харри аккуратно взял его за правое плечо. Из глаз бедолаги брызнули слезы, по телу прошла крупная дрожь. Взгляд перебегал с Харри на Лебье. Человеческая натура — воистину дремучий лес, но, когда человек на койке открыл рот, Харри показалось, что он увидел в этом лесу тропинку.

— Все, что вы можете мне сделать, не страшнее того, что сделает со мной Эванс Уайт, если узнает, что я на него стучу. — Очевидно, так оно и было. — Я знаю и вы знаете, что, даже если бы у меня было что рассказать, я бы все равно молчал. Так что начинайте. Но сначала дайте мне сказать: вы ищете не там! Правда не там!

Харри посмотрел на Лебье. Тот слегка покачал головой. Харри на секунду задумался, потом встал и положил шпажку на стол.

— Поправляйся, — сказал он.

— Hasta la vista[1], — ответил человек на койке и прицелился в него указательным пальцем.

Дежурный администратор в гостинице передал Харри сообщение. Тот сразу узнал номер участка и позвонил из своего номера. Ответил Юн Суэ.

— Мы еще раз просмотрели все данные, — сказал он. — И сделали более детальную проверку. Часть данных была изъята из архивов спустя три года после совершения преступлений. По закону нельзя хранить устаревшие сведения. Но что касается сексуальных преступлений... на этот случай у нас есть свой, неофициальный архив. И я выяснил кое-что интересное.

— И что же?

— Официально Хантер Робертсон, владелец дома, где жила Ингер Холтер, чист перед законом. Но если присмотреться поближе, выясняется, что его дважды штрафовали за эксгибиционизм. Циничный эксгибиционизм.

Харри попытался представить себе нециничный эксгибиционизм.

— Насколько циничный?

— Возбуждение своих половых органов в общественном месте. Конечно, это еще ничего не значит, но это не все. Лебье поехал к нему, но дома никого не оказалось — только злющая псина, которая выла за дверью. Пока он там стоял, подошел сосед. Выяснилось, что он договорился с Робертсоном по средам кормить и выгуливать его псину. У него был и ключ от двери. Естественно, Лебье спросил, не выгуливал ли он ее перед тем, как нашли тело Ингер Холтер. Тот ответил, что да, выгуливал.

— И что?

---

[1] До свидания (исп.).

— Ранее Робертсон заявлял, что вечером накануне того дня, когда нашли Ингер, он был дома один. Я решил, что тебе будет интересно это узнать.

Харри почувствовал, как учащается пульс.

— Ваши дальнейшие действия?

— Отправим за ним полицейскую машину — забрать его, а то рано утром он уйдет на работу.

— Хм. А где и когда он совершал свои злодеяния?

— Секундочку. Кажется, в каком-то парке. Вот. Написано «Грин-парк». Это маленький...

— Я знаю. — Харри быстро соображал. — Наверное, придется прогуляться. Некоторые, похоже, там днюют и ночуют. Может, они что и знают?

Юн продиктовал даты актов эксгибиционизма, и Харри записал их в свой маленький черный «Альманах сберегательных банков Скандинавии» — подарок отца на Рождество.

— Кстати, Юн, просто интереса ради: что значит «нециничный эксгибиционизм»?

— Это когда пьяный восемнадцатилетний парень показывает задницу полицейскому патрулю в День Конституции Норвегии.

Харри поперхнулся от удивления.

Из трубки донеслось хихиканье Юна.

— Но как?.. — начал Харри.

— Чего только не узнаешь, когда у тебя есть два пароля, а в соседнем кабинете сидит датчанин. — Юн весело рассмеялся.

Харри почувствовал, что его охватывает жар.

— Все в порядке? — Юн, кажется, забеспокоился, не зашел ли он слишком далеко. — Больше никто не знает.

Его голос казался таким несчастным, что у Харри не хватило духу злиться.

— В том патруле была одна женщина, — сказал он. — Ей приглянулся мой зад.

Юн рассмеялся с облегчением.

Фотоэлементы в парке решили, что уже достаточно темно, и фонари включились, когда Харри подошел к скамейке. Человека, сидящего на ней, он узнал сразу.

— Добрый вечер.

Упавшая на грудь голова медленно поднялась, и пара карих глаз посмотрела на Харри — вернее, сквозь него, зафиксировав взгляд на какой-то далекой точке.

— Fig?[1] — хрипло попросил человек.

— Простите?

— Fig, fig, — повторил он и помахал двумя пальцами в воздухе.

— Oh, fag. You want a cigarette?[2]

— Yeah, fig.

Харри достал из пачки две сигареты. Одну взял себе. Некоторое время они молча курили. Они сидели в крошечном зеленом оазисе посреди многомиллионного города, но Харри показалось, будто он сейчас на необитаемом острове. Может, из-за этой темноты и электрического стрекота кузнечиков. Или из-за ощущения чего-то ритуального и вневременного, того, что они сидят рядом и курят, белый полицейский и черный потомок древних обитателей этого континента с чужим, широким лицом.

— Хочешь купить мою куртку?

Харри посмотрел на его куртку — тонкую черно-красную ветровку.

— Флаг аборигенов, — объяснил он и показал Харри спину куртки. — Такие делает мой двоюродный брат.

Харри вежливо отказался.

— Как тебя зовут? — спросил абориген. — Харри? Это английское имя. У меня тоже английское имя. Меня зовут Джозеф. Вообще-то это еврейское имя. Иосиф. Отец Иисуса. Понимаешь? Джозеф Уолтер Родриг. В племени меня зовут Нгардагха. Н-гар-даг-ха.

— Ты часто бываешь в этом парке, Джозеф?

---

[1] Правильнее fag — сигарета *(англ.)*.
[2] А, вы хотите сигарету? *(англ.)*

— Да, часто. — Джозеф снова отпустил взгляд, и тот унесся на километр.

Абориген извлек из-под куртки бутылку сока, предложил Харри, отпил сам и с довольным видом закрутил крышку. Куртка была расстегнута, и Харри увидел на груди татуировки. Над большим крестом было написано: «Джерри».

— Красивые у тебя татуировки, Джозеф. А кто такой Джерри?

— Джерри — мой сын. Сын. Ему четыре года. — Джозеф растопырил пальцы и попытался отсчитать четыре.

— Я понял. Четыре. А где Джерри сейчас?

— Дома. — Джозеф махнул рукой в направлении дома. — Дома с мамой.

— Знаешь, Джозеф, я ищу одного человека. Его зовут Хантер Робинсон. Он белый, маленького роста, и у него мало волос на голове. Иногда он приходит в парк. И он показывает... разные части тела. Ты понимаешь, о ком я? Ты его видел, Джозеф?

— Да-да. Он придет, — ответил Джозеф и потер нос, будто считал, что Харри не понимает очевидного. — Просто подожди. Он придет.

Харри пожал плечами. Конечно, утверждение Джозефа не заслуживало особого доверия, но больше делать было нечего, и он протянул Джозефу еще одну сигарету. Они сидели на скамейке, а темнота становилась все глубже и под конец сделалась почти осязаемой.

Вдалеке зазвонил церковный колокол. Харри зажег восьмую сигарету и затянулся. В последний раз, когда он ходил в кино с Сестренышем, она сказала, что ему надо бросить курить. В тот раз они смотрели фильм «Робин Гуд — принц воров» с самым худшим актерским составом, какой Харри мог припомнить. Хуже только в «Plan 9 From Outer Space»[1]. Но Сестрениша не коробило, что Ро-

---

[1] «План 9 из открытого космоса» *(англ.).*

бин Гуд в исполнении Кевина Костнера отвечает шерифу Ноттингемскому на чистейшем американском. Сестреныш вообще мало что коробило, зато она вопила от восторга, когда Костнер навел в Шервудском лесу порядок, и плакала от радости, когда Робин и леди Марианна в конце концов нашли друг друга.

Потом они пошли в кафе, и он купил ей кофе. Она рассказала ему, как хорошо ей живется на новой квартире в Согне. Но пара людей, которые живут по соседству, — «совсем на голову того». И еще сказала, что Харри должен бросить курить.

— Эрнст говорит, это опасно, — сказала Сестреныш. — От этого можно умереть.

— Кто такой Эрнст? — спросил Харри, но она только захихикала в ответ. Потом снова стала серьезной:

— Ты не будешь курить, Харальд. И не умрешь, понял?

Это обращение «Харальд» и словечко «понял?» она переняла от мамы.

При крещении отец настоял, чтобы сыну дали имя Харри. Отец, Фредрик Холе, обычно во всем угождавший супруге, вдруг поднял голос и заявил, что хочет назвать мальчика в честь деда, который был моряком и по всему хорошим человеком. Мать долго не спорила и согласилась, о чем потом горько жалела.

— Кто-нибудь когда-нибудь слышал о каком-нибудь Харри, который чего-нибудь достиг? — говорила она. Когда отец хотел ее поддразнить, он цитировал ее фразы с огромным количеством «-нибудь».

И мать стала звать его Харальдом, в честь своего дяди. Но эта затея широкой поддержки не получила. А после смерти матери Сестреныш тоже стала его так звать. Может, Сестренышу хотелось таким образом заполнить образовавшуюся пустоту в их жизни. Этого Харри не знал — в голове у бедной девочки происходило слишком много необъяснимого. И когда он пообещал, что бросит курить —

если не сразу, то постепенно, — Сестреныш улыбнулась и заплакала, так и не стерев с носа крем.

А теперь Харри сидел и представлял, как табачный дым свивает клубки в его теле. Словно огромный змей. Буббур.

Джозеф вздрогнул и проснулся.

— Мои предки были люди-вороны — crow people, — без предисловий сказал он и выпрямился. — Умели летать. — Казалось, сон взбодрил его. Он потер лицо обеими руками. — Хорошо это — летать. У тебя есть десятка?

У Харри была только двадцатидолларовая купюра.

— Здорово, — сказал Джозеф и выхватил ее.

Наверное, это было только минутное прояснение, потому что тучи снова начали затягивать мозг Джозефа — он что-то забормотал на непонятном языке, напоминающем тот, на котором Эндрю говорил с Тувумбой. Как его там? Креольский? И вот уже голова пьяного аборигена снова свалилась на грудь.

Харри решил, что докурит эту сигарету и уйдет, но тут появился Робертсон. Харри ожидал увидеть его в пальто — обычной одежде эксгибициониста. Но на Робертсоне были джинсы и белая футболка. Он шел, посматривая по сторонам и будто приплясывая в такт беззвучной песне. На Харри он не обращал внимания, пока не дошел до скамеек, но, увидев его, изменился в лице.

— Добрый вечер, Робертсон. А мы вас ищем. Присаживайтесь.

Робертсон оглянулся вокруг и неловко шагнул к скамейке. Казалось, больше всего ему сейчас хочется убежать. Но он вздохнул и сел.

— Я рассказал все, что знаю, — начал он. — Почему вы меня изводите?

— Потому что узнали, что раньше вы изводили остальных.

— Я? Да никогда!

Харри посмотрел на него. Робертсон был очень неприятным человеком, но при всем желании Харри не верилось, что перед ним — серийный убийца. И осознание того, как много времени потрачено впустую, приводило Харри в бешенство.

— Вы знаете, сколько девушек из-за вас не могут спать по ночам? — Харри постарался вложить в свой голос как можно больше презрения. — Те, что не могут забыть про руколудника, мысленно насилующего их? Как прочно вы засели у них в памяти, заставляя вновь переживать страх и унижение?

Робертсон выдавил из себя смех:

— Это все, констебль? Может, я внушил кому-то отвращение к половой жизни? А тем, кого я травмировал, пришлось всю жизнь принимать таблетки? Кстати, рекомендую подлечиться вашему приятелю. Который сказал, что меня посадят на шесть лет, если я не дам вам, паршивцам, показания. Но теперь я проконсультировался с адвокатом, и он сказал, что поговорит с вашим начальником. Так что не советую брать меня на пушку.

— Можно обойтись и без этого. — Харри понимал, что ему не дается роль прямолинейного полицейского, в которой Эндрю чувствовал себя как рыба в воде. — Либо вы отвечаете на мои вопросы здесь и сейчас, либо...

— ...либо поговорим в участке. Спасибо, уже слышали. Пожалуйста, вяжите меня. Мой адвокат приедет и заберет меня в течение часа. А вы получите свое за превышение служебных полномочий. Be my guest![1]

— Я не совсем то имел в виду, — тихо ответил Харри. — Я думал о небольшой утечке информации в одну из воскресных газет Сиднея, не особо чистоплотных, но любящих сенсации. Представляете заголовок: «Хозяин квартиры Ингер Холтер (на фото), эксгибиционист в объективе полиции».

[1] Прошу! *(англ.)*

— Черт! Я же заплатил штраф! Сорок долларов! — завизжал Хантер Робертсон.

— Да, знаю, Робертсон, это было незначительное преступление, — понимающе кивнул Харри. — Настолько незначительное, что до сих пор о нем не знали даже соседи. Тем интереснее им будет прочитать газеты, верно? А уж на работе... А ваши родители еще читают газеты?

Робертсон осел. Так сдувается проткнутый мячик. Харри понял, что, заговорив о родителях, наступил на больную мозоль.

— Бессердечный мерзавец, — хрипло, с мукой в голосе выдавил Робертсон. — И где только таких берут? — Пауза. — Что вам нужно?

— Во-первых, где вы были в тот вечер, когда нашли тело Ингер Холтер.

— Я уже говорил, что был дома один и...

— Разговор окончен. Надеюсь, в редакции найдется подходящая фотография.

Харри встал.

— Хорошо, хорошо! Меня не было дома! — почти выкрикнул Робертсон.

Он запрокинул голову и закрыл глаза.

Харри снова сел.

— Когда я был студентом и снимал квартиру в одном из благополучных кварталов, прямо через улицу от меня жила вдова, — сказал Харри. — Каждую пятницу ровно в семь часов вечера она раздвигала шторы. Я жил на том же этаже, что и она, и очень хорошо видел ее комнату. По пятницам она всегда зажигала свою огромную люстру. В другие дни недели она была просто седеющей вдовой в очках и вязаной кофте — таких всегда видишь в трамваях и очередях в аптеку. Но в пятницу в семь начиналось представление, и ты забывал о пожилой кашляющей даме с палочкой. Она была в шелковом халате с японскими узорами и черных туфлях на высоком каблуке. В полвосьмого к ней приходил мужчина. Без четверти восемь она скидывала халат и оставалась в черном корсете. В восемь она расстегивала корсет и кидалась на подушки дивана. В полдевятого мужчина уходил, шторы задергивались — представление было окончено.

— Интересно, — саркастически заметил Робертсон.

— Интересно то, что никто никогда не поднимал из-за этого шума. Те, кто жил на моей стороне улицы, естественно, видели, что происходит, и многие смотрели представление регулярно. Но никогда его не обсуждали и не заявляли в полицию, насколько я помню. И еще интересно, что представления происходили систематически. Сначала я думал, что все дело в мужчине, что именно в это время он мог приходить, что он работал, возможно был женат и так далее. Потом я заметил, что мужчина стал приходить другой, а время осталось то же. И тогда до меня дошло: она рассуждала, как рассуждает директор телеканала. Если ты приучил публику к определенному времени выхода в эфир, менять его нельзя. А самым главным в ее половой жизни были зрители. Понимаете?

— Понимаю, — ответил Робертсон.

— Мой вопрос будет излишним, но все же: к чему я рассказал всю эту историю? Я удивился, когда наш сонный друг Джозеф так уверенно заявил, что вы сегодня придете. Тогда я проверил по записям — и все совпало. Сегодня среда, Ингер Холтер пропала в среду, и оба акта эксгибиционизма тоже были в среду. Вы даете регулярные представления, верно?

Робертсон молчал.

— Тогда естественно будет спросить, почему больше в полицию не заявляли? Ведь с того раза прошло уже почти четыре года. Все-таки публике не нравится, когда мужчины показывают девочкам свои половые органы.

— Кто сказал, что там были девочки? — угрюмо спросил Робертсон. — И кто сказал, что публике не нравится?

Если бы Харри хорошо свистел, он бы сейчас присвистнул от удивления. Он вспомнил двух ссорящихся мужчин, которых видел в этом парке.

— Так вы делаете это перед мужчинами, — сказал он больше для самого себя. — Перед местными голубыми. Понятно, почему на вас не заявляют. Так стало быть, есть и постоянные зрители?

Робертсон пожал плечами:

— Они приходят и уходят. Но по крайней мере, знают, где и когда меня можно увидеть.

— А те заявления?

— Кто-то посторонний случайно проходил мимо. Теперь мы стали осторожнее.

— Значит, если не ошибаюсь, сегодня я смогу поговорить со свидетелями, которые подтвердят, что в тот вечер, когда нашли Ингер, вы были здесь?

Робертсон кивнул.

Они молча сидели и слушали, как посапывает Джозеф.

— Но все равно кое-что не сходится, — сказал Харри, подумав. — Я почти об этом забыл, но тут узнал, что по средам вашу собаку выгуливает и кормит сосед.

Мимо медленно прошли двое мужчин и остановились на границе пятна света от фонаря.

— Тогда я спросил себя: зачем ее кормить, если Ингер взяла домой кости и мясные объедки из «Олбери»? Сначала я подумал, что вы об этом не договаривались, еда была на следующий день или вроде того. Но потом вспомнил, что ваша собака не ест... во всяком случае, ей не дают мяса. Кому же тогда Ингер несла объедки? В баре она сказала, что берет их для собаки, зачем ей было врать?

— Не знаю, — сказал Робертсон.

Харри заметил, что он поглядывает на часы. До представления оставалось не так много времени.

— И еще, Робертсон. Что вам известно об Эвансе Уайте?

Робертсон повернулся и посмотрел на него своими голубыми глазами. Харри показалось, что он видит в них страх.

— Очень немногое, — ответил Робертсон.

Харри сдался. Далеко он не продвинулся. Внутри у него пылала жажда погони: догнать и схватить. Но такой возможности не представлялось. Да ну их всех! Скоро он будет далеко отсюда. Однако от этой мысли легче не стало.

— Вы говорили про свидетелей, — сказал Робертсон. — Я был бы признателен, если бы...

— Я не буду мешать вашему представлению, Робертсон. Тем, кто на него приходит, оно, наверное, нравится. — Он посмотрел на пачку, взял из нее еще одну сигарету, а остальные положил в карман Джозефу. Потом встал. — Во всяком случае, мне представление вдовы нравилось.

В «Олбери», как всегда, царило веселье. Во всю громкость гремела песня Джери Хэлливел «It's Raining Man», за стойкой на сцене стояли три мальчика, на которых не было ничего, кроме длинных боа. Люди веселились и подпевали. Харри некоторое время наблюдал за шоу, потом направился в бар к Биргитте.

— Почему не подпеваешь, красавчик? — спросил хорошо знакомый голос.

Харри обернулся. Сегодня на Отто было не женское платье, а просторная розовая шелковая рубашка, и только немного туши на ресницах и помады на губах показывало, что он заботится о своем имидже.

— Извини, Отто, не то настроение.

— О, все вы, скандинавы, одинаковы. Не умеете расслабляться, пока не выпьете столько, что уже ни на что не годитесь... Понимаешь, о чем я?

Харри улыбнулся, глядя на его приспущенные веки.

— Не заигрывай со мной, Отто. Зря потратишь время.

— Ты что, безнадежный гетеросексуал?

Харри кивнул.

— Все равно дай мне угостить тебя, красавчик. Что ты будешь пить?

Он заказал грейпфрутовый сок для Харри и коктейль «Кровавая Мэри» для себя. Чокнулись, и Отто залпом опустошил полбокала.

— Больше от несчастной любви ничего не помогает. — Он допил остальное, вздрогнул, заказал еще один коктейль и посмотрел на Харри. — Так значит, ты никогда не занимался сексом с мужчиной. И мысли у тебя такой не было?

Харри покрутил стакан в руке.

— Смотря что под этим понимать. Разве только в ночных кошмарах.

— Вот-вот, видишь. — Отто поднял указательный палец. — Во сне ты сам об этом подумываешь. Подсознание не обманешь, красавчик. Ведь по тебе видно, что в тебе это есть. Вопрос лишь в том, когда оно проявится.

— Всегда ждал, когда кто-нибудь пробудит во мне голубого, — сухо ответил Харри. — Извини, но я в это не верю. Это все врожденное. Либо человек гомик, либо нет. А разговоры про среду и воспитание — просто чушь.

— Да ты что! А я-то всегда думал, что во всем виноваты моя мать и сестра! — вскричал Отто, театрально ударяя себя по лбу.

Харри продолжил:

— Это стало известно благодаря последним исследованиям мозга гомосексуалиста. Гомосексуалисты легче заболевают СПИДом...

— Это, конечно, одна из наиболее положительных сторон заболевания, — бросил Отто и потянул коктейль через трубочку.

— Также были обнаружены органические различия между мозгом гомосексуалиста и гетеросексуала.

— У первого он больше. Скажи мне что-нибудь, чего я не знаю, красавчик.

— Самое интересное, что этот ген, или что там еще, который отвечает за гомосексуальность, передается по наследству.

Отто завел глаза:

— И что? Думаешь, гомику не приходится спать с женщинами? Если этого требует общество? Если у него нет выбора? — Отто начал активно жестикулировать. — Если женщина — всего лишь заменитель, то почему бы нет? Ведь именно поэтому обычные люди, попав в тюрьму, начинают заниматься сексом с мужчинами.

— Так, значит, ты можешь заниматься сексом и с женщинами? — спросил Харри.

— По счастью, у меня никогда не было предрассудков, как у остальных гомофилов. Я вырос в семье художника и мог выражать свои гомосексуальные склонности с десяти лет, просто чтобы выделиться среди окружающих. К чему отнекиваться? Так что мне сложно представить себе секс с женщиной, как и тебе с мужчиной. Хотя я думаю, что тебе все же легче...

— Хватит! — оборвал его Харри. — К чему этот разговор?

— Ты спрашиваешь о том, что тебя интересует, красавчик. — Отто положил ладонь ему на руку. — Может, однажды твое любопытство перерастет во что-то еще?

Харри почувствовал, как пылают уши. Он тихо выругал этого клоуна-педераста, который вогнал его, взрослого мужика, в краску.

— Давай заключим милое и пошлое пари, — глаза Отто весело заблестели. — Ставлю сто долларов, что еще до твоего отъезда в Норвегию твоя мягкая, тонкая ручка будет ласкать мои самые интимные места. Спорим?

Отто пожал его руку и радостно взвизгнул, увидев его багровое лицо.

— Если ты очень хочешь расстаться с деньгами, то спорим, — ответил Харри. — Но ведь у тебя, кажется, несчастная любовь, Отто? Может, тебе лучше сидеть дома и думать о чем-нибудь другом, а не соблазнять нормальных мальчиков?

Он тут же пожалел о своих словах. Но ему никогда не удавалось держать себя в руках, когда над ним потешаются.

Отто разжал руку и обиженно посмотрел на него.

— Извини, не бери в голову, — сказал Харри.

Отто пожал плечами:

— В деле что-нибудь прояснилось?

— Нет. — Харри был рад сменить тему. — Возможно, кру́гом ее знакомых не обойтись. Кстати, ты был с ней знаком?

— Все, кто здесь часто бывает, знали Ингер.

— Вы с ней разговаривали?

— М-да. Иногда перекидывались словечком. Но по-моему, она была чересчур расфуфыренная.

— Расфуфыренная?

— Она вскружила голову многим посетителям. Одевалась вызывающе, посылала им долгие взгляды и улыбки, чтобы получить чаевые побольше. Это может быть опасно.

— Хочешь сказать, кто-то из посетителей мог...

— Я хочу сказать, что, возможно, вам не придется далеко ходить, констебль.

— То есть?

Отто посмотрел по сторонам и допил коктейль.

— Не бери в голову, красавчик. — Он собрался уходить. — А сейчас я последую твоему совету. Пойду домой думать о чем-нибудь другом. То, что доктор прописал.

Он махнул рукой одному из мальчиков с боа, тот подошел и протянул ему сигарету.

— Не забудь про мое представление! — крикнул Отто, уходя.

———

«Олбери» был забит до отказа. Харри тихо сидел и смотрел, как работает Биргитта. Он следил за ее движениями: за тем, как руки быстро наливают пиво, считают деньги и смешивают коктейли, как она оборачивается, как отточены ее движения — от бочонка с пивом к стойке и кассе. Он смотрел, как волосы сбиваются ей на лицо, как она быстро поправляет их. Как ее взгляд скользит по лицам в поисках новых посетителей — и Харри.

Веснушчатое лицо просветлело, и он почувствовал, как быстро и радостно забилось сердце.

— Только что пришел друг Эндрю, — сказала она, подойдя к Харри. — Он навестил его в больнице и передает от него привет. Кстати, спрашивал тебя. Думаю, он пока за своим столиком. Да, он там.

Харри посмотрел туда, куда она показала, и сразу же узнал красивого чернокожего парня. Это был Тувумба, боксер. Харри подошел к нему.

— Не помешаю?

Ответом была широкая улыбка.

— Ни в коем случае. Садись. Я ведь пришел повидаться со старым знакомым.

Харри присел.

Робин Тувумба по прозвищу Мурри продолжал улыбаться. Непонятно почему повисла неловкая пауза. Одна из тех, которые никто не хочет признавать неловкими, хотя это именно так. Харри захотелось чем-то ее заполнить:

— Сегодня беседовал с человеком-вороном. Не знал, что ваши племена так называются. А ты из какого?

Тувумба удивленно посмотрел на него:

— Я тебя не понимаю, Харри. Я из Квинсленда.

Харри понял, насколько глупо прозвучал его вопрос.

— Извини, я что-то не то спросил. Видно, сегодня я быстрее говорю, чем соображаю. Я не хотел... я ведь очень плохо знаю вашу культуру. Думал, может, вы все принадлежите к каким-то конкретным племенам... или вроде того.

Тувумба похлопал Харри по плечу:

— Расслабься, Харри. Посмешил меня, и хватит. Чего еще от тебя ждать? В тебе ведь одни предрассудки.

— Предрассудки? — В Харри начало просыпаться раздражение. — Разве я сказал что-то...

— Дело не в том, что ты сказал, — ответил Тувумба. — Дело в том, чего ты подсознательно ждешь от меня. Тебе кажется, что ты ляпнул что-то не то, и ты уже думаешь, что я обижусь, как ребенок. Ты даже не можешь себе представить, что мне хватит ума сделать скидку на то, что ты иностранец. Тебя ведь не задевает, что японские туристы ничего не знают о Норвегии? О том, что вашего короля зовут Харальд? — Тувумба подмигнул. — И это касается не только тебя, Харри. Белые австралийцы сами панически боятся ляпнуть что-то не то. Вот парадокс: сначала они отняли у нашего народа гордость, а теперь боятся ее задеть.

Он вздохнул и повернул к Харри свои огромные, как две камбалы, белые ладони.

Низкий и приятный голос Тувумбы звучал на какой-то особой волне, и ему не приходилось перекрикивать окружающий шум.

— Расскажи мне лучше о Норвегии, Харри. Я читал, что там очень красиво. И холодно.

Харри стал рассказывать. О горах и фьордах. И о людях, живущих между ними. Об униях и притеснении, об Ибсене, Нансене и Григе. О северной стране, проводящей внешне дальновидную и разумную политику, но на деле все больше напоминающей банановую республику. Стране, у которой нашелся лес и выход к морю, когда англичанам и голландцам понадобилась древесина, нашлись порожистые реки, когда узнали цену электроэнергии, и где в конце концов открыли нефть прямо у себя под носом.

— Мы никогда не выпускали ни машин типа «вольво», ни пива типа «Туборг», — говорил Харри. — Мы просто бездумно распродавали свою природу. Ни дать ни взять, народ с золотыми волосами на заднице. — Харри даже не пытался подобрать соответствующую английскую идиому.

Потом он рассказал об Ондалснесе, местечке в Ромсдале, окруженном высокими горами, где было до того красиво, что его мать часто говорила, будто именно отсюда началось сотворение мира. Бог так долго украшал Ромсдал, что остальной мир пришлось заканчивать в спешке, чтобы успеть к воскресенью.

Рассказал о том, как однажды ранним утром в июле они с отцом рыбачили во фьорде, и о том, как он лежал на песке и вдыхал запах моря, а над ним кричали чайки, и горы, будто молчаливые и непоколебимые стражи, охраняли их маленькое королевство.

— Мой отец из Лешаскуга. Это маленькое селение в долине. С мамой они познакомились на сельских танцах в Ондалснесе. Они часто говорили, что, когда выйдут на пенсию, уедут обратно в Ромсдал.

Тувумба кивал и пил пиво. Харри заказал еще один стакан грейпфрутового сока. Но это было уже лишнее.

— Хотел бы я рассказать тебе, откуда я родом, Харри, но у таких, как я, нет четкой привязки к месту или племени. Я вырос в лачужке у шоссе неподалеку от Брисбена. Никто не знает, из какого племени мой отец. Да его и спросить-то никто не успел. А матери было все равно, из какого он племени, ей главное — наскрести денег на выпивку. Считается, что я мурри.

— А Эндрю?

— А он тебе не говорил?

— Что именно?

Тувумба снова развернул руки ладонями к себе. Между его глазами прошла глубокая морщина.

— Эндрю Кенсингтон — человек без роду, без племени. Еще хуже, чем я.

Харри не стал развивать эту тему, но после очередной порции пива Тувумба вернулся к ней.

— Может, Эндрю должен рассказывать об этом сам, ведь у него было совсем другое детство. Дело в том, что он из тех аборигенов, которые не знали семьи.

— То есть как?

— Долгая история. Началось с того, что кое у кого совесть была нечиста. С начала века власти, проводившие определенную политику в отношении аборигенов, испытывали угрызения совести за все преследования, которым подвергался наш народ. Но благие намерения не всегда ведут в рай. Чтобы управлять народом, надо его понимать.

— А аборигенов не понимают?

— Политика постоянно менялась. Я, например, из тех, кого насильно загнали в города. После Второй мировой войны власти решили, что политику надо менять: не изолировать коренных жителей, а постараться их ассимилировать. И поэтому они стремились влиять на то, где мы живем и даже с кем вступаем в брак. Многих загнали в города, чтобы они приобщались к европейской городской культуре. В результате произошла катастрофа. Аборигены вышли на первое место в статистике по таким показателям, как алкоголизм, безработица, разводы, проституция, преступность, насилие и наркомания. You name it[1]. Мы превратились в неудачников в австралийском обществе.

— А Эндрю?

— Эндрю родился до войны. В те годы власти пытались «оберегать» нас, как каких-то вымирающих животных. Поэтому нас, например, ограничивали в правах на владение землей или получение работы. Но самая большая дикость состояла в том, что власти могли забирать у матерей их детей, если существовало подозрение, что отец — не абориген. Пускай у меня не самые приятные воспоминания о родителях, но у Эндрю нет и таких. Он своих родителей никогда не видел. Новорожденного, его забрали

---

[1] Все, что угодно *(англ.)*.

и отвезли в приют. Все, что ему известно о матери, — то, что вскоре ее нашли мертвой на автобусной остановке в Бенкстауне, в пяти милях к северу от приюта. Никто не знал ни как она туда попала, ни от чего умерла. Имя белого отца Эндрю ему не говорили, да он и сам не интересовался.

Харри постарался уложить все это в голове.

— И это было законно? А как же ООН и Декларация прав человека?

— С этим стали считаться уже после войны. К тому же у такой политики были благородные цели: оберегать культуру, не дать ей исчезнуть.

— А что стало с Эндрю потом?

— В школе заметили его таланты и отправили парня в частную школу в Англии.

— Я думал, в Австралии сплошные поборники равноправия и детей не посылают в частные школы.

— Все устроило и оплатило государство. Хотели, чтобы случай Эндрю стал светлым пятном во всей этой истории человеческих трагедий и боли. Когда он вернулся, то поступил в Сиднейский университет. Тогда-то он и закусил удила. Стал жестоким, оценки испортились. Я так понял, в это время он пережил несчастную любовь: белая девушка бросила его, потому что ее родители были против. Но Эндрю об этом никогда особо не распространялся. Так или иначе, в его жизни наступила черная полоса. И она могла никогда не закончиться. Еще в Англии он научился боксировать. Говорил, только это помогло ему выжить в школе-интернате. В университете он снова занялся боксом, и когда ему предложили вступить в команду Чайверса, он без сожалений оставил учебу и Сидней.

— Я тут видел, как он боксирует, — сказал Харри. — Навыков он еще не растерял.

— Бокс был для него всего лишь увлечением, и Эндрю хотел вернуться в университет, но успешным боксером уже заинтересовались газеты, и он остался в команде Чайверса. Когда он прошел в финал чемпионата Австралии, на него даже приезжали посмотреть вербовщики боксеров из Америки. Но накануне финала кое-что стряслось. Это произошло в ресторане в Мельбурне. Кто-то посоветовал Эндрю переспать с девушкой другого финалиста, по имени Кемпбелл. С ним была красивая девушка из Северного Сиднея — впоследствии «Мисс Южный Уэльс». На кухне произошла потасовка, в которой пострадали Эндрю, тренер Кемпбелла, вербовщик из США и еще один парень.

Когда Эндрю нашли, он лежал головой в раковине. У него была рассечена губа, порезан лоб и вывихнуто запястье. Об этом нигде не сообщали, но поползли слухи, что Эндрю приставал к девушке Кемпбелла. Эндрю отказался от участия в финале, а потом его карьера пошла на убыль. Конечно, он еще иногда успешно выступал на ринге, но интерес у газетчиков пропал, а вербовщики больше не появлялись.

Потом он перестал выезжать в турне. Говорили, что он запил, а после турне по западному побережью его попросили уйти из команды Чайверса — очевидно, за то, что он слишком грубо обошелся с парой новичков. Потом Эндрю пропал. Неясно, чем он занимался, но года два он колесил по Австралии без какой-то определенной цели. Затем снова поступил в университет.

— Больше он не боксировал? — спросил Харри.

— Нет, — ответил Тувумба.

— А что было дальше?

— Ну-у... — Тувумба жестом попросил принести ему счет. — На этот раз у Эндрю было больше желания учиться, поэтому и результаты поначалу были лучше. Но вмешались семидесятые: движение хиппи, вечеринки, свободная любовь, может, иногда и наркотики. Наркотики не помогают достичь чего-то в жизни. Поэтому экзамены он сдавал кое-как.

Харри усмехнулся про себя.

— А однажды Эндрю проснулся, увидел себя в зеркале и ужаснулся. С глубокого похмелья, под глазом непонятно откуда взявшийся синяк, уже за тридцать, а нормального образования так и не получил, плюс ко всему появлялась зависимость от определенных химических веществ. За спиной — рухнувшая карьера боксера, а впереди, мягко говоря, неясное будущее. Что еще остается делать? Только идти в полицейскую академию.

Харри расхохотался.

— Это все слова самого Эндрю, — сказал Тувумба. — Несмотря на личное дело и возраст, его приняли. Возможно, потому что властям нужно было побольше аборигенов в полиции. Так что Эндрю подстригся, вынул серьгу из уха и завязал с наркотиками. Остальное ты знаешь. Конечно, карьерные перспективы так себе, но он все равно считается одним из лучших сыщиков сиднейской полиции.

— Это тоже его слова?

— Естественно, — рассмеялся Тувумба.

Гей-шоу в баре подходило к концу под победные звуки песни «Y.M.C.A.» в исполнении группы «Village People».

— Много же ты знаешь про Эндрю, — заметил Харри.

— Он заменил мне отца, — ответил Тувумба. — Когда я уезжал в Сидней, то просто хотел оторваться от дома. Эндрю буквально подобрал меня на улице, как и пару других пацанов. Начал нас тренировать, помог поступить в университет.

— Да ну! Еще один боксер с университетским образованием?

— Английский и история. Когда-нибудь я буду учить моих соплеменников, — гордо и уверенно сказал Тувумба.

— А пока дерешься с пьяными моряками и деревенскими силачами?

Тувумба улыбнулся.

— В этом мире для любого начинания нужен стартовый капитал. Я не строю иллюзий — учителя много не зарабатывают. Но я боксирую не только с любителями — в этом году подал заявку на чемпионат Австралии.

— Чтобы получить титул, не доставшийся Эндрю?

Тувумба поднял бокал.

— Возможно.

Шоу закончилось, бар стал пустеть. Биргитта сказала, что у нее есть сюрприз для Харри, и он ждал, когда бар наконец закроют.

Тувумба все не уходил. Он уже давно расплатился и теперь просто крутил в руках бокал. Харри вдруг показалось, что Тувумбе что-то нужно, что он пришел сюда не просто рассказать старую историю.

— Как там ваше дело, Харри? Продвигается?

— Не знаю, — честно ответил Харри. — Иногда кажется, что ничего не видно, потому что ищешь с биноклем то, что у тебя под носом.

— Или смотришь не в том направлении.

Харри посмотрел на него и допил свой сок.

— Мне пора, Харри. Но напоследок я расскажу тебе историю, которая, возможно, восполнит пробелы в твоих познаниях о нашей культуре. Ты слышал про черную змею?

Харри кивнул. Он где-то читал, что, прежде чем ехать в Австралию, нужно приучить себя к яду черной змеи — не слишком большой, но очень ядовитой.

— Это все верно. Но если верить легенде, так было не всегда. Давным-давно, в сказочные времена, у черной змеи не было яда. А вот ящерица игуана была ядовитой, к тому же намного крупнее, чем сейчас. Она поедала людей и животных, и однажды Кенгуру созвал всех зверей на совет, чтобы решить, как остановить ненасытного убийцу Мунгунгали — вождя всех игуан. И сделать это вызвалась Оуюбулуй, бесстрашная черная змейка.

Тувумба сидел, слегка откинувшись на спинку стула, и говорил тихо и спокойно, не сводя глаз с Харри.

— Остальные звери посмеялись над ней и сказали, что для того, чтобы победить Мунгунгали, нужен кто-нибудь побольше и посильней.

«Подождите, вот увидите!» С этими словами Оуюбулуй уползла в логово вождя игуан. Поприветствовав огромное чудовище, она сказала, что она всего лишь маленькая и невкусная змейка, которая ищет, где бы укрыться от злых и недобрых зверей.

«Главное — не мешай мне, а не то сама пожалеешь», — ответил Мунгунгали и больше не обращал на нее внимания.

Наутро Мунгунгали отправился на охоту, а Оуюбулуй тихо поползла за ним. У костра сидел путешественник. Он и глазом моргнуть не успел, как Мунгунгали прыгнул на него и одним ударом проломил ему голову. Потом вождь игуан закинул добычу на спину и поволок в логово. В логове он отложил мешок с ядом в сторону и начал пожирать свежую человечину. Молнией кинулась Оуюбулуй к мешку, схватила его и исчезла в кустах. Мунгунгали бросился за ней, но не смог найти маленькую змею. Когда Оуюбулуй вернулась, звери по-прежнему сидели и совещались.

«Глядите!» — крикнула черная змея и широко раскрыла пасть, чтобы всем был виден мешок с ядом. Звери, столпившись вокруг, стали благодарить ее за то, что она избавила их от Мунгунгали. Когда все разошлись, к Оуюбулуй подошел Кенгуру и сказал, что нужно выбросить яд в реку, чтобы всем впредь жилось спокойно. В ответ Оуюбулуй укусила Кенгуру, и тот, парализованный, упал наземь.

«Вы всегда относились ко мне с презрением, теперь моя очередь, — сказала Оуюбулуй умирающему Кенгуру. — Пока у меня есть этот яд, вы ко мне не подойдете. Другие звери не будут знать, что я оставила яд себе. Пусть думают, что я, Оуюбулуй, — их спасительница и защитница, а я спокойно буду мстить вам, одному за другим». Потом она сбросила Кенгуру в реку, и тот утонул. А черная змея уползла в кусты. И до сих пор сидит там. В кустах.

Тувумба опрокинул в рот уже пустой бокал и встал.

— Уже поздно.

Харри тоже встал.

— Спасибо за историю, Тувумба. Я скоро уезжаю, так что, если мы больше не увидимся, — удачи на чемпионате. И в жизни.

Тувумба до боли сжал протянутую руку. Харри подумал, что так ничему и не научился.

— Надеюсь, ты разберешься с биноклем, — сказал Тувумба.

И только когда он уже ушел, Харри понял смысл его слов.

10
Морской ужас, мистер Бин и снова пациент

Сторож дал Биргитте фонарик:

— Если что, Биргитта, ты знаешь, где я. Смотри, чтоб вас там никто не съел, — и со смехом вернулся в свою каморку.

Биргитта и Харри вошли во тьму лабиринтов огромного Сиднейского аквариума. Было уже почти два часа ночи, и сторож Бен запер входную дверь.

Когда Харри имел неосторожность спросить старика сторожа, почему гасят весь свет, тот разразился долгой тирадой:

— Ну, прежде всего, экономим электричество. Только это не главное. Главное, мы даем рыбам понять, что сейчас ночь. Но это теперь. Раньше-то мы просто поворачивали рубильник — представляешь, какой шок испытывали рыбы, когда вокруг сразу становилось темно. Аквариум буквально гудел от немого вопля сотен рыб, в слепой панике пытавшихся спрятаться или просто уплыть отсюда поскорее.

Бен театрально понизил голос и ладонями прочертил в воздухе зигзаг, изображая рыб.

— Несколько минут они плескались и волновались. А некоторые рыбы вроде макрели просто разбивались от страха о стекло, когда мы вот так вырубали свет. Поэтому мы начали гасить свет постепенно, как оно бывает в природе. И рыба стала реагировать лучше. По свету тело чувствует, когда день, а когда ночь. И лично я думаю, что рыбам, чтобы избежать стресса, нужен естественный суточный ритм. У них, как и у нас, есть биологические часы, и шутить с этим не надо. Вот к примеру, в Тасмании некоторые, кто разводит баррамунди, осенью дают рыбам больше света, чтобы те, глупые, думали, что еще лето, и подольше метали икру.

— Бена только спроси — потом его не остановишь, — объяснила Биргитта. — Но со своими рыбами он беседует охотнее, чем с людьми.

Два года подряд Биргитта подрабатывала здесь летом и очень подружилась с Беном, который утверждал, будто трудится в аквариуме со дня его основания.

— Ночью здесь так спокойно, — сказала Биргитта. — Так тихо. Смотри!

Она навела фонарик на стеклянную стену, за которой из своего убежища вынырнула коричнево-желтая мурена и оскалила мелкие острые зубки. Потом фонарик высветил двух пятнистых скатов, которые, словно в замедленной съемке, плыли за зеленым стеклом.

— Красота, правда? — с блеском в глазах прошептала Биргитта. — Как балет без музыки.

Харри показалось, будто он идет по дортуару. Не было слышно ничего, кроме их шагов и равномерного тихого бульканья аквариумов.

Биргитта остановилась у одной из стеклянных стен.

— А здесь у нас живет saltie[1], Матильда из Квинсленда.

---

[1] Соленый (англ.).

В свете фонарика показалось сухое дерево, лежащее в искусственном русле реки. В запруде рядом плавало бревно.

— А что такое «saltie»? — Харри попытался отыскать взглядом какое-нибудь живое существо.

Бревно открыло зеленые блестящие глаза.

— Это крокодил, который живет в соленой воде. В отличие от freshie[1], который питается главным образом рыбой и потому его не стоит опасаться.

— A saltie?

— А вот его опасаться стоит. Многие так называемые опасные хищники нападают на людей, только когда чувствуют угрозу или видят, что ты вторгаешься на их территорию. A saltie — простая, бесхитростная душа. Ему просто нужно твое тело. На северных болотах Австралии крокодилы каждый год убивают по нескольку людей.

Харри прильнул к стеклу.

— А это не вызывает... э-э... антипатии? Кое-где в Индии истребили тигров, потому что те ели маленьких детей. А этих людоедов почему не истребили?

— В Австралии к крокодилам отношение как к автокатастрофам. Ну, почти. Если ты проложил дорогу, будь готов, что кто-то на ней погибнет, верно? И с крокодилами то же самое. Они просто едят людей.

Харри передернуло. Матильда снова закрыла глаза — точно так же, как на «порше» убираются фары. И ни малейшая рябь на воде не выдавала две тонны мышц, зубов и злобы, скрытых в этом бревне.

— Пошли дальше, — предложил Харри.

— А вот и мистер Бин. — Фонарик Биргитты указал на плоскую бурую рыбу. — Рохля-скат — так мы в баре называем Алекса, того, которого Ингер прозвала мистером Бином.

---

[1] Пресный *(англ.)*.

— А почему «скат»?

— Не знаю. Когда я устроилась на работу, его так уже называли.

— М-да, ну и кличка. Эта рыба любит лежать на дне?

— Да, и поэтому, когда ты купаешься, надо быть осторожнее. Он очень ядовит и выпускает яд, как только на него наступишь.

По винтовой лестнице они спустились к резервуарам.

— Вообще резервуары — не совсем аквариумы. Это просто отгороженный кусок залива Порт-Джексон, — сказала Биргитта.

С потолка зеленоватыми волнами лился тусклый свет. Волнистые полоски скользили по лицу и телу Биргитты, и Харри казалось, что они стоят под светящимся шаром на дискотеке. Биргитта направила фонарик вверх — и только тут Харри понял, что вода повсюду. Они попросту в стеклянном тоннеле в море, а свет идет снаружи, фильтруясь сквозь толщу воды. Рядом скользнула большая тень, и Харри вздрогнул от неожиданности. Биргитта тихо засмеялась и посветила фонариком на длиннохвостого ската, проплывающего мимо.

— Mobulidae[1], — сказала она. — Морской дьявол.

— Такой огромный! — прошептал Харри.

Весь скат был одной большой волной, и Харри от его вида потянуло в сон. Скат обернулся, махнул хвостом на прощание и черным призраком исчез в темноте подводного мира.

Они уселись на полу, Биргитта достала из рюкзака одеяло, два бокала, стеариновую свечку и бутылку красного вина без этикетки. Подарок от друга с винодельни в Хантер-Велли, объяснила она, вытаскивая пробку. Потом они лежали рядом на одеяле и смотрели в воду над головой.

Казалось, мир вывернулся наизнанку. В море, как в небе, порхали рыбы всех цветов радуги и другие причудли-

[1] Семейство рогачевых скатов (лат.), к которому относится самый крупный скат — манта, или гигантский морской дьявол.

вые существа, будто вырвавшиеся из чьей-то фантазии. Прямо над ними, перебирая тонкими дрожащими плавниками, застыла блестящая синяя рыба с круглой удивленной мордой.

— Разве не прекрасно наблюдать их жизнь без спешки? — шепнула Биргитта. — Чувствуешь, как они останавливают время? — Она положила Харри на горло холодную ладонь. — Чувствуешь, как перестает биться твое сердце?

Харри сглотнул.

— Я бы не прочь, чтобы время замедлилось. Сейчас, — сказал он. — На пару дней.

Биргитта сжала его горло:

— Не говори об этом.

— Иногда я думаю: «А ты не такой уж дурак, Харри». Например, я заметил, что Эндрю говорит об аборигенах «они» — всегда в третьем лице. Так что многое о нем я знал и до того, как Тувумба рассказал мне подробности его жизни. Я почти наверняка знал, что Эндрю вырос не среди «своих», что он не принадлежит какому-то месту, а рассматривает вещи будто со стороны. Как мы сейчас — лежим и смотрим на мир, сами не принимая в нем участия. А после беседы с Тувумбой я понял еще, что от природы Эндрю не было дано гордости за свой народ. И он пытается сам ее создать. Сначала я решил, будто ему стыдно за своих братьев, а теперь понял: стыдно ему за самого себя.

Биргитта что-то буркнула. Харри продолжил:

— Иногда я думаю, что что-то знаю. А в следующее мгновение снова оказываюсь выброшенным в гигантскую путаницу. Я не люблю путаться, просто не терплю. Поэтому лучше бы я либо вообще не подмечал деталей, либо умел складывать их в осмысленную картину.

Он повернулся к Биргитте и уткнулся в ее волосы.

— Жаль, что Бог дает человеку так много воспринимать и так мало понимать. — Он постарался уловить знакомый запах ее волос, но, должно быть, уже забыл его.

— И что же ты видишь? — спросила она.

— Что все пытаются мне на что-то указать.

— На что же?

— Не понимаю. Знаешь, как женщины — рассказывают истории, которые на самом деле о чем-то другом. И ведь ясно, что читать надо между строк. А я не умею. Почему вы, женщины, не говорите просто и прямо? Вы переоцениваете возможности мужчин!

— Теперь я виновата? — рассмеялась Биргитта и ударила его.

Раскаты эха разнеслись по подводному тоннелю.

— Тсс, не разбуди Морской ужас, — сказал Харри.

Биргитта не сразу обратила внимание на то, что к вину Харри не притронулся.

— Ведь бокальчик не помешает? — удивилась она.

— Нет, — ответил Харри. — Помешает. — Он с улыбкой прижал ее к себе. — Но давай не будем об этом.

Он поцеловал ее, и Биргитта затаила дыхание, будто ждала этого поцелуя всю жизнь.

Харри проснулся и вздрогнул. Свеча догорела, было темно, как в пропасти. Он не знал, откуда раньше лился зеленоватый свет — от луны или от городских огней — но теперь не было и его. Но Харри овладело какое-то странное чувство. Он нащупал рядом с Биргиттой фонарик и включил его. Биргитта лежала, завернувшись в свою половину шерстяного одеяла, раздетая и довольная. Харри направил свет на стеклянную стену.

Сначала он подумал, что видит собственное отражение, но когда глаза привыкли, сердце Харри бешено забилось и замерло. На него холодными безжизненными глазами смотрел Морской ужас. Харри выдохнул, и его дыхание застыло на стекле перед бледным и мокрым призраком утопленника, таким большим, что казалось, он заполняет собою все. Зубы будто нарисовал ребенок: неровная линия кое-как понатыканных хищных белых треугольных клыков.

Потом он медленно поплыл вверх, но глаза его были прикованы к Харри ненавистью. И этому мертвому белому телу не было конца.

— Значит, завтра ты уезжаешь?

— Так точно. — Харри держал в руках чашку кофе и не знал, что с ней делать.

Маккормак встал из-за стола и начал прохаживаться перед окном.

— Так ты считаешь, до разгадки недалеко? Думаешь, здесь орудует психопат, безликий убийца, который убивает, повинуясь внезапному порыву, и не оставляет следов? И нам просто надо ждать, когда он в другой раз соизволит допустить ошибку?

— Я этого не говорил, сэр. Я просто считаю, что больше вам ничем помочь не смогу. К тому же звонили из Осло — я нужен там.

— Отлично, Хоули. Я передам им, что здесь ты проявил себя хорошо. Тебя ведь там решили представить к повышению?

— Мне пока об этом не говорили, сэр.

— Насладись беззаботной сиднейской жизнью перед отъездом, Хоули.

— Сначала проверю этого Алекса Томароса, сэр.

Маккормак стоял у окна и смотрел на затянутое облаками небо душного Сиднея.

— Иногда я скучаю по дому, Хоули. По моему прекрасному острову.

— Простите, сэр?

— Я киви. Киви, Хоули. Так здесь называют выходцев из Новой Зеландии. Родители переехали сюда, когда мне было десять. Люди там добрее. Во всяком случае, так мне помнится.

———————

— Открываемся не скоро! — буркнула сердитая женщина с моющим средством в руке.

— Все нормально, я договорился с мистером Томаросом, — ответил Харри, размышляя, убедит ли ее норвежское полицейское удостоверение. Но оно не понадобилось. Дверь открылась прямо у него перед носом.

«Олбери» пах старым пивом и мылом и днем казался намного меньше.

Алекс Томарос, он же мистер Бин, он же Рохля-скат, сидел в каморке за баром. Харри вошел и представился.

— Чем могу помочь, мистер Хоули? — Он говорил быстро и с отчетливым акцентом — на своей версии языка, как иностранцы, которые уже какое-то время прожили в стране.

— Спасибо, что уделили мне ваше драгоценное время, мистер Томарос. Понимаю, у вас тут очень много дел, но поверьте, я вас надолго не задержу. Я только...

— Это хорошо. Видите ли, у меня действительно много дел. Смета, знаете ли...

— Понимаю. В вашем заявлении говорится, что вечером, когда пропала Ингер Холтер, вы сидели и подсчитывали выручку. С вами кто-нибудь был?

— Если бы вы читали мое заявление внимательнее, то заметили бы, что я был один. Я всегда один подсчитываю выручку. — («Немудрено», — подумал Харри, глядя на наглое лицо Алекса Томароса и на его брызжущий слюной рот.) — Совсем один. Да если бы я захотел, обокрал бы заведение на сто тысяч баксов, и никто бы ничего не заметил.

— То есть с технической точки зрения на момент исчезновения мисс Холтер алиби у вас нет?

Томарос снял очки:

— С технической точки зрения в два часа ночи я позвонил матери и сказал, что скоро вернусь домой.

— С технической точки зрения между закрытием бара в час и вашим звонком в два могло случиться многое, мистер Томарос. Не то чтобы я вас в чем-то подозревал...

Томарос, не мигая, смотрел на него.

Харри листал пустой блокнот, делая вид, будто что-то ищет.

— Кстати, зачем вы звонили матери? Несколько странно звонить в два часа ночи, чтобы передать подобное сообщение.

— Моя мать просит, чтобы я сообщал ей, где нахожусь. Полиция с ней уже разговаривала, не понимаю, зачем повторять все сначала.

— Вы грек, не так ли?

— Я австралиец и прожил здесь двадцать лет. Мои родители приехали из Греции. Но у матери теперь австралийское гражданство. Еще что-нибудь? — Он хорошо держал себя в руках.

— Вы проявляли в той или иной степени личный интерес к Ингер Холтер. Как вы реагировали на то, что вам она предпочитает других мужчин?

Томарос облизнул пересохшие губы и собрался уже что-то сказать, но сдержался. Потом кончик языка показался снова. Как у маленькой змеи, подумал Харри. Бедной черной змеи, которую все презирают, считая безобидной.

— Мы с мисс Холтер собирались поужинать вместе, если вас это интересует. Но я приглашал не только ее. Можете спросить других, к примеру Кэтрин и Биргитту. Я очень высоко ценю хорошие отношения с подчиненными.

— Подчиненными?

— Ну, с технической точки зрения я...

— Директор бара. Ладно, директор, а как тебе понравилось, когда сюда пришел ее парень?

Очки Томароса запотели.

— У Ингер были хорошие отношения со многими посетителями, так что я не знаю, с кем из них она встречалась. Значит, у нее был парень? Молодчина...

Даже неопытный психолог разглядел бы неумелую игру Томароса.

— То есть тебе неизвестно, с кем она была в особо дружеских отношениях, Томарос?

Тот пожал плечами:

— Во-первых, с клоуном, но у него другие интересы...

— С клоуном?

— Отто Рехтнагель, постоянный гость. Она давала ему еду для...

— ...для собаки! — выкрикнул Харри.

Томарос подпрыгнул в кресле. Харри вскочил и стукнул кулаком по ладони.

— Вот оно что! Вчера Отто в баре получил мешок. Там были объедки для собаки! Теперь я вспоминаю: у него же есть собака. В тот вечер, когда Ингер собиралась домой, она сказала Биргитте, что берет объедки для собаки. И мы все время думали, что это собака хозяина дома. Но его тасманийский дьявол — вегетарианец. Вы знаете, что это были за объедки? Вы знаете, где живет Рехтнагель?

— Господи, да откуда же мне знать? — одновременно удивился и испугался Томарос.

Харри прислонил кресло к книжному шкафу.

— Хорошо. Слушайте, никому не говорите о нашем разговоре. Даже собственной маме. Иначе я вернусь и оторву вам голову. Понятно, мистер Би... мистер Томарос?

Алекс Томарос только кивнул.

— А теперь мне нужно от вас позвонить.

Вентилятор опять скулил, но никто в комнате не обращал на это внимания. Все смотрели на поставленный Юном слайд — карту Австралии с нанесенными на нее маленькими красными точками и датами.

— Вот места и даты убийств и изнасилований, за которыми наверняка стоит тот, кого мы ищем, — говорил Юн. — Ранее мы пытались выявить какую-либо пространственно-временну́ю закономерность, но безуспешно. Теперь, кажется, Харри что-то откопал.

Юн наложил на первый слайд второй, с синими точками, которые практически полностью совпадали с красными.

— Что это? — нетерпеливо спросил Уодкинс.

— Это взято из списка маршрутов «Передвижного австралийского парка развлечений» и показывает, где он находился в определенные числа.

Если не считать стонов вентилятора, в помещении стало совсем тихо.

— О господи, да он у нас в руках! — выдохнул Лебье.

— Возможность простого совпадения — примерно один к четырем миллионам, — улыбнулся Юн.

— Погодите-погодите, а кого конкретно мы ищем? — вмешался Уодкинс.

— Мы ищем этого мужчину. — Юн вставил третий слайд. Бледное, немного дряблое лицо, осторожная улыбка и пара грустных глаз. — Харри расскажет о нем подробнее.

Харри встал.

— Это Отто Рехтнагель, профессиональный клоун, сорок два года, последние десять лет гастролировал с «Передвижным австралийским парком развлечений». Вне гастролей живет один в Сиднее, дает в городе собственные представления. Личное дело чистое. По половым правонарушениям не привлекался. Известен как славный и спокойный, слегка эксцентричный парень. Важно то, что он знал убитую, был завсегдатаем в баре, где она работала. Их связывали теплые дружеские отношения. Очевидно, в ночь убийства Ингер Холтер шла домой к Отто Рехтнагелю. С едой для его собаки.

— С едой для собаки? — рассмеялся Лебье. — В полвторого ночи? Стало быть, у нашего клоуна тоже бывали завсегдатаи.

— Вот что смущает, — сказал Харри. — Отто Рехтнагель с десяти лет создавал себе имидж стопроцентного гомосексуалиста.

По комнате прокатились усмешки и бормотание.

— Что ж, по-твоему, такой педераст мог убить семь женщин и в шесть раз больше изнасиловать? — со вздохом протянул Уодкинс.

В комнате появился Маккормак. О теме собрания его известили заранее.

— Если ты всю жизнь был благополучным педерастом и все твои друзья такие же, то понятно, как становится не по себе, когда замечаешь, что тебе нравятся бабенки. Черт, ведь мы живем в Сиднее, единственном городе, где на людей с нормальной ориентацией смотрят косо.

В его гомерическом хохоте утонуло хихиканье Юна, глаза которого превратились в две едва различимые щелочки.

Но Уодкинс, несмотря на поднявшееся веселье, старался не уходить от темы.

— И все-таки кое-что тут не сходится, — почесал он в затылке. — Действовать так холодно и расчетливо, а потом поступить так неосторожно — пригласить жертву к себе домой... В смысле, он же не знал, что Ингер никому ничего не скажет. Иначе все следы указывали бы на него. К тому же других женщин он вроде бы выбирал наобум. Зачем изменять схеме, нападая на кого-то из знакомых?

— Все, что мы знаем, — это то, что у этого гада нет никакой схемы. — Лебье подышал на одно из своих колец. — Напротив, кажется, он любит перемены. Не считая того, что жертва должна быть блондинкой, — он протер кольцо рукавом, — и должна быть задушена.

— Один к четырем миллионам, — повторил Юн.

Уодкинс вздохнул:

— Ладно, сдаюсь. Может быть, наши молитвы были услышаны и он совершил эту ошибку.

— Что теперь? — спросил Маккормак.

Слово взял Харри:

— Сейчас Отто Рехтнагель скорее всего не дома. Вечером у него на Бонди-Бич премьера с цирковой труппой.

Предлагаю на нее сходить, а задержание произвести сразу после представления.

— Наш норвежский коллега любит драматические эффекты, — заметил Маккормак.

— Если отменить представление, пресса сразу разнюхает, в чем дело, сэр.

Маккормак медленно кивнул:

— Уодкинс?

— Я — за, сэр.

— Отлично. Приведите его сюда, ребята.

Эндрю натянул одеяло до самого подбородка, и казалось, он уже лежит на катафалке. На опухшем лице переливались интересные краски. Лицо попыталось улыбнуться Харри, но перекосилось от боли.

— Неужели тебе так больно улыбаться? — спросил Харри.

— Мне все делать больно. Даже думать и то больно, — сердито ответил Эндрю.

Рядом на ночном столике стоял букет цветов.

— От тайной обожательницы?

— Можно сказать и так. От Отто. А завтра придет Тувумба. А сегодня вот — ты. Приятно думать, что тебя любят.

— Я тоже кое-что тебе принес. Пока никто не видит. — Харри протянул огромную, почти черную сигару.

— А, maduro. Разумеется. От моего дорогого норвежского amarillo. — Эндрю улыбнулся и осторожно засмеялся.

— Как долго мы с тобой знакомы, Эндрю?

Эндрю погладил сигару, как котенка:

— Несколько дней, приятель. Скоро, глядишь, побратаемся.

— А сколько тебе нужно времени, чтобы как следует узнать человека?

— Как следует узнать? — Эндрю завороженно понюхал сигару. — Ну, Харри, самые протоптанные тропинки в этом темном и дремучем лесу находишь почти сразу. У кого-то эти пути прямые, ухоженные, с освещением и указателями. Кажется, они готовы рассказать тебе все. Но именно тогда нужно быть осторожнее всего. Потому что лесные звери не живут на освещенных дорогах. Они живут в чащах и зарослях.

— И много нужно времени, чтобы это изучить?

— Зависит от тебя. И от леса. Иногда лес попадается темнее обычного.

— А твой лес? — спросил Харри.

Эндрю спрятал сигару в ящик стола.

— Темный. Как maduro. — Он посмотрел на Харри. — Но ты, конечно, знаешь, что...

— Да. Один твой друг рассказал мне кое-что об Эндрю Кенсингтоне.

— Тогда ты понимаешь, о чем я. Как не попасться на хорошо освещенный путь. Но у тебя тоже есть пара темных пятен. Наверное, объяснять тебе ни к чему?

— Что именно?

— Скажем, я знаю одного человека, который, к примеру, бросил пить.

— Все знают таких, — пробормотал Харри.

— Каждый оставляет за собой след, ведь так? Прожитая жизнь — это книга, которую просто надо уметь читать.

— А ты умеешь?

Эндрю положил свою огромную руку ему на плечо. «Он стал живее», — подумал Харри.

— Хороший ты парень, Харри. Мой друг. Думаю, ты все понимаешь, так что не ищи там, где не найдешь. Я всего лишь один из миллионов одиноких душ, пытающихся жить на земле. Иногда у меня даже получается сделать что-то хорошее. Вот и все. Я не так много значу, Харри. Не ищи во мне — это бесполезно. Да в конце концов, и неинтересно.

— Почему?

— Когда сам не знаешь своего леса, другим лучше туда не ходить. Слишком просто оступиться и упасть.

Харри кивнул и посмотрел на цветы в вазе:

— Ты веришь в случайности?

— Да, — ответил Эндрю. — Жизнь — цепочка сплошных случайностей. Когда ты, например, покупаешь лотерейный билет номер 822531, шанс, что выпадет именно он, — один к миллиону.

Харри снова кивнул.

— Что мне не нравится, так это то, что мне он выпадал слишком много раз подряд.

— Да? — Эндрю с трудом сел на кровати. — Ну-ка расскажи.

— Во-первых, когда я приехал в Сидней, ты, хотя и не должен был расследовать это дело, настоял на том, чтобы тебе его дали и направили работать со мной, иностранцем. Вопросы появились уже тогда. Потом, под предлогом убить время, ты ведешь меня в цирк и знакомишь со своим другом. Из четырех миллионов жителей Сиднея с этим конкретным парнем я познакомился в первый же день. Один человек! Четыре миллиона к одному. Потом этот парень появляется снова, и мы даже спорим на сто долларов по одному личному вопросу. Но вся штука в том, что он появляется в баре, где работает Ингер Холтер, и оказывается ее знакомым! Снова четыре миллиона к одному. И пока я кружу вокруг очевидного убийцы, а именно Эванса Уайта, вдруг появляешься ты со своим источником, который — один из восемнадцати миллионов на континенте — видел Уайта, случайно оказавшись именно в Нимбине и именно в вечер убийства!

Эндрю, казалось, погрузился в глубокие размышления. Харри продолжил:

— И уже не удивительно, что ты даешь мне адрес бара, где молодчики Эванса Уайта «случайно» оказываются завсегдатаями. И они под давлением подтверждают ту историю, в которую все просили меня поверить: что Уайт ни при чем.

В комнату вошли две медсестры. Одна взялась за нижний конец кровати, другая дружелюбно, но твердо произнесла:

— Извините, но время посещений закончено. Врачи ждут мистера Кенсингтона на ЭЭГ.

Харри начал шептать Эндрю на ухо:

— Я человек не блестящего ума, Эндрю. Но понимаю, что ты что-то пытаешься мне сказать. Не понимаю только, почему ты не скажешь этого прямо. Зачем тебе я? Кто-то тебя держит, Эндрю?

Он продолжал идти рядом с кроватью, пока сестры катили ее по палате и дальше, по коридору. Голова Эндрю с закрытыми глазами лежала на подушке.

— Харри, ты говорил, что у белых и аборигенов почти одинаковые истории о первых людях, потому что у нас одинаковые суждения о неизвестном. Что какие-то мыслительные алгоритмы — врожденные. С одной стороны, глупее я ничего не слышал, но с другой — немного надеюсь, что ты прав. А значит, нужно только закрыть глаза и увидеть...

— Эндрю! — прошипел Харри, когда они остановились у грузового лифта и одна из медсестер стала открывать дверь. — Не пудри мне мозги, Эндрю! Это Отто? Отто — Буббур?

Эндрю распахнул глаза:

— Как...

— Сегодня мы его берем, Эндрю. После представления.

— Нет! — Эндрю приподнялся на кровати, но медсестра осторожно, но уверенно надавила ему на плечи.

— Врач велел вам лежать тихо, мистер Кенсингтон. У вас же серьезное сотрясение мозга. — Она повернулась к Харри. — Дальше вам нельзя.

Эндрю снова приподнялся:

— Не сейчас, Харри! Два дня! Не сейчас. Пообещай, что подождешь два дня! Отвали, сестра! — Он вывернулся у нее из рук.

Харри стоял и держал изголовье кровати. Он наклонился и быстро прошептал:

— Пока что никто не знает, что вы с Отто знакомы, но это вопрос времени. Тогда станут докапываться до твоей роли. Я не могу больше их удерживать, если ты не собираешься мне помогать. Ну же!

Эндрю вцепился ему в рукав:

— Ищи лучше, Харри! Смотри лучше! Увидишь, что... — начал он, но не договорил и снова повалился на подушку.

— Увижу — что? — спросил Харри, но Эндрю закрыл глаза и отмахнулся.

Он сейчас такой старый и маленький, подумал Харри. Старый, маленький и черный в большой белой кровати.

Медсестра грубо отодвинула Харри в сторону. Последним, что он увидел за закрывающимися дверями лифта, была машущая рука Эндрю.

11
Казнь и Биргитта раздевается

Тонкая дымка облаков затянула клонящееся к закату солнце над Бонди-Бич. Пляж начинал пустеть. Ровным потоком проходили обитатели этого известного и очаровательного австралийского пляжа: серферы с белыми носами и губами, неуклюжие культуристы, девушки в укороченных джинсах и на роликах и богини пляжа с бронзовым загаром и силиконовыми формами — в общем, «The Beautiful People», молодые, красивые и (на первый взгляд) благополучные. В это время кипел бульвар Кемпбелл-Парейд, где яблоку негде упасть от салонов мод, небольших гостиниц и безумно дорогих ресторанчиков. В людские потоки врезались рычащие спортивные кабриолеты, водители которых смотрели на тротуары в зеркала сквозь черные очки.

Харри вспомнилась Кристина.

Тот день, когда они, путешествуя по Европе на поездах по билетам с молодежной скидкой, сошли в Канне. Был туристический бум, и во всем городе не нашлось ни одной комнаты, где бы они могли переночевать, а скромные средства не позволяли снять номер в дорогом отеле. И, выяснив, когда следующий поезд до Парижа, они оставили рюкзаки в привокзальной камере хранения и пошли на Круазетт. Там они прогуливались, глядя на людей и животных, равно богатых и красивых, и на немыслимые яхты с собственными экипажами, каютными катерами на корме и вертолетными площадками на палубе. Глядя на все это, они поклялись, что навсегда останутся социалистами.

От этой прогулки они так вспотели, что решили искупаться. Полотенца, плавки и купальники остались в рюкзаках, и купаться пришлось в нижнем белье. Кристине нужна была чистая одежда, и Харри дал ей одни из своих надежных мужских трусов. И они, весело смеясь, плескались в Средиземном море, среди дорогих трусиков-танга и золотых загорелых тел.

Харри вспомнил, как потом лежал на песке, а рядом стояла Кристина с повязанной на талии футболкой и снимала мокрые трусы. Ему нравилась ее кожа, блестевшая на солнце каплями воды, футболка на ее длинных загорелых бедрах, мягкие изгибы ее тела, то, как поглядывали на нее французы, и как посмотрела на него она, поймала его взгляд, улыбнулась и, глядя на него, медленно надела джинсы. Собираясь застегнуть молнию на джинсах, сунула руку за майку, но там ее и оставила, запрокинула голову, закрыла глаза... Потом дразнящим красным кончиком языка облизнула губы — и, рассмеявшись, упала на Харри.

Потом они обедали в непомерно дорогом ресторане с видом на море, а на закате обнимались на пляже, и Кристина плакала оттого, что все было так красиво. Они решили снять номер в отеле «Карлтон», по возможности погостить в нем те два дня, которые хотели провести в Париже, и сбежать, не заплатив.

Когда Харри думал о Кристине, он всегда сначала вспоминал об этом. Все происходило так бурно, и потом стало понятно, что причина — в предчувствии расставания. Но Харри не помнил, думал ли он об этом тогда.

Той осенью его призвали в армию, а в декабре Кристина встретила музыканта и уехала с ним в Лондон.

Харри, Лебье и Уодкинс сидели в открытом кафе на углу Кемпбелл-Парейд и Лэмрок-авеню. Было поздно, и их столик уже окутала вечерняя тень, но темные очки еще не вызывали ни у кого подозрения. Гораздо хуже смотрелись в такую жару их пиджаки, но надень они рубашки с коротким рукавом, все бы видели их портупеи. Говорить было не о чем. Они просто ждали.

Красивое желтое здание театра Сент-Джордж, где должен был выступать Отто Рехтнагель, находилось по дороге от Кемпбелл-Парейд к пляжу.

— Раньше стрелял из браунинга «хай-пауэр»? — спросил Уодкинс.

Харри покачал головой. Ему показали, как заряжать, досылать патроны и прицеливаться. Но Харри не думал, что все настолько опасно. Вряд ли Отто начнет косить их из автомата.

Лебье посмотрел на часы.

— Пора, — сказал он. Его бритая голова уже покрылась потом.

Уодкинс откашлялся:

— Хорошо. Последняя репетиция. Когда все выйдут на прощальный поклон, Харри и я заходим в боковую дверь. Она будет открыта — с охраной я договорился. На двери гримерки Рехтнагеля прибили большую табличку с именем. Подождем, пока он подойдет, и берем его. Сразу в наручники. Оружия без необходимости не применять. У заднего входа ждет машина. Когда Рехтнагель уйдет со сцены, Лебье, дашь сигнал по рации. И если он что-то учует и пойдет через зал — тоже. А теперь — по местам. Только бы у них были кондиционеры!

В маленьком уютном зале театра Сент-Джордж был аншлаг. Раздались аплодисменты, и поднялся занавес. Точнее, не поднялся, а упал. Поначалу клоуны стояли и удивленно смотрели на потолок, откуда свалился занавес, потом затеяли шумную дискуссию и наконец беспорядочно засуетились, стараясь убрать его со сцены, то и дело толкаясь и извиняясь перед публикой. Публика отвечала смехом и ободряющими криками. Казалось, в зале у актеров много друзей и знакомых.

Сцену расчистили и соорудили на ней эшафот. Под барабанные звуки похоронного марша появился Отто. Увидев гильотину, Харри сразу понял: номер будет тот же, что он уже видел в «Энергетике». Похоже, сегодня на экзекуцию отправлялась королева, потому что Отто был в бальном платье, ужасно длинном белом парике и с напудренным лицом. На палаче тоже был другой костюм: черный, облегающий, с большими ушами и перепонками под мышками, что делало его похожим на дьявола.

Или на нетопыря, подумал Харри.

Поднялся нож гильотины, под него положили тыкву, и нож со стуком рухнул вниз. Палач торжественно показал ликующим зрителям половинки разрубленного овоща. После душераздирающих сцен со слезами и мольбами о пощаде королеву, к радости публики, уложили на плаху. Было видно, как дергаются ее ноги. Нож снова подняли, послышалась барабанная дробь, все быстрее и быстрее, огни на сцене стали гаснуть.

Уодкинс шепнул Харри на ухо:

— Он что, и на сцене убивает блондинок?

Барабанная дробь все ускорялась. Харри посмотрел вокруг: публика сидела как на иголках. Некоторые, открыв рты, подались вперед, другие отпрянули с остекленевшими глазами. Так, с радостью и ужасом, эту сцену наблюдали поколения людей.

Уодкинс снова шепнул:

— Насилие похоже на кока-колу и Библию. Как сказал классик.

Барабанная дробь продолжалась, и Харри подумал, что сцена затягивается. Ведь в первый раз, когда он смотрел этот номер, нож опустили почти сразу.

Вдруг, без предупреждения, просвистело лезвие.

Харри замер. Раздался хруст, нож перерубил шею. Барабанная дробь прекратилась, голова со стуком упала на пол.

Секунду стояла полная тишина, потом женщина, сидящая перед Уодкинсом и Харри, закричала. Паника прокатилась по залу. Харри вгляделся в темноту, но не увидел ничего, кроме палача, который пятился назад.

— О господи! — процедил Уодкинс.

Со сцены послышалось, будто кто-то хлопает в ладоши. И Харри увидел: из перерезанной шеи торчал белый обрубок позвоночника, будто белая змея, покачивающая головой. Оттуда на сцену бил фонтан крови.

— Он догадывался о наших планах! — прошептал Уодкинс. — Он знал, что мы придем! И оделся, как одна из растерзанных им жертв! — Он повернулся к Харри. — Черт, Хоули! Черт, черт!

Харри вдруг ощутил тошноту — то ли из-за этой крови, то ли из-за словечка «растерзанных», то ли оттого, что у Уодкинса дурно пахло изо рта.

В следующее мгновение палач, видимо в шоковом состоянии, прыгнул, чтобы подхватить голову, но поскользнулся в луже крови и грохнулся на пол, а двое других клоунов выбежали на сцену с криками: «Включите свет!» и «Занавес!».

Еще двое прибежали с занавесом, и все четверо поочередно забирались друг другу на плечи, пытаясь закрепить занавес на потолке. Из-за сцены кто-то крикнул, освещение мигнуло, послышался громкий щелчок, и в зале стало абсолютно темно.

— Пойдем-ка, Хоули! Не нравится мне это. — Уодкинс встал и потянул Харри за рукав.

— Тише! — Харри усадил его снова.

— Что такое?

Опять зажгли свет. Там, где несколько секунд назад в хаосе смешались кровь, клоуны, занавесы, гильотины и отрубленные головы, не было никого — кроме палача и Отто Рехтнагеля с головой королевы под мышкой. Ответом на их поклон стал восторженный рев зала.

— I'll be damned[1], — прошипел Уодкинс.

В перерыве Уодкинс позволил себе кружку пива.

— Этот первый номер душу из меня вынул, — признался он. — Черт, я еще дрожу. Может, взять его сейчас? Я с ума сойду, пока дождусь конца.

Харри пожал плечами:

— Почему? Бежать он не собирается, ничего не подозревает. Действуем по плану.

Уодкинс тайком проверил, на месте ли рация. Лебье, безопасности ради, остался в зале. Полицейская машина стояла у заднего выхода.

Признавая нововведения весьма эффектными, Харри все же не понимал, зачем Отто заменил Людовика XVI на неизвестную блондинку. Конечно, он рассчитывал, что Харри, получив бесплатный билет, обязательно придет. Игра с полицией? Харри читал, что серийные убийцы

---

[1] Будь я проклят (англ.).

смелеют, если долго остаются не пойманными. Или просьба остановить его?

Но возможен и третий вариант: просто цирковой номер с некоторыми изменениями.

Звонок.

— Here we go again[1], — сказал Уодкинс. — Надеюсь, больше сегодня никого не убьют.

Отто появился снова в небольшой сценке во втором акте, одетый охотником и с пистолетом в руке. Навстречу катились деревья, он что-то высматривал между ними, насвистывая как птица. Потом прицелился. Громкий хлопок, от пистолета поднялось облачко дыма, с одного дерева на сцену шлепнулось что-то черное. Охотник подбежал и с удивлением поднял черную кошку! Тяжело вздохнув, Отто под аплодисменты покинул сцену.

— Я не понял, — шепотом пожаловался Уодкинс.

Если бы нервы у Харри не были так взвинчены, возможно, он и оценил бы номер. Но он глядел больше на часы, чем на сцену. К тому же в основе большинства номеров была местная политическая сатира, которую не понимал Харри, но очень ценили зрители. Музыка заиграла громче, мигнули огни, и все артисты вышли на сцену.

Харри и Уодкинс с извинениями протиснулись вперед и направились к двери сбоку от сцены, открытой, как и было условлено. Они оказались в коридоре, полукругом огибающем сцену. Найдя дверь с табличкой «Отто Рехтнагель, клоун», стали ждать. От музыки и аплодисментов содрогались стены, но Уодкинс расслышал слабый писк рации и выудил ее из кармана.

— Уже? — спросил он. — Музыка ведь еще не закончилась. Прием.

Уодкинс вытаращил глаза.

— Что? Повтори. Прием.

[1] Возвращаемся (англ.).

Харри понял, что что-то не так.

— Сиди, следи за дверью. Конец связи!

Уодкинс сунул рацию обратно в карман и достал из портупеи пистолет:

— Лебье не видит Рехтнагеля на сцене.

— Может, он просто его не узнал? Они гримируются так, что...

— Свиньи нет на сцене, — повторил Уодкинс, безуспешно дергая дверную ручку. — Черт, Харри, добром это не кончится!

Коридор был узким. Уодкинс прислонился спиной к противоположной стене и стал бить в дверь ногой. С третьего пинка дверь вылетела. Гримерку заполнял белый пар. На полу была вода. И вода и пар шли из приоткрытой двери — очевидно, в душевую. Они встали по сторонам от этой двери, Харри достал пистолет и нащупал курок.

— Рехтнагель! — крикнул Уодкинс. — Рехтнагель!

Нет ответа.

— Не нравится мне это, — прошипел он.

Харри это тоже не нравилось — он на своем веку смотрел слишком много детективов и знал, что открытые душевые, из которых никто не отвечает, не сулят ничего хорошего.

Уодкинс указательным пальцем показал на Харри и большим — на душевую. Харри захотелось в ответ показать средний, но спорить не приходилось. Ногой открыв дверь, он шагнул в жару и пар и сразу же насквозь промок. Прямо перед Харри висела занавеска. Не опуская пистолет, Харри рывком отдернул ее.

Пусто.

Закрывая воду, Харри обжег руку и громко выругался по-норвежски. В ботинках хлюпало. Пар рассеивался. Харри осмотрел душевую.

— Никого! — крикнул он.

— А какого черта здесь столько воды?

— Погоди, здесь что-то застряло в сливном отверстии.

Харри сунул руку в воду в поисках пробки и нащупал что-то гладкое и мягкое, застрявшее в стоке. Харри потянул это вверх. Вдруг он почувствовал, что начинает задыхаться. Он сглотнул и постарался вдохнуть, но пар душил его все сильнее.

— Что там? — спросил Уодкинс.

Он стоял в двери душевой и смотрел на Харри, опустившегося на корточки.

— Думаю, я проиграл Отто Рехтнагелю сто долларов, — тихо ответил Харри. — Точнее, тому, что от него осталось.

Что происходило потом, Харри видел словно в дымке. Будто пар из душевой кабинки разлился по его телу.

В коридоре расплывчатый силуэт охранника пытался открыть дверь реквизиторской. Замочная скважина была залеплена чем-то красным. Дверь взломали, внутри стояла окровавленная гильотина. Послышался крик — какой-то приглушенный, полузадушенный — коллег Рехтнагеля не удалось удержать, и их взорам предстал Отто, раскиданный по всей комнате.

Конечности были разбросаны по углам, будто кукольные руки и ноги. Пол и стены забрызганы настоящей липкой кровью, которая со временем сворачивалась и темнела. Лишенное рук и ног тело лежало на подставке для гильотины — окровавленным куском мяса с широко раскрытыми глазами, клоунским носом и помадой на губах и щеках.

Пар подступил Харри к коже, рту и нёбу. Как в замедленной съемке, из тумана появился Лебье, подошел к нему и громко прошептал на ухо:

— Эндрю пропал из больницы.

Уодкинс все не мог отойти от гильотины.

— Чертовская самоуверенность, — услышал Харри эхо его голоса.

Да уж, откликнулось в голове у Харри.

На голову Отто убийца надел белый парик.

———

Вентилятор, должно быть, смазали — он крутился ровно и почти бесшумно.

— Значит, полицейские в машине видели, как из двери выходил только палач в черном, так?

Дело происходило в кабинете Маккормака.

Уодкинс кивнул:

— Да, сэр. Посмотрим, что видели актеры и охрана — их показания сейчас записывают. Либо убийца сидел в зале и прошел в открытую дверь на сцене, либо он вошел в заднюю дверь до приезда нашей машины.

Он вздохнул.

— Начальник охраны говорит, что во время представления задняя дверь была заперта. Значит, либо у него был ключ, либо он незаметно вошел вместе с актерами и где-то спрятался. Потом, после номера с кошкой, когда Отто готовился к последнему выходу, он постучался в гримерку. Очевидно, он его усыпил — эксперты нашли следы диэтилового эфира. Будем на это надеяться, — добавил Уодкинс. — И сделал это либо в гримерке, либо уже в реквизиторской. Этот парень — сущий дьявол. Расчленив тело, он взял отрезанный половой орган, спокойно вернулся в гримерку и открыл воду, чтобы, если к Отто придут, подумали, что он в душе.

Маккормак откашлялся.

— А гильотина? Человека можно убить и проще...

— Сэр, я полагаю, с гильотиной все вышло случайно. Вряд ли он знал, что в перерыве ее перенесут в реквизиторскую.

— Очень, очень больной человек, — сказал Лебье своим ногтям.

— А двери? Они же все были заперты. Как он попал в реквизиторскую?

— Я разговаривал с начальником охраны, — сказал Харри. — Как у руководителя труппы, у Отто была своя связка ключей. Она пропала.

— А тот... костюм дьявола?

— Лежал рядом с гильотиной, вместе с бутафорской головой и париком, сэр. Убийца надел его после преступления. Очень хитро. И вряд ли предусмотрено заранее.

Маккормак подпер голову ладонями:

— Что скажешь ты, Юн?

Все это время Юн что-то выстукивал на компьютере.

— Отвлечемся от дьявола в черной одежде, — предложил он. — Логичнее всего предположить, что убийца — один из актеров.

Уодкинс громко фыркнул.

— Дайте договорить, сэр, — сказал Юн. — Этот человек знал программу и то, что после номера с кошкой Отто на сцене не появится, то есть до последнего выхода двадцатью минутами позже его никто не хватится. Члену труппы не нужно проникать тайком, а кто-нибудь другой вряд ли прошел бы незамеченным. Кто-то из вас обязательно бы заметил, если бы он вошел в боковую дверь.

Остальные только утвердительно кивнули.

— Кроме того, я выяснил, что еще трое членов труппы тоже ездили с «Передвижным австралийским парком развлечений». То есть сегодня в театре были еще трое, кто до того оказывался в известных местах в известное время. Может, Отто ни в чем не был виновен, а просто слишком много знал? Давайте искать там, где можно что-нибудь найти. Предлагаю начать с труппы, а не с призрака оперы, который нам не по зубам.

Уодкинс покачал головой:

— Нельзя забывать о том, что кто-то неизвестный покинул место преступления в костюме, который лежал рядом с орудием убийства. Не может быть, чтобы он не имел к этому убийству никакого отношения.

— Думаю, труппу надо оставить в покое, — поддержал его Харри. — Прежде всего, ничто не опровергает нашу версию, что именно Отто виновен во всех изнасилованиях и убийствах. А причин убить маньяка — множество.

Во-первых, может, убийца был во всем замешан, знал, что Отто скоро арестуют, и боялся погореть вместе с ним. Во-вторых, убийца мог и не знать заранее, сколько у него времени, — он мог выпытать это у Отто. А в-третьих, вдумайтесь в произошедшее... — Он закрыл глаза. — Понимаете? Убийца — нетопырь. Нарадарн!

— Что-что? — спросил Уодкинс.

Маккормак рассмеялся.

— Кажется, наш норвежский друг углубился в пустоту вслед за нашим всеми любимым детективом Кенсингтоном, — пояснил он.

— Нарадарн, — повторил Юн. — Нетопырь, символ смерти у аборигенов.

— Меня беспокоит другое, — продолжал Маккормак. — Парень мог сразу после преступления незаметно выскочить в заднюю дверь и оказаться на одной из самых оживленных улиц Сиднея, где ему ничего не стоило тут же затеряться. А он тратит время на то, чтобы надеть костюм, который наверняка вызовет подозрения у других. И в то же время не вызовет подозрений у полиции. Как будто знал, что мы будем следить за задней дверью. Если так, то откуда он мог это узнать?

Стало тихо.

— Кстати, как там Кенсингтон в больнице? — Маккормаку надоело жевать жвачку, и он прилепил ее под стол.

Стало совсем тихо. Только еле слышно дышал вентилятор.

— Его там уже нет, — наконец ответил Лебье.

— М-да, быстро же он выздоровел! — сказал Маккормак. — Но все равно: задействуем все оставшиеся ресурсы, потому что — уверяю вас — расчлененные клоуны привлекают большее внимание прессы, нежели изнасилованные женщины. И повторю, ребята: на газеты нам плевать нельзя. Сколько у нас начальников поснимали и посменяли из-за газетных статей! Так что если хотите моей отставки, вы знаете, что делать. Теперь — по домам, отсыпаться. Что, Харри?

— Ничего, сэр.

— Хорошо. Спокойной ночи.

Все было по-другому. Окно в номере не занавешено, и при неоновом свете Кингс-Кросс Биргитта раздевалась для Харри.

Он лежал в постели, а она стояла посреди комнаты и, не сводя с него серьезных, почти печальных глаз, постепенно снимала с себя одежду. У Биргитты были длинные ноги, стройное тело и кожа белая, как снег, особенно при таком освещении. За приоткрытым окном гудел ночной город — автомобилями, мотоциклами, шарманочными звуками игровых автоматов и ритмом диско. И все это на фоне шума споров, криков и грязной ругани, казавшихся стрекотом сверчков.

Биргитта расстегивала блузку — не слишком медленно и совсем не чувственно. Она просто раздевалась.

«Для меня», — подумал Харри.

Без одежды он видел ее и раньше, но все-таки сегодня все было по-другому. Она была такой красивой, что Харри застеснялся наметившегося двойного подбородка. Раньше он не понимал ее застенчивости: почему она полностью раздевалась только под одеялом и почему, отправляясь из постели в душ, прикрывалась полотенцем. Потом понял, что дело не в скромности или стыдливости, а в том, чтобы открыть себя. Что должно пройти время, устояться чувство, родиться доверие друг к другу. Что только это давало ему право. Поэтому сегодня все по-другому. Раздевание было ритуалом, и своей наготой она будто показывала, насколько она ранима. Насколько она ему доверяет.

Сердце забилось сильнее. Отчасти потому, что Харри гордился и радовался доверию этой сильной и красивой женщины, отчасти — из-за страха, что он недостоин этого доверия. Но больше всего потому, что он понял: все, что он думает и чувствует, — здесь, перед ним, в блеске рекламных щитов, красном, синем и местами зеленом. На, смотри! Раздеваясь сама, она раздевала его.

Оставшись совсем без одежды, она продолжала стоять, и казалось, ее белая кожа освещает комнату.

— Иди сюда, — позвал он голосом скорее размытым, чем уверенным, и откинул одеяло.

Но Биргитта не шевельнулась.

— Смотри, — прошептала она. — Смотри.

12
Полная дама и вскрытие

Было восемь утра. Когда Харри после долгих уговоров пропустили в палату, «Чингисхан» еще спал. Но как только Харри со скрипом подвинул к кровати стул, он открыл глаза.

— Доброе утро, — приветствовал его Харри. — Как спалось? Помнишь меня? Я валялся на столе, и у меня были перебои с воздухом.

«Чингисхан» застонал. С широким белым бинтом вокруг головы он выглядел не таким опасным, как в «Крикете», где он намеревался убить Харри.

Харри достал из кармана крикетный шар:

— Я тут потолковал с твоим адвокатом, и он сказал, что ты не собираешься подавать в суд на моего коллегу.

Харри перебросил шар из правой руки в левую.

— Учитывая, что ты меня чуть не убил, я, конечно, очень обеспокоен судьбой моего спасителя. Но если верить твоему адвокату, дело у тебя выигрышное. Во-первых, он говорит, что ты не напал на меня, а лишь отстранил, защищая своего друга, которому я мог нанести серьезные увечья. Во-вторых, он утверждает, что ты по чистой случайности отделался черепно-мозговой травмой — а мог бы и скопытиться от этого крикетного шара.

Он подбросил шар в воздух и поймал его прямо перед носом бледного силача.

— И знаешь, я с ним согласен. Метко посланный с четырех метров шар угодил тебе прямо в лоб. Выжил ты по нелепой случайности. Сегодня адвокат звонил мне на работу — интересовался ходом событий. Он полагает, этого хватит для иска о возмещении ущерба, во всяком случае если у тебя будут тяжкие увечья. Ох уж эти адвокаты, стервятники, да и только, — отхватывают себе треть возмещения, но он тебе, наверное, говорил об этом. Я спросил, почему он не убедил тебя подать в суд. Говорит, это вопрос времени. Вот и я теперь думаю: это только вопрос времени — а, Чингис?

«Чингис» осторожно покачал головой.

— No. Please go now[1], — простонал он.

— Почему? Что ты теряешь? Если ты станешь инвалидом, сможешь отсудить большие деньги. Ты ведь будешь судиться не с бедным и убогим частным лицом, а с государством. Я даже проверил — твое личное дело останется чистым. Кто знает, вдруг присяжные поддержат тебя и ты станешь миллионером. Так, значит, отказываешься?

«Чингисхан» не ответил, только посмотрел на Харри из-под бинта грустными косыми глазами.

— Надоело мне тут сидеть, Чингис, поэтому буду краток: после той драки у меня сломаны два ребра и проколото легкое. Поскольку я не был в полицейской форме, не предъявил удостоверение, вел себя не по инструкции, а Австралия несколько выпадает из моей юрисдикции, обвинение пришло к выводу, что действовал я как частное лицо, а не как полицейский. Значит, я сам могу решать, подавать на тебя в суд за грубое применение силы или нет. И мы опять возвращаемся к твоему незапятнанному — почти незапятнанному — личному делу. Сейчас над тобой висят шесть месяцев условно за нанесение телес-

---

[1] Нет. Пожалуйста, уходите (англ.).

ных повреждений, верно? Плюс еще шесть месяцев. Итого ровно год. Что ты предпочитаешь: год тюрьмы или рассказать мне... — он наклонился к уху, красным грибом торчащему из забинтованной головы, и прокричал: — ...ЧТО, ЧЕРТ ВОЗЬМИ, ПРОИСХОДИТ?

Харри снова сел на стул.

— Итак?

Маккормак стоял спиной к Харри, скрестив руки. Сквозь густой туман огни на улице казались размытыми, а движения — замедленными. Весь город походил на нечеткую черно-белую фотографию. Тишину нарушал только какой-то стук. Харри сообразил, что это Маккормак барабанит ногтями по зубам.

— Значит, Кенсингтон был знаком с Отто Рехтнагелем. И ты это знал.

Харри пожал плечами:

— Понимаю, сэр, мне следовало сказать раньше. Но я думал, что...

— ...не твое дело докладывать, с кем Эндрю Кенсингтон знаком, а с кем нет. А теперь, когда он пропал из больницы и никто не знает, где он, ты почуял неладное?

Харри утвердительно кивнул спине.

Маккормак посмотрел на него в зеркало. Потом плавным движением повернулся к Харри.

— Какой-то ты... — довершая плавное движение, он снова отвернулся, — суетливый, Хоули. Что тебя грызет? Еще что-нибудь хочешь мне рассказать?

Харри покачал головой.

Квартира Отто Рехтнагеля находилась на Саррей-Хиллс, как раз по пути от «Олбери» к дому Ингер Холтер в Глибе. На лестнице их встретила дородная дама.

— Я увидала машину. Вы из полиции? — спросила она высоким, визгливым голосом. И, не дожидаясь ответа, продолжила: — Вы слышите собаку? Так она себя ведет с самого утра.

За дверью квартиры Отто Рехтнагеля раздавался хриплый вой.

— Жалко мистера Рехтнагеля. Но сейчас заберите, пожалуйста, собаку. Она воет не переставая и всех сводит с ума. Надо запретить держать здесь собак. Если вы не примете меры, нам придется... ну, сами понимаете.

Дама всплеснула руками, закатив глаза. Сразу запахло потом и немного духами.

Харри уже надоела эта приставучая бочка.

— Пес знает, — бросил Лебье, провел двумя пальцами по перилам и неодобрительно посмотрел на указательный, будто оценивая чистоту перил.

— Что вы хотите сказать, молодой человек? — спросила бочка, подбоченившись и даже не думая уступать дорогу.

— Знает, что хозяин умер, мэм, — сказал Харри. — Собаки это чувствуют. Он воет от тоски.

— От тоски? — Она посмотрела на них с подозрением. — Собака? Что за чушь?

— Что бы вы сказали, мэм, если бы вашему хозяину отрезали руки и ноги? — огорошил ее Лебье.

Дама застыла с открытым ртом.

— И член, — добавил Харри, посчитав, что dick — весомое понятие и в Австралии.

— Если у вас, конечно, есть хозяин. — Лебье смерил ее взглядом.

Когда толстуха уступила дорогу, они достали найденную в гримерке связку ключей и стали подбирать нужный. Вой за дверью сменился рычанием — пес Отто Рехтнагеля услышал, что пришли чужие.

Наконец дверь открылась. В коридоре, широко расставив лапы, стоял изготовившийся к бою бультерьер. Лебье и Харри, не двигаясь, смотрели на смешную белую собаку, предоставив ей возможность перейти в наступление. Рычание снова перешло в беспомощный вой, и собака шмыгнула в комнату. Харри последовал за ней.

Благодаря большим окнам комната была светлой. А из-за скромных размеров казалась загроможденной: красный диван со множеством разноцветных подушек, большие картины на стенах и низкий, но массивный стол зеленого стекла посередине. По углам стояли два фарфоровых леопарда.

На столе лежал абажур, хотя там ему совсем не место.

Собака нюхала лужицу на полу. Над этой лужицей висели мужские ботинки. Пахло мочой и экскрементами. Харри посмотрел выше ботинок. Там, где кончались носки, он увидел черную кожу. Взгляд Харри пополз выше, вдоль брюк, наткнулся на огромные, безжизненно висящие руки и с трудом двинулся дальше — к белой рубашке. С трудом — не потому, что раньше не видел повешенных, а потому, что узнал ботинки.

Голова свалилась на плечо, и конец провода с тусклой лампочкой висел на груди. Провод был прикреплен к мощному крюку — может, когда-то тут висела люстра. Но теперь тут висел Эндрю, высоко под потолком, и провод был трижды обмотан вокруг его шеи. Мечтательный взгляд застыл, уставившись в пустоту, а изо рта, будто дразня смерть — или жизнь? — высовывался сине-черный язык. Рядом со столом лежал опрокинутый стул.

— Черт, — процедил Харри. — Черт, черт, черт.

Он бессильно опустился на стул. В комнату вошел Лебье и вскрикнул.

— Найди нож, — сказал Харри. — И вызови «скорую помощь». Или кого вы там вызываете.

Солнце светило Эндрю в спину, и его покачивающееся тело было просто черным контуром на фоне окна. Харри предложил Создателю повесить на проводе кого-нибудь другого, пока Харри не видит. Он обещал никому не рассказывать о чуде. Это было просто предложение. Не молитва. Молитва могла не сработать.

Он услышал шаги в коридоре и крик Лебье из кухни:

— Вон отсюда, жирная стерва!

———

После похорон матери Харри пять дней ходил, чувствуя только, что он должен что-то чувствовать. Он слышал, что люди, долго приучавшие себя к сдержанности, не сразу поддаются горю. Поэтому он не понимал, почему сейчас кинулся на подушки и ощутил, как к горлу подкатывает ком, а к глазам — слезы. Нет, плакал он и раньше. Когда сидел один в комнате в Бардуфосском военном городке с письмом от Кристины и читал: «...это лучшее, что было у меня в жизни...» Дело не в том, что она собиралась уехать с тем английским музыкантом. Просто он знал, что это худшее, что было в его жизни. Плач застревал в горле. Как когда задыхаешься. Или когда тошнит.

Харри поднялся и посмотрел наверх. Чуда не произошло. Харри хотел поставить стул, чтобы было легче срезать Эндрю, но не смог пошевелиться. Так и стоял, пока Лебье не принес кухонный нож. Когда Лебье посмотрел на Харри, тот с удивлением осознал, что по щекам у него текут теплые слезы.

«Этого еще не хватало», — подумал Харри.

Молча они сняли тело Эндрю и положили его на пол. Обыскав карманы, они нашли две связки ключей: побольше и поменьше. Один ключ — от входной двери в квартиру Рехтнагеля.

— Следов драки нет, — быстро решил Лебье.

Харри расстегнул на Эндрю рубашку. Увидел на груди вытатуированного крокодила. Потом засучил штанины.

— Ничего, — сказал он. — Ни-че-го.

— Посмотрим, что скажет доктор, — бросил Лебье.

К горлу снова подкатил ком, и Харри смог только пожать плечами в ответ.

На обратной дороге они попали в пробку.

— Merde[1], — выругался Лебье и начал бешено сигналить.

[1] Дерьмо (фр.).

Харри достал газету «Острелиан», где всю первую страницу занимала статья об убийстве клоуна. «Расчленен на собственной гильотине», — гласил заголовок над сделанной во время представления фотографией окровавленной гильотины и Отто Рехтнагеля в клоунском облачении на ней.

Тон репортажа был легким, почти юмористическим, очевидно из-за экстравагантности самого дела. «Непонятно, почему убийца не отрубил клоуну голову», — писал журналист, делая вывод, что убийство вряд ли выражало негодование зрителей: «Настолько плохим выступление не было». Отпустил он и колкость в адрес полиции, необыкновенно быстро оказавшейся на месте: «Однако начальник криминальной полиции Сиднея Уодкинс не подтверждает, что полиция нашла орудие убийства...»

Харри читал вслух.

— Забавно. — Лебье посигналил и выругал таксиста, вклинившегося перед ними: — Your mother is...[1]

— Тот номер с охотником...

Продолжение повисло в воздухе.

— You said...[2] — сказал Лебье, когда они проехали два светофора.

— Да нет, ничего. Просто вспоминаю тот номер — он кажется мне бессмысленным. Охотник, который охотится на птицу, убивает кошку, которая сама охотится на птицу. И что?

Лебье не слышал — он высунулся из окна и кричал:

— Suck my hairy, sorry potato ass, you pig-fucker...

Харри ни разу не слышал, чтобы он столько говорил.

Как Харри и ожидал, в полиции царила суматоха.

— Об этом пишет Рейтер, — говорил Юн. — Приедет фотограф от Ассошиэйтед Пресс, а из мэрии позвонили, что Эн-би-си пришлет сюда съемочную группу.

[1] Твою мать... *(англ.)*
[2] Ты говорил... *(англ.)*

Уодкинс покачал головой:

— Шесть тысяч человек гибнут от наводнения в Индии — о них сообщают мелким шрифтом. Расчленяют одного клоуна-педераста — и все только об этом и говорят.

Харри позвал всех в комнату для совещаний.

— Эндрю Кенсингтон мертв, — сказал он.

Уодкинс и Юн недоверчиво посмотрели на него. Коротко и без прикрас Харри рассказал, как они нашли труп Эндрю в квартире Отто Рехтнагеля.

— Мы постарались не допустить утечки, — говорил он уверенным голосом, глядя им в глаза. — Возможно, пока придется держать это под замком.

Ему пришло в голову, что рассказывать об этом как об уголовном деле у него получается легче. Тут было что-то конкретное: труп, причина смерти, ход событий, который надо восстановить. На какой-то миг это заслонило Смерть — то чужое, к чему он не знал, как отнестись.

— Ладно. — Уодкинс был сбит с толку. — Спокойствие. Не будем пороть горячку. — Он отер пот с верхней губы. — Надо сказать Маккормаку. Черт возьми! Что ты наделал, Кенсингтон? Сейчас уж сюда точно слетятся журналисты... — и он исчез за дверью.

Трое оставшихся в комнате слушали завывания вентилятора.

— Время от времени он работал в команде, — сказал Лебье. — Вообще-то он был не совсем одним из нас, но все же...

— Добрый. — Юн смотрел в пол. — Очень добрый. Он помог мне, когда я только пришел на работу. Он был... очень добрый.

Маккормаку принесли респиратор. Он чувствовал себя плохо, расхаживал по комнате тяжелее обычного. Его кустистые брови сплошной линией нависли над переносицей.

После совещания Харри сел за стол Эндрю и посмотрел его записи. Полезного мало: пара адресов, телефонных номеров, как оказалось — автомастерских, и неразборчивые каракули. В ящиках почти ничего — разве что канцелярские принадлежности.

Харри принялся изучать найденные в карманах Эндрю связки ключей. На одной был кожаный брелок с инициалами Эндрю. Харри решил, что это, наверное, его собственные ключи.

Потом он позвонил домой Биргитте. Та была ошеломлена новостью, задала пару вопросов, и все.

— Не понимаю, — сказал Харри, — почему после смерти человека, которого я знаю без году неделя, я плачу как ребенок. А когда умерла мама, еле выжал слезу. Моя мама, лучшая женщина в мире! А этот парень... я так и не понял, насколько хорошо мы были знакомы. Где тут логика?

— Логика, — повторила Биргитта. — Дело не в логике. Все в жизни не так логично, как нам бы хотелось.

— Просто решил тебе рассказать. Никому не говори. Мне зайти, когда ты освободишься?

Она ответила неопределенно. Ночью ей должны были звонить из Швеции. Родители.

— У меня день рождения, — сказала она.

— Поздравляю.

Харри положил трубку. Внутри старый враг поднимал голову.

За полчаса Лебье и Харри доехали до дома Эндрю Кенсингтона на Сидней-роуд в Четвике. Милая улочка в милом пригороде.

— Мы адрес не перепутали? — спросил Харри, сверяя номер дома.

Это была большая каменная вилла с двойным гаражом, подстриженным газоном и фонтаном. К роскошной двери из красного дерева вела гравиевая дорожка. На звонок вышел мальчик, с серьезным видом кивнул, когда его спросили об Эндрю, потом зажал рот рукой, давая понять, что он немой.

Потом отвел их за дом, где начинался огромный сад, и указал на низенькое кирпичное строеньице, похожее на домик садовника в классическом английском поместье.

— Мы хотели зайти. — Харри заметил, что говорит очень громко. Как будто у мальчика были проблемы еще и со слухом. — Мы работаем... работали вместе с Эндрю. Эндрю умер.

Он достал связку ключей с кожаным брелоком. Мальчик взглянул на нее и начал с потерянным видом хватать ртом воздух.

— Он умер внезапно, этой ночью, — продолжал Харри.

Мальчик стоял перед ними, свесив руки. В его глазах заблестели слезы. Харри понял, что он, должно быть, хорошо знал Эндрю, ведь тот жил по этому адресу почти двадцать лет. А мальчик, наверное, рос в большом доме. Харри невольно представил, как маленький мальчик и черный дядя играют в саду, гоняют мяч, как этот мальчик получает свою порцию дружбы плюс немного денег на мороженое и пиво. Может, полицейский из маленького домика делился с ним своими скудными заработками и щедрыми сказками. А когда мальчик подрос, то и советами, как вести себя с девочками и драться.

— Вообще-то мы не просто работали вместе. Мы были друзьями. Мы тоже, — добавил Харри. — Можно, мы туда зайдем?

Мальчик моргнул, сжал губы и кивнул.

Харри выругался про себя. «Соберись, Холе, — подумал он. — А не то скоро станешь выражаться слезливыми историями, словно американцы».

Маленький холостяцкий домик сразу же поразил Харри своей чистотой и опрятностью. На столике перед портативным телевизором в спартанской гостиной не валялись газеты, на кухне не громоздилась немытая посуда. В коридоре, как на параде, стояли сапоги и ботинки с аккуратно заправленными шнурками. Эта подтянутость о чем-то напомнила Харри. Безупречно белое белье в спальне было заправлено так туго и ровно, что казалось, чтобы лечь в постель, придется протиснуться в щелку между одеялом и простыней. Харри уже не раз проклял так же нелепо застеленную кровать у себя в номере.

В ванной перед зеркалом в образцовом порядке лежали: бритва, крем после бритья, мыло, зубная щетка, паста и шампунь. И все. В уборной тоже ничего экстравагантного, убедился Харри. И вдруг понял, что́ ему все это напоминает — его собственную квартиру после того, как он бросил пить.

Новая жизнь началась для Харри вместе с этим суровым порядком: каждой вещи — свое место, полка или ящик, куда она возвращается сразу же после использования. Ни одной ручки не на своем месте, ни одной перегоревшей пробки на распределительном щитке. Все это имело не только практическое, но и символическое значение: пусть это и глупо, но уровень беспорядка превратился в индикатор уровня всей его жизни.

Харри попросил Лебье осмотреть шкаф и комод в спальне, и только когда тот ушел, открыл туалетный шкафчик рядом с зеркалом. На двух верхних полках аккуратными штабелями, как боеголовки на военном складе, лежало десятка два одноразовых шприцев в вакуумных упаковках.

Конечно, у Эндрю Кенсингтона мог быть диабет и вкалывать он мог инсулин, но Харри знал правду. Если перырыть полдома, можно найти наркоманскую заначку — порошок и сопутствующее оборудование, но не было смысла. Харри и так все знал.

«Чингисхан» не врал, когда говорил, что Эндрю Кенсингтон — наркоман. А когда Харри нашел его в квартире

Отто, сомнений не осталось. В таком жарком климате, когда можно носить рубашку только с коротким рукавом, полицейский не может щеголять следами уколов на руках. Поэтому приходится колоть куда-нибудь еще, например в ногу. И голень Эндрю это подтверждала.

Насколько помнил «Чингисхан», Эндрю покупал героин у того парня с голосом Рода Стюарта. По его словам, Эндрю мог колоться почти без ущерба для трудоспособности и легкости в общении.

— Это не такая уж и редкость, как многие думают, — говорил «хан». — Но когда Лихач от кого-то узнал, что парень из полиции, то хотел его застрелить. Думал, он собирается нас сдать. Но мы отговорили. Ведь этот парень столько лет был чуть ли не лучшим клиентом Лихача! Не торговался, всегда исправно платил, все чин по чину, никакого тебе трепа или еще каких глупостей. Никогда не видел, чтобы абориген так славно покупал наркотики. Черт, да я вообще лучше покупателей не встречал!

Он ни разу не видел и не слышал, чтобы Эндрю разговаривал с Эвансом Уайтом.

— Уайт с частными клиентами не работает, он оптовик — и точка. Хотя я слышал, он приторговывал на улице в Кингс-Кросс. Не знаю уж зачем — он и так хорошо зарабатывает. Но он уже бросил это дело — слышал, у него возникли проблемы со шлюхами.

«Чингисхан» говорил откровенно. Откровеннее, чем требовалось, чтобы спасти свою шкуру. Можно было подумать, это его забавляет. Наверное, понимал, что раз кто-то из коллег Харри — их клиент, ареста опасаться не стоит.

— Передавай ему привет. Скажи, мы его ждем. Мы же не злопамятные, — ухмыльнулся «хан». — Кто бы они ни были, они всегда возвращаются. Всегда.

———

Харри вошел в спальню. Лебье без особого энтузиазма копался в белье и бумагах.

— Нашел что-нибудь? — спросил Харри.

— Ничего особенного, а ты?

— Ничего.

Они посмотрели друг на друга.

— Пошли отсюда, — сказал Харри.

Начальник охраны театра Сент-Джордж сидел в столовой. Даже можно было поверить, что он спокоен. Харри он запомнил с прошлого вечера.

— Н-наконец-то меня перестали спрашивать и д-докапываться, как все это было. Тут ц-целый день вертелись журналисты, — сказал он. — И еще ваши эксперты. Н-но они просто работали и нас не т-трогали.

— Да, работа у них еще та.

— Д-да уж. Ночью не мог заснуть. Потом жена д-дала мне снотворного. Никому такого не пожелаешь. Но вы-то люди привычные, а мы...

— Ну, то, что случилось здесь, и мы видим не каждый день.

— Н-не знаю, смогу ли я теперь войти в ту комнату.

— Ничего, оклемаешься.

— Д-да нет. Я уже д-даже реквизиторской ее не называю. Просто «т-та комната».

— Время лечит, — утешил его Харри. — Уж я-то знаю.

— Н-надеюсь, констебль.

— Зови меня Харри.

— Кофе, Харри?

Харри кивнул и положил на стол связку ключей.

— Вижу, — сказал охранник. — Эту связку брал Рехтнагель. Я п-подумал, что это до до-добра не до-доведет, надо будет заменить все замки. Где вы их нашли?

— Дома у Отто Рехтнагеля.

— Как? Он же вчера открывал ими гардеробную...

— Я полагаю, за сценой были не только актеры.

— А-а. Сейчас посмотрим. Осветитель, двое рабочих сцены и звукооператор. Н-ни гримеров, н-ни костюмеров — на это нет средств. Да, это все. Во время представления т-тут были только рабочие сцены и актеры. Ну и я.

— И больше никого?

— Никого, — серьезно ответил охранник.

— Сюда можно пройти другим путем, кроме как через заднюю или боковую дверь?

— Ну, есть обходной путь через галерею. Вчера галерея была закрыта, но д-дверь оставили открытой, потому что там сидел осветитель. Поговори с ним.

Огромные глаза осветителя были выпучены, как у глубоководной рыбы, которую вытащили из воды.

— Погодите. До перерыва там сидел парень. Если мы знаем, что аншлага не будет, то билеты продаем только в партер. Но он мог там сидеть — галерею же не запирают, хотя билет у него в партер. Он сидел один в заднем ряду. Помню, я еще удивился, что он сел так далеко от сцены. Света было мало, но я его видел. А когда я вернулся, он, как я сказал, уже ушел.

— Мог он попасть за сцену через ту же дверь, что и вы?

— Хм... — почесал затылок осветитель. — Думаю, да. Если он прошел прямо в реквизиторскую, его могли и не заметить. Сейчас мне кажется, что-то с ним было не так. М-да. Да, что-то не сходилось, я заметил...

— Значит, так, — сказал Харри. — Все это хорошо. Сейчас я покажу вам фотографию...

— Я помню, что тот человек...

— ...но сначала, — прервал его Харри, — мне хочется показать вам того, кого вы могли видеть вчера. Когда вы увидите фотографию, не раздумывайте, говорите первое, что придет в голову. Потом можете передумать. Я просто хочу увидеть вашу первую реакцию. Хорошо?

— Хорошо. — Осветитель еще сильнее вытаращил глаза и стал похож на лягушку. — Я готов.

Харри показал ему фотографию.

— Это он, — быстро квакнул человек-лягушка.

— Подумайте теперь хорошенько, — попросил Харри.

— Все верно. Ведь я это и хотел сказать, констебль. Тот человек был черный. Абориген. Это он!

Харри устал. День был долгим, и Харри старался не думать о том, как он закончится. Когда он вошел в прозекторскую, то в свете больших ламп увидел плотную коренастую фигуру доктора Энгельзона, склонившегося над столом, на котором лежало тело толстой женщины. Харри больше не мог смотреть на толстых женщин и попросил помощника сообщить доктору, что пришел Хоули, который ему звонил.

Недовольная физиономия Энгельзона наводила на мысли о «чокнутом профессоре». Редкие волосы торчали во все стороны, а светлые кустики бороды росли как придется на розовом поросячьем лице.

— Да?

Харри понял, что доктор забыл про телефонный разговор, хотя прошло не больше двух часов.

— Меня зовут Харри Хоули, я звонил вам — узнать о предварительных результатах вскрытия Эндрю Кенсингтона.

Хотя в комнате было полно других запахов, Харри безошибочно выделил запах джина.

— Ах да. Конечно. Кенсингтон. Печально. Мы с ним славно болтали. Когда он был жив, естественно. А сейчас лежит в шкафу — и не поговоришь.

Энгельзон показал большим пальцем за спину.

— Да уж, доктор. Что вы выяснили?

— Послушайте, мистер... как вас там?.. да, Хоули. У нас тут куча трупов, и всем хочется поскорее. Не трупам, естественно, а полицейским. Но есть очередь. Таков порядок, исключений мы не делаем, понимаете? Но сегодня позвонил Маккормак, большая шишка, и сказал, что это самоубийство надо изучить в первую очередь. Я не успел у него спросить, но может, вы мне ответите, мистер Хоган, что это в Кенсингтоне такого особенного?

Он презрительно вскинул голову и обдал Харри ароматом джина.

— Это вы лучше скажите, доктор. Есть в нем что-то особенное?

— Особенное! Что вы имеете в виду? У него нет ни деревянной ноги, ни запасной пары легких, ни сосков на спине.

Усталость. Меньше всего Харри хотел сейчас препираться с пьяным патологоанатомом, который вздумал качать права, потому что задето его самолюбие. А у специалистов самолюбие особенно уязвимо.

— Есть ли что-нибудь... необычное? — уточнил Харри.

Энгельзон посмотрел на него мутноватыми глазами.

— Нет, — сказал он. — Ничего необычного. Все обычное.

Доктор продолжал смотреть на него, покачивая головой. Харри понял, что это еще не все. Просто сценическая пауза, которая пьяному казалась не такой затянутой, как трезвому.

— У нас тут обычно, — наконец заговорил доктор, — трупы напичканы наркотиками. В данном случае — героином. Необычно, что он полицейский. Но насколько необычно — не знаю. Полицейские к нам на стол попадают редко.

— Причина смерти?

— Разве не вы его обнаружили? Отчего, по-вашему, умирают, вися в петле под потолком? От коклюша?

Внутри уже все бурлило, но Харри пока сдерживался.

— То есть умер он от недостатка кислорода, а не от передозировки?

— Пять баллов, Хоган.

— Хорошо. Следующий вопрос: время смерти?

— Предположительно между полуночью и двумя ночи.

— А поточнее?

— Вам полегчает, если я скажу: «четыре минуты второго»? — Лицо доктора еще больше побагровело.

Харри несколько раз глубоко вдохнул и выдохнул.

— Извините, если я говорю... если кажусь бестактным, доктор, мой английский не всегда...

— ...такой, каким должен быть, — договорил за него Энгельзон.

— Именно. У вас конечно же много дел, доктор, я больше не буду вас отвлекать, просто напомню, что Маккормак просил вас направить отчет о вскрытии не обычным путем, а лично ему.

— Не волнуйтесь. На этот счет инструкция ясна, Хорган. Передавайте привет Маккормаку.

Низенький чокнутый профессор стоял перед Харри, широко расставив ноги и самоуверенно скрестив руки на груди. Его глаза воинственно блестели.

— Инструкция? Не знаю, как к ним относятся в полиции Сиднея, но там, откуда я приехал, инструкциям следуют, когда начальство ничего не оговаривает особо, — пояснил Харри.

— Не надо, Хорган. У вас, очевидно, не слыхали о профессиональной этике. Значит, и толковать не о чем. Давайте на этом и распрощаемся, мистер Хорган.

Харри не двигался.

— Или вы полагаете иначе? — нетерпеливо спросил Энгельзон.

Перед Харри стоял человек, который думал, что ему нечего терять. Спившийся посредственный патологоанатом средних лет, уже без надежды на повышение и потому обнаглевший. Да и что они могли с ним поделать? Харри только что пережил самый долгий и ужасный вечер в своей жизни. Хватит. Он схватил доктора за грудки и приподнял.

Халат затрещал по швам.

— Как я полагаю? Полагаю, надо взять у вас кровь на анализ, а потом уже говорить об этике, доктор Энгельзон. Полагаю, найдутся многие, кто подтвердит, что вскрытие Ингер Холтер вы проводили в нетрезвом состоянии. Потом, полагаю, надо будет поговорить с теми, кто наслышан о вашей профессиональной этике и может выгнать вас с этой работы с таким треском, что больше вас никуда не возьмут. Как вы полагаете, доктор Энгельзон? И что вы теперь думаете о моем английском?

Доктор Энгельзон думал, что Харри превосходно говорит по-английски, и, поразмыслив, счел, что один-то раз можно пренебречь бюрократией.

13
Вышка во Фрогнербаде и старый враг просыпается

Маккормак опять сидел спиной к Харри и смотрел в окно. Солнце уже клонилось к закату, но в сумерках еще можно было различить манящий блеск синего моря за небоскребом и яркой зеленью Королевского ботанического сада. У Харри пересохло во рту и жутко болела голова. Вот уже три четверти часа он почти беспрерывно рассказывал об Отто Рехтнагеле, Эндрю Кенсингтоне, баре «Крикет», осветителе, Энгельзоне — короче, обо всем.

Маккормак молча слушал, сложив руки домиком. И наконец заговорил:

— Знаешь, там, в Новой Зеландии, живут самые глупые люди в мире. Живут на острове, совсем одни. Вокруг нет надоедливых соседей, только море. И все-таки эти люди на свою голову ввязываются в большие войны. За годы

Второй мировой ни одна страна, даже Советский Союз, не потеряла так много людей — в процентном соотношении. В Новой Зеландии тогда почти не осталось мужчин. Зачем они воевали? Чтобы помочь. Умирали вместо других. Эти простаки воевали не на своей земле — нет, они садились на корабли и самолеты и отправлялись умирать за океан. Помогали союзникам против немцев и итальянцев, Южной Корее против Северной, американцам — против японцев и Северного Вьетнама. Одним из простаков был мой отец.

Он отвернулся от окна, и теперь Харри видел его лицо.

— От него я слышал историю канонира, с которым они вместе служили на корабле, когда в сорок пятом брали Окинаву. Японские камикадзе придумали тактику «падение на воду макового листа». Выглядело это так. Сначала летел один. Если его сбивали, за ним летело еще двое, потом четверо и так далее — бесконечная пирамида пикирующих самолетов. На корабле, где служил отец, все перетрухнули. Это же безумие — чтобы уничтожить цель, пилоты погибали сами. Остановить их можно было только сплошной стеной зенитного огня. Малейший просвет — и японцы уже тут как тут. Было рассчитано, что самолет надо сбивать в первые двадцать секунд, когда он появляется в поле видимости. Потом будет поздно. Канониры понимали, что должны бить без промаха, а налеты иногда длились целыми днями. Отец описывал ровный гул орудий и нарастающий рев пикирующих самолетов. Потом они снились ему по ночам.

В последний день битвы он стоял на мостике, когда один самолет, прорвавшись через заградительный огонь, полетел прямо на них. Корабельные орудия молотили изо всех сил, а самолет все приближался. Казалось, он просто висит в небе и только растет с каждой секундой. Уже можно было различить кабину и фигуру пилота внутри. На палубу полетели гранаты. Но и орудия стали попадать в цель, обдирая крылья и фюзеляж. Отвалился хвост, а потом, как в замедленной съемке, самолет распался на куски, и до палубы долетела лишь малая часть — с пропеллером и хвостом огня и черного дыма. Артиллеристы уже собирались сменить цель, когда парень из орудийной башни под мостиком, молодой матрос — отец знал его, потому что он тоже был из Веллингтона, — с улыбкой помахал отцу, сказал: «Жарковато сегодня», прыгнул за борт и исчез.

Может, изменилось освещение, но Харри вдруг показалось, что Маккормак постарел.

— Жарковато сегодня, — повторил Маккормак.

— Человеческая природа — темный и дремучий лес.

Маккормак кивнул:

— Я уже слышал это, Хоули, и, возможно, это правда. Я так понял, вы с Кенсингтоном успели хорошо познакомиться. Еще я слышал, что надо разобраться, почему Эндрю Кенсингтон так заинтересовался этим делом. Как считаешь, Харри?

Харри посмотрел на свои темные брюки. Сложенные кое-как, они долго лежали в ящике и теперь выглядели мятыми. А завтра в полдень похороны.

— Я не знаю, сэр.

Маккормак встал и принялся, по своей уже знакомой Харри привычке, расхаживать перед окном.

— Всю свою жизнь я работаю в полиции, Хоули. Но и теперь я с удивлением смотрю на своих коллег, не понимая, что их на это толкает. Зачем им чужие войны? Что ими движет? Стоит ли страдать, только чтобы другие почувствовали, что есть справедливость? Дураки. Мы — дураки, Хоули. Наше призвание — это глупая вера в то, что мы можем что-то изменить. Из последних сил мы тянем лямку, иногда вырываемся к морю, а в промежутках наивно воображаем, будто кому-то нужны. Даже когда мы расстаемся с иллюзиями, уже ничего не изменишь: мы заняли боевую позицию и отступать некуда. Остается только удивляться, какого черта мы сделали этот дурацкий выбор. Мы пожизненно приговорены быть do-gooders[1] и не достичь своей цели. Но по счастью, правда — штука относительная. И гибкая. Мы вертим и гнем ее так, чтобы она умещалась в наши жизни. Хотя бы частично. Иногда поймаешь бандита — и становится легче. Но ведь вечно паразитов травить не станешь. Захлебнешься собственным ядом.

Так в чем тут смысл, Хоули? Человек всю жизнь простоял у орудия, а сейчас его нет в живых. Что еще? Правда относительна. Трудно вообразить, если сам этого не пережил, что с человеком может сделать отчаяние. Есть судебные психиатры, которые проводят линию между невменяемыми и преступниками и при этом вертят и гнут правду так, чтобы она умещалась в их теоретические, игрушечные миры. Есть уголовная система, в лучшем случае способная защитить от уличных буянов и журналистов, которые хотят прослыть идеалистами, пытаясь разоблачать тех, кто нарушает правила, якобы оберегающие справедливость. Правда состоит в том, что никто не живет по правде и никому она не нужна. А наша правда — это то, с чем нам легче жить, насколько это в нашей власти.

Он взглянул на Харри.

— Так кому нужна правда об Эндрю Кенсингтоне? Кому станет легче оттого, что мы вылепим уродливую и нелепую правду из острых, опасных и никуда не годных предметов? Начальнику полиции? Нет. Муниципальным властям? Нет. Борцам за права аборигенов? Нет. Полицейскому профсоюзу? Нет. МИДу? Нет. Никому. Понимаешь?

Харри захотелось напомнить о родственниках Ингер Холтер, но он не стал. Маккормак остановился у портрета молодой Елизаветы II.

[1] Творящими добро *(англ.)*.

— Лучше, если наш разговор останется между нами, Хоули. Ты и сам это понимаешь.

Харри снял с брючины длинный рыжий волос.

— Я говорил с городскими властями, — сказал Маккормак. — Чтобы избежать шумихи, мы еще некоторое время будем расследовать дело Ингер Холтер. Если ничего не найдем, заявим, что ее убил клоун — чтобы все успокоились. Убийцу клоуна найти будет сложнее, но многое указывает на crime passionnel, убийство из ревности. Может, какой-нибудь обезумевший тайный обожатель, кто его знает? Возможно, придется смириться с тем, что он останется безнаказанным. Конечно, доказательств пока нет, но несомненные признаки налицо. Через несколько лет эта история забудется. А версия о серийном убийце — всего лишь гипотеза, которую мы отбросили.

Харри собрался уходить. Маккормак кашлянул:

— Я пишу рапорт о твоей работе, Хоули, направлю его в Осло после твоего отъезда. Ты ведь уезжаешь завтра?

Харри кивнул и вышел.

От мягкого вечернего бриза головная боль не утихала. И от умиротворяющей темноты легче не становилось. Харри бродил по улицам. На дорожке Гайд-парка промелькнула чья-то тень. Поначалу Харри решил, что это большая крыса, но, подойдя поближе, увидел маленького мохнатого зверька, шельмовато поглядывающего на него глазками, в которых отражался свет фонарей. Таких животных Харри раньше не видел, но предположил, что это опоссум. Зверек и не думал пугаться, а напротив, с любопытством принюхивался, издавая странные жалобные звуки.

Харри присел на корточки.

— Ты тоже не понимаешь, зачем ты в этом большом городе? — спросил он.

Вместо ответа зверушка склонила голову набок.

— Давай завтра по домам? Ты в свой лес, а я — в свой?

Опоссум убежал, он никуда не собирался отсюда уходить. Его дом был в парке, среди машин, людей и мусорных баков.

Харри заглянул в бар в Вулломоло. Звонил посол. Сказал, что перезвонит. Как дела у Биргитты? Она была немногословна. А он много и не спрашивал. О своем дне рождения она больше не заговаривала. Может, понимала, что он наделает глупостей. Придаст этому слишком большое значение. Подарит чересчур дорогой подарок или наговорит лишнего, просто потому, что это последний вечер, а в глубине души он знает, что уезжает с нечистой совестью. «Зачем все это?» — может, думала она.

Как Кристина, когда вернулась домой из Англии.

Они встретились за кружкой пива в кафе под открытым небом во Фрогнере, и Кристина сказала, что уезжает через два месяца. Загорелая, доброжелательная, все с той же улыбкой. И Харри точно знал, что ему говорить и что делать. Как когда играешь на пианино старую и, кажется, забытую мелодию. Голова в этом не участвует, но пальцы делают свое дело. Вдвоем они напились, но не до потери памяти — Харри все помнил. Они сели на трамвай до центра, Кристина, обворожительно улыбаясь, прошла в ночной клуб без очереди и провела с собой Харри. Ночью, взмокшие от танцев, они на такси вернулись во Фрогнер-парк, перелезли через ограду бассейна и, взобравшись на вышку для прыжков в воду, распили бутылку вина, которая была у Кристины в сумке. В десяти метрах под ними был безлюдный парк, а вокруг него — город. Они сидели и строили планы на будущее — почему-то всегда разные. Потом, взявшись за руки, прыгнули вниз. Пока летели, он все время слышал ее крик — как дивный сигнал пожарной тревоги. Потом он лежал на краю бассейна и громко смеялся, глядя, как она вылезает из воды и в тесно облепившем ее платье идет к нему.

На следующее утро они проснулись с похмелья в его постели, потные и веселые. Он открыл дверь на балкон и вернулся в ее объятия. Они долго развлекались, пока он снова не услышал ее крик, заглушивший крики играющей во дворе детворы.

И потом она задала этот странный вопрос: «Зачем все это?»

Зачем все это, если между ними все равно все кончено? Если она собирается вернуться в Англию, если он такой эгоист, если они такие разные, что никогда не поженятся, не заведут детей и не построят дом? Если это никуда не ведет?

— Разве последние двадцать четыре часа сами по себе ничего не стоят? — спросил Харри. — Если завтра у тебя набухнет грудь, зачем все это? И зачем тебе сидеть с детьми в своем доме и надеяться, что муж заснет раньше, чем ты ляжешь в постель? Ты уверена, что твои планы принесут тебе счастье?

Она назвала его мелким пошлым гедонистом и сказала, что в жизни есть вещи поважнее секса.

— Тебе, наверное, хочется чего-то другого, — сказал Харри. — Но разве все это приведет тебя к твоей голубой мечте? В доме престарелых ты не вспомнишь, какого цвета сервиз подарили тебе на свадьбу. Но ставлю что угодно, наш вчерашний день ты запомнишь надолго.

Потом она, а не он станет богемной прожигательницей жизни. Но тогда она ушла, хлопнув дверью, сказав на прощание, что он ничего не понимает и пора бы ему вырасти.

— Зачем все это? — крикнул Харри, и проходящая по Хармер-стрит парочка обернулась.

Ведь Биргитта, похоже, тоже не понимает, зачем все это. Боится завтрашнего дня, когда он уедет. Поэтому решила провести день рождения в обнимку с телефоном.

Наверное, надо было ее спросить, но опять же — зачем все это?

Харри чувствовал, что очень устал и не сможет уснуть. Он повернул назад, к бару. Лампы под потолком были залеплены дохлой мошкарой. Вдоль стен стояли игровые автоматы. Он сел у окна и стал ждать официанта, решив ничего не заказывать, если его не заметят. Просто посидеть. Просто посидеть.

Подошел официант и спросил у Харри, что ему угодно. Харри долго смотрел на список алкогольных напитков. Потом заказал колу. Попросил Биргитту прийти на похороны Эндрю. Та кивнула и сказала: «Конечно».

В окне он увидел свое вытянутое отражение и подумал, что хорошо бы Эндрю был здесь, чтобы было с кем потолковать о деле. Если бы все происходило в детективном телесериале, как раз на этом закончилась бы серия. Харри с отцом смотрят титры, а мама, которая опять ничего не поняла, задает глупые вопросы. Но это не кино. И это Харри ничего не понимает.

Эндрю пытался сказать ему, что Ингер Холтер убил Отто Рехтнагель? Но зачем? Что может быть комичнее, пусть и с долей истерики, чем нормальная сексуальная ориентация, вытесненная в подсознание, и способна ли она породить маньяка, который мстит блондинкам? Почему Харри не понял намеков Эндрю? Их знакомство, скрытые намеки, откровенная ложь о свидетеле, якобы видевшем Уайта в Нимбине, — неужели все это было нужно только затем, чтобы отвлечь его от Уайта, заставить его увидеть?..

Эндрю все устроил так, чтобы заниматься этим делом в паре с иностранцем, который, как он думал, станет плясать под его дудку. Но почему Эндрю сам не остановил Отто Рехтнагеля? Что же их связывало, если потребовался посредник в лице Харри? Отто и Эндрю были любовниками? И Отто тосковал от несчастной любви из-за

Эндрю? Но тогда зачем Эндрю понадобилось убивать Отто прямо перед задержанием? Значит, у него был другой план — остановить Отто и при этом скрыть от всех, что они были любовниками. Например, сделать так, чтобы на Отто указал Харри, а потом подстроить гибель Отто при самообороне или попытке к бегству. Что-нибудь в этом роде. Харри все обдумал и понял: что-то тут не клеится. Получается, участь Отто была уже решена. Но Эндрю попал в больницу, события развивались стремительно, и реализовать изначальный план не удалось. «Дай мне два дня», — сказал он.

Харри отстранил перепившую женщину, которая хотела сесть к нему за столик.

Но зачем Эндрю понадобилось после убийства совершать еще и самоубийство? Он ведь мог уйти безнаказанным. Мог ли? Его видел осветитель, о его дружбе с Отто знал Харри, да и алиби у него не было.

Уже пошли титры? Нет, подождите!

Допустим, Эндрю рассчитывал, что застрелит Отто при неудачной попытке ареста. Ведь если бы Отто выжил, дело привлекло бы внимание прессы. Эндрю могли разоблачить. Заголовки в газетах: «Черный следователь — бывший любовник маньяка» и огромная фотография Эндрю. Это разбило бы его жизнь. К тому же Эндрю, вероятно, испытывал чувство вины за то, что не остановил Отто раньше, и потому сам вынес ему смертный приговор, который не может вынести австралийский суд.

Существует много способов спровоцировать стрельбу и убить преступника при попытке к бегству. Уйти от наказания за банальное убийство куда труднее.

Голова Харри словно взорвалась.

Эндрю мог убрать Отто прежде, чем на него вышел Харри и остальная команда. Да и зачем мужчине убивать бывшего любовника, чтобы скрыть свою ориентацию, в городе, где такие отклонения даже приветствуются? Да еще потом убивать самого себя?

Голова теперь трещала так, будто по ней стучали молотом. Из глаз словно искры сыпались, а он пытался снова и снова обдумать свою версию. Но всякий раз возникали новые противоречия. Может, Маккормак был прав — просто день выдался жарковатым для его истерзанной души. О том, что Эндрю Кенсингтон мог скрывать и кое-что похуже, чем гомосексуальные наклонности, Харри старался не думать.

Над ним нависла тень. Свет лампы заслонила голова официанта. В его силуэте Харри померещился высунутый иссиня-черный язык Эндрю.

— Что-нибудь еще, сэр?

— У вас тут есть напиток — «черная змея»...

— «Джим Бим» и кола.

Теперь все взорвалось у него внутри.

— Отлично. Двойную «черную змею» без колы.

Харри сошел с ума. Впереди были лестницы, позади — тоже лестницы и вода. Хаос. Мачты в бухте раскачивались туда-сюда. Харри не понимал, как он очутился на этих лестницах. Надо идти наверх. «Наверх — к счастью», — всегда говорил отец.

Не без труда, цепляясь за стены, он поднялся на ноги. Название «Шалли-авеню» ничего ему не говорило, и он решил идти куда глаза глядят. Хотел посмотреть на часы, но не нашел их. На улицах было темно и почти безлюдно. Харри сообразил, что уже поздно. Опять лестницы. Вот ступенька. Харри повернул направо — Маклей-стрит. Наверное, он идет уже долго, раз так болят ноги. А может, он бежал? Или даже упал — колено на левой штанине разодрано.

Он миновал несколько баров и ресторанов — все закрыты. Пускай поздно, но неужели в многомиллионном Сиднее нельзя найти выпивку? Он вышел на проезжую часть, чтобы поймать такси — желтую машину с фонариком. Она было остановилась, но шофер передумал и поехал дальше.

«Черт, ну и видок, должно быть, у меня», — подумал Харри и хохотнул.

Потом стали попадаться люди. До него донесся шум голосов, машин и музыка. Повернув за угол, Харри сразу понял, где он. Удача: он попал в район Кингс-Кросс! Перед ним лежала шумная, горящая огнями Дарлингхерст-роуд. Теперь все стало возможно. В первый бар его не пустили, но в китайскую забегаловку он вошел и получил большой пластиковый стакан виски. Забегаловка была темной и душной. Допив виски до капли, он снова вышел на улицу и схватился за столб. Под мелькание машин Харри старался не думать о том, что сегодня вечером его уже стошнило в баре прямо на пол.

Вдруг он почувствовал, как кто-то ткнул его в спину. Обернувшись, он увидел рот — большие красные губы и ряд зубов, где не хватало одного клыка.

— Слыхала про Эндрю. Кошмар, — сказал рот. И снова стал жевать жвачку. Это была Сандра.

Харри попытался что-то сказать, но у него ничего не вышло. Сандра в недоумении уставилась на него.

— Свободна? — кое-как выговорил он.

Сандра рассмеялась:

— Yes, but I don't think you're up to it[1].

— Думаешь? — произнес Харри с трудом.

Сандра посмотрела вокруг. Харри показалось, что в тени мелькнул блестящий костюм: Тедди Монгаби наверняка где-то неподалеку.

— Слушай, я на работе. Иди домой, проспись, а утром поговорим.

— У меня есть деньги. — Харри полез за бумажником.

---

[1] Да, но, думаю, тебе сейчас это ни к чему (*англ.*).

— Убери сейчас же! — оттолкнула его Сандра. — Хорошо, я с тобой пойду и ты мне заплатишь, но не здесь, о'кей?

— Пойдем в мой отель. За углом. «Кресент», — предложил Харри.

Сандра пожала плечами:

— Whatever[1].

По дороге они зашли в bottle shop[2], где Харри купил две бутылки «Джима Бима».

Ночной портье в «Кресенте» с головы до ног осмотрел Сандру, когда та вошла. Он уже собирался что-то сказать, но Харри опередил его:

— Никогда не видел тайных осведомителей полиции?

Ночной портье, молодой азиат в костюме, неопределенно улыбнулся.

— Ладно. Ты ее не видел. Дай мне ключи от номера. У нас дела.

Вряд ли портье поверил в этот бред, но ключи выдал без возражений.

В комнате Харри выгреб все спиртное из мини-бара.

— Это мне. — Он взял бутылочку «Джима Бима». — Остальное — тебе. Выбирай!

— Смотрю, тебе очень нравится виски, — сказала Сандра, открывая пиво.

Харри озадаченно посмотрел на нее:

— Откуда ты знаешь?

— Большинство пьют всякую гадость. Просто ради разнообразия.

— Да? И ты тоже пьешь?

Сандра пожала плечами:

— Не то чтобы. Я пытаюсь бросить. Худею.

---

[1] Как хочешь (англ.).
[2] Винный магазин (англ.).

— Не то чтобы, — повторил Харри. — То есть ты сама не знаешь, о чем говоришь. Смотрела «Покидая Лас-Вегас» с Николасом Кейджем?

— Что?

— Проехали. В общем, кино про алкоголика, который решил упиться до смерти. В это я как раз могу поверить. Но он лакал что попало: джин, водку, виски, бурбон, бренди, всякую дрянь. Сойдет, если выбирать не из чего. Но этот парень пришел в известный на весь мир винный магазин Лас-Вегаса, у него куча денег, и ему без разницы, что пить. Вообще все равно! Никогда не видел пьяницу, которому плевать, что пить. Если уж ты нашел свое пойло, то пить будешь только его, верно? А фильм даже номинировали на «Оскар».

Харри запрокинул голову, залпом опорожнил свою бутылочку и пошел открывать балконную дверь.

— А дальше? — спросила Сандра.

— Спился, — сказал Харри.

— Я спрашиваю, дали ему «Оскара»?

— Возьми из сумки бутылку и иди сюда. Посидим на балконе, посмотрим на город. У меня дежавю.

Сандра взяла два стакана и бутылку и села рядом с ним, прислонившись спиной к стене.

— Забудем, что творил этот дьявол при жизни. Выпьем за Эндрю Кенсингтона. — Харри разлил виски по стаканам.

Молча выпили. Харри рассмеялся.

— А тот парень из «Бэнд», Ричард Мануэль. У него были серьезные проблемы, не только из-за пьянства, а... по жизни. И он не выдержал, повесился в отеле. У него дома нашли две тысячи бутылок — и все одинаковые, из-под Гран Марнье. Только из-под него. Понимаешь? Мерзкий апельсиновый ликер! Он нашел то, что ему было нужно. Куда там Николасу Кейджу! В странном мире мы живем...

Он широким жестом показал на звездное небо Сиднея. Выпили еще. У Харри начали слипаться глаза. Сандра провела рукой по его щеке.

— Слушай, Харри, мне пора идти. А тебе, думаю, пора бай-бай.

— Сколько стоит целая ночь? — Харри налил себе еще виски.

— Не думаю, что...

— Погоди. Допьем и начнем. Обещаю кончить быстро, — усмехнулся Харри.

— Нет, Харри. Я ухожу. — Сандра встала и скрестила руки на груди.

Харри тоже поднялся, не удержал равновесия и шатнулся к балконным перилам, но Сандра удержала его. Он повис на ее тощем плече и прошептал:

— Присмотри за мной, Сандра. Эту ночь. Ради Эндрю. Что я говорю? Ради меня.

— Тедди еще подумает...

— Тедди получит свои деньги и заткнется. Пожалуйста...

Сандра вздохнула:

— Пошли. Но давайте сначала снимем с вас эти тряпки, мистер Хоули.

Дотащив его до постели, она сняла с него ботинки и брюки. Рубашку он чудом сумел расстегнуть сам. Сандра мигом стянула через голову свою черную мини-юбку. Без одежды она была совсем тощей: торчащие плечи и бедра, маленькая грудь и обтянутые кожей ребра, похожие на стиральную доску. Когда Сандра выключала свет, Харри заметил у нее на спине и ногах большие синяки.

Она легла рядом с ним, провела рукой по его гладкой груди и животу.

От нее слегка пахло потом и луком. Харри смотрел в потолок и удивлялся, что еще может различать запахи.

— Этот запах, — сказал он, — от тебя или от твоих сегодняшних клиентов?

— И то и другое, — ответила Сандра. — Неприятно?

— Да нет, — сказал Харри, хотя и не понял, что она имеет в виду: запах или клиентов.

— Ты в стельку пьяный, Харри. Не надо...

— Вот. — Харри положил ее влажную теплую руку себе между ног.

Сандра рассмеялась:

— Ого. А мать говорила, мужики от выпивки только болтать горазды.

— У меня все наоборот, — сказал Харри. — Язык немеет, зато развязывается все остальное. Не знаю почему, но так было всегда.

Сандра села на него, стянула трусики и, оставив разговоры, приступила к своему делу.

Он смотрел, как она подпрыгивает вверх-вниз. Она встретила его взгляд и улыбнулась, как человек, встретившийся с кем-то взглядом в трамвае.

Харри закрыл глаза и, слушая ритмичный скрип кровати, подумал, что не совсем учел действие алкоголя. Он почти ничего не чувствовал. Сандра неустанно трудилась. Мысли Харри сползли под одеяло, выползли из постели и вылетели в окно, к звездному небу, через океан, к берегу, отделенному от моря белой полоской.

Спустившись, он понял, что это пляж, а подлетев ближе, узнал городок, в котором бывал раньше, и девушку, лежавшую на песке. Она спала. Он приземлился рядом с ней, тихо, чтобы не разбудить ее, лег и закрыл глаза. Когда он проснулся снова, был закат. Он лежал на пляже один. Неподалеку, перед фасадами высоких отелей на другой стороне улицы, прохаживались люди, которых он, кажется, где-то видел. Может, в кино? Некоторые были в темных очках и прогуливались с маленькими тощими собачонками.

Харри подошел к воде. Он собирался войти в нее, но увидел, что там полно медуз. Они покачивались на волнах, разбросав красные нити щупалец, и в этом мягком желеобразном зеркале Харри разглядел очертания лиц. Рядом прогромыхал корабль. Он подходил все ближе и ближе и вдруг разбудил Харри. Его трясла Сандра.

— Кто-то пришел, — прошептала она.

Харри услышал стук в дверь.

— Чертов администратор! — Он спрыгнул с кровати и, прикрываясь подушкой, открыл дверь.

За ней стояла Биргитта.

— Привет! — Улыбка ее застыла, едва она увидела его измученное лицо. — Что с тобой, Харри? Что-то не так?

— Да, — ответил Харри. — Не так. — В голове белыми вспышками бился пульс. — Почему ты пришла?

— Мне так и не позвонили. Я все ждала, потом позвонила им сама — никто не ответил. Должно быть, перепутали время и звонили мне, пока я была на работе. Летнее время и все такое. Скорее всего, не учли разницу в поясах. Очень похоже на папу.

Она говорила быстро, делая вид, будто нет ничего особенного в том, чтобы стоять посреди ночи в гостиничном коридоре и болтать о пустяках с парнем, который, очевидно, не хочет пускать тебя внутрь.

Они стояли и смотрели друг на друга.

— У тебя в номере кто-то есть? — спросила она.

— Да. — Голос Харри прозвучал, словно хрустнула ветка.

— Ты пьян! — со слезами на глазах воскликнула она.

— Знаешь, Биргитта...

Она толкнула его в грудь, он сделал пару шагов назад, и она вошла за ним. Сандра уже надела юбку и пыталась нацепить туфли. Биргитта скорчилась, будто от боли в животе.

— You whore![1] — выкрикнула она.

[1] Ах ты, шлюха! *(англ.)*

— Угадала, — сухо ответила Сандра.

Она воспринимала происходящее с бо́льшим спокойствием, чем Харри или Биргитта, но все равно ей хотелось поскорее уйти.

— Бери свои вещи и вон отсюда! — задыхаясь от слез, крикнула Биргитта и швырнула в Сандру ее черной сумочкой.

Сумочка упала на кровать, из нее вывалилось содержимое. Харри стоял, покачиваясь, посреди комнаты и с удивлением смотрел, как из сумки выполз лохматый пекинес. Рядом с ним оказалась зубная щетка, сигареты, ключи, кусок зеленого криптонита и самые разнообразные презервативы. Сандра печально вздохнула, схватила пекинеса за шкирку и запихнула его обратно.

— А monetas[1], сладкий? — спросила она.

Харри не двинулся с места. Сандра подобрала его брюки и вытащила из них кошелек. Биргитта осела в кресло. Кроме ее тихих рыданий и голоса Сандры, отсчитывающей деньги, в комнате не раздавалось ни звука.

— I'm outta here[2], — сказала Сандра с довольным видом и вышла.

— Погоди! — крикнул Харри, но было поздно.

Дверь захлопнулась.

— «Погоди»? — переспросила Биргитта. — То есть ты ее еще ждешь? — выкрикнула она, вставая с кресла. — Козел! Чертов бабник и пьяница! Как ты мог...

Харри попытался обнять ее, но она вырвалась. Они стояли друг против друга, как боксеры на ринге. Биргитта словно впала в транс: горящие слепой ненавистью глаза, перекошенный от ярости рот. Харри подумал, что будь у нее в руке нож, она, не задумываясь, убила бы его.

— Биргитта, я...

---

[1] Деньги (исп.).
[2] Пошла я отсюда (англ. разг.).

— Вон из моей жизни! Пей, пока не сдохнешь!

Она развернулась на каблуках и выбежала прочь, хлопнув дверью так, что задрожала вся комната.

Зазвонил телефон. Говорил администратор:

— Что происходит, мистер Хоули? Звонила дама из соседнего номера и...

Харри положил трубку. В нем вдруг вскипела дикая злоба, ему захотелось что-нибудь уничтожить. Он схватил со стола бутылку и собрался швырнуть ее о стену, но в последнее мгновение передумал.

Надо всегда держать себя в руках, сказал себе Харри, прикладывая горлышко бутылки к губам.

Звякнули ключи. Открылась дверь. Харри проснулся.

— No room service now, please, come back later![1] — крикнул Харри в подушку.

— Мистер Хоули, я представляю правление отеля.

Харри повернулся. В комнате стояли двое в костюмах — на приличном расстоянии от кровати, но с очень уверенным видом. В одном Харри узнал вчерашнего дежурного администратора. Второй продолжал:

— Вы нарушили регламент отеля. Сожалею, но вам придется покинуть его как можно быстрее, мистер Хоули.

— Регламент? — Харри замутило.

Человек в костюме откашлялся:

— Вы привели к себе в номер женщину, которую мы... подозреваем в проституции. Кроме того, посреди ночи вы разбудили своей ссорой пол-этажа. У нас респектабельный отель, и ничего подобного мы не допустим, мистер Хоули.

В ответ Харри хмыкнул и повернулся к ним спиной:

— Отлично, представители правления. Я так и так сегодня уезжаю. Дайте спокойно доспать, пока я не выпишусь.

---

[1] Сейчас мне ничего не надо, приходите позже! *(англ.)*

— Вам следовало выписаться еще с утра, мистер Хоули, — сказал администратор.

Харри посмотрел на часы: четверть третьего.

— Мы пытались вас разбудить.

— Самолет...

Со второй попытки Харри сумел поставить ноги на пол и встал, забыв о том, что он голый. Администратор и другой служащий испуганно отвернулись. У Харри закружилась голова, потолок завертелся, и он сел обратно на кровать. Потом его стошнило.

Буббур

14

Дежурный администратор, двое вышибал и парень по кличке Лихач

Официант в «Бурбон энд биф» забрал тарелку с нетронутой яичницей «Бенедикт» и сочувственно посмотрел на гостя. Вот уже больше недели Харри приходил сюда по утрам, читал газету и завтракал. Иногда он, конечно, выглядел усталым, но таким измученным официант видел его впервые. К тому же появился он только в половине третьего.

— A hard night, Sir?[1]

Клиент, сегодня небритый, красными глазами уставился в пустоту. Рядом со столиком стоял его чемодан.

— Да. Да, тяжелая. Я тут делал... много всякого.

— Good on ya[2]. Этим-то и славится Кингс-Кросс. Еще что-нибудь, сэр?

— Благодарю, у меня самолет...

Официант извинился — так тихо, что слышно было ему одному. Ему пришелся по душе этот спокойный одинокий норвежец, всегда приветливый и щедрый на чаевые.

— Да, вижу, у вас тут чемодан. Раз уж вы у нас в последний раз, считайте этот завтрак бесплатным. Могу я предложить вам бурбон «Джек Дэниелс»? One for the road, Sir?[3]

[1] Тяжелая ночь, сэр? *(англ.)*
[2] Ну что вы! *(англ.)*
[3] На дорожку, сэр? *(англ.)*

Норвежец посмотрел на него удивленно, будто официант предлагал ему то, чего он и сам хотел, но как-то постеснялся спросить.

— Будьте добры, двойной!

Владельца «Спрингфилд-Лодж» звали Джо, он был грузным и добродушным парнем и вот уже почти двадцать лет разумно и исправно заправлял своим потрепанным заведеньицем в Кингс-Кросс.

Заведеньице было ничем не лучше и не хуже других ночлежек в этом районе, никто из посетителей не жаловался. Во-первых, Джо всегда сохранял свое добродушие. Во-вторых, он всегда показывал комнаты своим постояльцам и предоставлял пять долларов скидки, если те останавливались больше чем на одну ночь. А в-третьих — самое главное — ему каким-то образом удавалось уберечь заведение от туристов, пьяниц, наркоманов и проституток.

Незваные гости и те не могли не любить Джо. Потому что в «Спрингфилд-Лодж» никого не сверлили взглядом при входе и не просили убраться, а с извиняющейся улыбкой говорили: «Простите, мест нет, но приходите на следующей неделе — возможно, они появятся». Отлично разбираясь в людях, Джо почти мгновенно решал, кому лучше отказать, глаза у него не бегали, и он редко нарывался на грубость. Но иногда он все же ошибался в своих клиентах и порою горько об этом сожалел.

Именно о подобных случаях вспоминал Джо, пытаясь за пару секунд оценить, что представляет собой высокий блондин в простой, но качественной одежде — значит, деньги у него есть, но он не совсем вправе ими распоряжаться. Иностранец — большой плюс. Проблемы в основном возникают с австралийцами. Туристы с рюкзаками и спальниками часто закатывают дикие попойки и крадут полотенца. А у этого чемодан, к тому же не слишком потрепанный. Значит, владелец не так уж часто переезжает с места на место. Конечно, небрит, но волосы чистые. К тому же аккуратно подстриженные ногти и зрачки как будто нормального размера.

Общее впечатление, как и то, что незнакомец положил на стол карту «VISA» и отрекомендовался сотрудником норвежской полиции, заставили Джо повременить со своим «Извините, мест нет». Но человек был пьян. Причем в стельку.

— Вижу, вы заметили: я немного выпил, — сказал иностранец на гнусавом, но удивительно грамотном английском, уловив сомнения Джо. — Предположим, я устрою в комнате дебош. Будем исходить из того, что я разобью телевизор и зеркало в ванной и меня стошнит на обои. Такое бывало. Если я сейчас внесу тысячу долларов, это покроет убытки? К тому же я могу напиться и до такой степени, что буду не в состоянии шуметь, мешать остальным постояльцам или выползать в коридор.

— Извините, но на этой неделе мест нет. Возможно...

— Вашу гостиницу мне порекомендовал Грег из «Бурбон энд биф». Он передавал привет Джо. Это вы?

Джо смерил его взглядом.

— Не заставляйте меня пожалеть об этом, — сказал он и протянул ему ключ от комнаты номер семьдесят три.

— Hello?

— Привет, Биргитта, это Харри. Я...

— У меня гости, Харри, я сейчас не могу говорить.

— Я только хотел сказать, что и не думал...

— Послушай, Харри. Я на тебя не злюсь. Никто не пострадал. К счастью, человек, которого знаешь без году неделю, сильно ранить не может. Просто не хочу больше с тобой иметь дела. Ясно?

— Нет. Не в том...

— Я же сказала, у меня гости. Желаю удачно провести остаток командировки и вернуться в Норвегию целым и невредимым. Пока!

...

— Пока.

Тедди Монгаби не понравилось, что Сандра на всю ночь ушла с тем полицейским из Норвегии. Это пахло неприятностями. Поэтому, когда он увидел, как этот полицейский, шатаясь и размахивая руками, идет к нему по Дарлингхерст-роуд, его первым желанием было сделать два шага назад и исчезнуть в толпе. Но любопытство одержало верх, и, скрестив руки на груди, он загородил дорогу дрейфующему копу. Норвежец хотел обойти его, но Тедди вцепился ему в плечо:

— Уже не здороваешься, приятель?

Приятель мутными глазами посмотрел на него.

— Сутенер... — вяло отреагировал он.

— Надеюсь, Сандра оправдала ожидания, констебль?

— Сандра? Секунду... Сандра была на высоте. Где она?

— Вечером свободна. Но я могу предложить констеблю кое-что еще.

Полицейский шатнулся, но устоял на ногах.

— Отлично. Отлично. Давай, сутенер. Предлагай.

Тедди рассмеялся:

— Сюда, констебль.

Он проводил пьяного полицейского по лестнице в клуб и усадил его за стол напротив себя, так чтобы норвежцу была видна сцена. Тедди щелкнул пальцами — и рядом тут же оказалась легко одетая женщина.

— Пива, Эми. И пусть Клодия для нас станцует.

— По программе следующее выступление только в восемь, мистер Монгаби.

— Значит, это будет вне программы. Ну же, Эми!

— Хорошо, мистер Монгаби.

На губах у полицейского появилась идиотская ухмылка.

— Я знаю, кто придет, — сказал он. — Убийца. Придет убийца.

— Кто?

— Ник Кейв.

— Ник — кто?

— С певицей-блондинкой. На ней, конечно, парик. Как и на других. Слушай...

Ритмы диско смолкли, и норвежец поднял руки, будто намереваясь дирижировать симфоническим оркестром. Но музыка все не звучала.

— Я слышал об Эндрю, — сказал Тедди. — Ужасно. Я так понял, он повесился. Можешь мне объяснить, с чего бы такой жизнерадостный парень, и вдруг...

— У Сандры есть парик, — заговорил полицейский. — Он выпал у нее из сумки. Поэтому я не узнал ее, когда она спустилась сюда. Именно сюда! Эндрю и я сидели вон там. Я пару раз видел ее на Дарлингхерст-роуд, когда только приехал. Но тогда на ней был парик. Светлый. Почему она больше его не надевает?

— Ага, констебль предпочитает блондинок. Тогда у меня, кажется, есть кое-что подходящее...

— Почему?

Тедди пожал плечами.

— Сандра? Скажем так. Несколько дней назад ее крепко избил один парень. Сандра утверждает, что из-за парика. Поэтому она решила пока его не надевать. Знаешь, на случай, если тот тип появится снова.

— Кто?

— Не знаю, констебль. Но и знал бы — не сказал. В нашем деле конфиденциальность на вес золота. И ты наверняка тоже знаешь ей цену. Я плохо запоминаю имена, но тебя, кажется, зовут Ронни?

— Харри. Мне нужно поговорить с Сандрой.

Он попытался встать и опрокинул поднос, на котором Эми принесла пиво. Потом тяжело перегнулся через стол.

— Где? У тебя есть ее номер, сутенер?

Тедди жестом приказал Эми уйти.

— У нас такой принцип: мы никогда не даем клиентам адреса и телефоны девочек. Ради их же безопасности. Ты ведь понимаешь? — Тедди уже жалел, что не последовал своему первому побуждению — держаться подальше от этого пьяного и несговорчивого норвежца.

— Понимаю. Номер!

Тедди улыбнулся:

— Говорю же, мы не даем...

— Живее! — Харри схватил Тедди за лацканы его пиджака с блестящими побрякушками, обдав запахом виски и желчи.

Из колонок полилась вкрадчивая гитарная музыка.

— Считаю до трех, констебль. Не отпустишь — позову Ивана и Джефа. Тогда тебе придется выйти подышать свежим воздухом. За задней дверью, знаешь ли, есть лестница. Двадцать крутых и твердых ступенек.

Харри усмехнулся и усилил хватку.

— Думаешь, я испугаюсь, сутенер хренов? Посмотри на меня. Я и так по уши в дерьме, мне не страшно в него вляпаться. I'm fuckin' indestructable, man[1]. Джеф! Иван!

Тени за стойкой зашевелились. Харри повернул голову, и в это мгновение Тедди вырвался и ударил его. Падая, Харри прихватил с собой стол вместе со стулом. Вместо того чтобы подняться, он разлегся на полу и стал хохотать. Подошедшие Джеф и Иван вопросительно уставились на Тедди.

— Вышвырните его, — велел тот.

Гора мышц по имени Джеф легко перекинула Харри через плечо.

— И что за народ нынче пошел, — сказал Тедди, одергивая свой блестящий пиджак.

Шедший впереди Иван открыл дверь.

— Интересно, чего этот парень наглотался? — спросил Джеф. — Его аж трясет от смеха.

---

[1] Меня черта с два сломаешь, парень (англ.).

— Посмотрим, надолго ли этого смеха хватит, — отозвался Иван. — Поставь его сюда.

Джеф аккуратно поставил Харри на ноги. Норвежец стоял, слегка покачиваясь.

— Ты умеешь хранить тайны, мистер? — Иван поглядел на него сверху вниз, смущенно улыбаясь. — Знаю, это избитый вопрос, но я ненавижу насилие.

Джеф гоготнул.

— Заткнись, Джеф, это правда. Спроси моих знакомых. Иван не может причинить боль, скажут они. Он потом не уснет, будет ходить сам не свой. В мире и так сложно жить, зачем еще ломать друг другу руки-ноги? Итак. Итак, ты сейчас просто пойдешь домой, и не будем поднимать шума. Идет?

Харри кивнул и начал рыться в карманах.

— Хотя это ты сегодня повел себя как последний засранец, — сказал Иван. — Ты.

И он ткнул пальцем в грудь Харри.

— Ты! — повторил Иван и ткнул посильнее.

Светловолосый полицейский стал опасно качаться.

— Ты!

Харри балансировал на пятках, размахивая руками. Он не оборачивался и не смотрел, что там за ним, но догадывался. Поймав своим затуманенным взором взгляд Ивана, он широко улыбнулся. Он упал и со стоном ударился спиной и затылком о первые ступеньки. Но дальше не издал ни звука.

Джо услышал, как кто-то скребется в дверь. Увидев за стеклом своего нового постояльца, согнувшегося пополам, он понял, что совершил одну из своих редких ошибок. Когда он открыл дверь, гость рухнул на него. Если бы Джо стоял на ногах не так крепко, они упали бы оба. Взяв на себя роль костыля, Джо помог ему войти и усадил на табурет. Потом окинул его пристальным взглядом. Блондин и когда снимал комнату, выглядел не ахти, но сейчас вид у него был еще тот. Один локоть ободран до мяса.

Щека рассечена, с носа на грязные брюки капает кровь. Рубашка порвана. А когда дышит, из груди вырывается хрип. Но хоть дышит.

— Что стряслось? — спросил Джо.

— Упал с лестницы. Все в порядке. Надо просто прилечь.

Хотя врачом Джо и не был, но по шуму при дыхании определил, что одно-два ребра сломаны. Достав антисептическую мазь и пластырь, он обработал самые страшные раны постояльца и вложил ему в нос вату. Он хотел еще дать обезболивающего, но гость помотал головой:

— Painkilling stuff in my room[1].

— Вам нужен доктор, — сказал Джо. — Я сейчас...

— Не надо доктора. Через пару часов я буду в порядке.

— У вас что-то не так с дыханием.

— Уже давно. Астма. Дайте мне два часа полежать, и я уйду.

Джо вздохнул. Он знал, что делает еще одну ошибку.

— Не надо, — сказал он. — Вам нужно больше двух часов. К тому же не ваша вина, что у нас в Сиднее такие крутые лестницы. Утром я к вам загляну.

Он проводил гостя до комнаты, уложил на кровать и стянул с него ботинки. На столе стояли три пустые и две нетронутые бутылки виски. Джо был трезвенником, но богатый жизненный опыт убедил его, что с алкоголиками спорить бесполезно. Он открыл одну бутылку и поставил на столик рядом с кроватью. Парень наверняка проснется с жуткой головной болью.

— Слушаю, «Хрустальный храм».

— Алло, я говорю с Маргарет Доусон?

— Speaking[2].

— Я смогу помочь вашему сыну, если вы скажете, что он убил Ингер Холтер.

---

[1] Обезболивающее — в моей комнате (англ.).
[2] Да, я вас слушаю (англ.).

— Что? Кто говорит?

— Друг. Положитесь на меня, миссис Доусон, иначе вашему сыну не сдобровать. Понимаете? Это он убил Ингер Холтер?

— Что это? Розыгрыш? Кто такая Ингер Холтер?

— Миссис Доусон, вы мать Эванса. У Ингер Холтер тоже есть мать. Только мы с вами можем помочь вашему сыну. Скажите, что Ингер Холтер убил он! Слышите?

— Я слышу, что вы пьяны. Я звоню в полицию.

— Скажите это!

— Я кладу трубку.

— Ска... Чертова сука!

Когда Биргитта вошла в кабинет, Алекс Томарос сидел, откинувшись на спинку кресла и заложив руки за голову.

— Присаживайся, Биргитта.

Она села в кресло перед скромным письменным столом Томароса, и Алекс воспользовался случаем рассмотреть ее поближе. Биргитта выглядела измученной. Черные круги под глазами, расстроенный вид, лицо бледнее обычного.

— Несколько дней назад, Биргитта, меня приходил допрашивать один полицейский. Иностранец, некто Хоули. Из разговора стало ясно, что он переговорил с одной или несколькими сотрудницами и получил информацию... мм... личного характера. Конечно, мы все заинтересованы в том, чтобы убийство Ингер раскрыли, но я просто хочу сообщить, что в дальнейшем подобные заявления будут расцениваться как... мм... предательство. Не стоит лишний раз напоминать, что в наших сложных условиях мы не можем держать персонал, которому не доверяем.

Биргитта молчала.

— Сегодня сюда звонил мужчина, и я случайно взял трубку. Конечно, он пытался изменить голос и говорил в нос, но я узнал акцент. Это снова был мистер Хоули, и спрашивал он тебя, Биргитта.

Биргитта вскинула взгляд:

— Харри? Сегодня?

Алекс снял очки.

— Ты знаешь, что нравишься мне, Биргитта, и признаюсь, я переживаю эту... мм... утечку лично. Я надеялся, что в будущем мы сможем подружиться по-настоящему. Так что не глупи, иначе ты все испортишь.

— Он звонил из Норвегии?

— Хотел бы я сказать «да», но, к сожалению, судя по звонку, это была самая что ни на есть местная линия. Ты знаешь, Биргитта, мне скрывать нечего, во всяком случае по этому делу. А им больше ничего и не нужно. Если ты будешь трепаться об остальном, Ингер это не поможет. Ну, могу я на тебя положиться, Биргитта?

— О чем «остальном», Алекс?

Он удивился:

— Я думал, Ингер рассказывала тебе. Как мы с ней ехали вместе.

— Куда ехали?

— С работы. Ингер казалась мне очень привлекательной, и я был немного несдержанным. Я просто хотел подвезти ее до дома и вовсе не собирался пугать. Но боюсь, она поняла мою шутку чересчур буквально.

— Не понимаю, о чем ты, Алекс. Думаю, ты и сам не понимаешь. Харри сказал, где он? Он перезвонит?

— Эй, эй, погоди. Ты называешь этого парня просто Харри, а когда я о нем заговорил, ты покраснела. Что происходит? Между вами что-то есть?

Биргитта нервно сжимала руки.

Томарос перегнулся через стол и протянул руку к ее волосам, но она раздраженно оттолкнула его.

— Давай без этого, Алекс. Ты дурак, я всегда это говорила. В следующий раз, когда он позвонит, не будь таким простофилей и спроси, как мне его найти, ладно?

Она встала и, тяжело ступая, вышла из комнаты.

_____

Когда Лихач вошел в бар «Крикет», он глазам своим не поверил. Стоящий за стойкой Барроуз пожал плечами.

— Сидит уже два часа, — сказал он. — Пьяный в стельку.

В дальнем углу за их постоянным столиком сидела косвенная причина того, что двое его сотоварищей оказались в больнице. Лихач нащупал у бедра автоматический пистолет 45 калибра марки «хеклер и кох» — недавнее приобретение — и направился к столику. Казалось, парень спал, упираясь подбородком в грудь. На столике стояла полупустая бутылка виски.

— Эй! — крикнул Лихач.

Голова медленно поднялась и наградила его дебильной улыбкой.

— Я тебя ждал, — прогнусавила голова.

— Ты сел не за тот столик, парень. — Лихач не шелохнулся.

У него было еще много дел — клиенты могли появиться когда угодно, и Лихачу не хотелось, чтобы этот придурок путался под ногами.

— Сперва ты должен мне кое-что сказать, — сказал парень.

— Почему «должен»? — Лихач положил руку на пистолет.

— Потому что ты здесь торгуешь, потому что ты только что вошел и сейчас тебя легче всего запалить, наркота у тебя при себе и ты не хочешь, чтобы я обыскивал тебя при свидетелях. Не двигайся.

Только сейчас Лихач увидел браунинг «хай-пауэр», из которого парень преспокойно в него целился.

— Что тебе нужно?

— Я хочу знать, как часто Эндрю Кенсингтон покупал у тебя наркотики и когда он делал это в последний раз.

Лихач пытался сосредоточиться. Он терпеть не мог, когда в него тычут пушкой.

— У тебя с собой диктофон, коп?

Коп улыбнулся.

— Расслабься. Показания под прицелом не в счет. Самое худшее, я тебя пристрелю.

— Хорошо, хорошо.

Лихач почувствовал, что потеет. Он прикинул расстояние до своей кобуры.

— Раз о нем больше ни слуху ни духу, значит, он помер. Так что ему не повредит. Он остерегался, много не брал. Приходил два раза в неделю, покупал по одному пакетику. Обычный порядок.

— Когда он приходил в последний раз до того, как сыграл с вами в крикет?

— Дня за три. На следующий день должен был прийти снова.

— Он когда-нибудь покупал у других?

— Никогда. Уж я-то знаю. Тут, так сказать, вопрос доверия. К тому же он работал в полиции и сильно рисковал.

— Значит, он приходил сюда, когда нуждался в наркотиках. Через несколько дней, если бы не повесился, может, умер бы от передозировки. Это реально?

— Он же оказался в больнице. Понятно, что оттуда он ушел из-за ломки. Может, у него была заначка.

Коп устало вздохнул.

— Ты прав. — Он убрал пистолет и взял стакан. — Одни сплошные «может». Почему нельзя со всем этим покончить, сказать: «Баста! Two and two are whatever it is and that's it[1]». Поверь, всем стало бы легче.

Лихач потянулся было к кобуре, но передумал.

— А где тогда шприц? — пробормотал коп, обращаясь к самому себе.

— Что? — спросил Лихач.

— На месте не нашли шприца. Может, он спустил его в унитаз. Как ты сказал — остерегался. Даже перед смертью.

— Плесни, — попросил Лихач и подсел за столик.

— Не угробь печень, — сказал коп и дал ему бутылку.

---

[1] Два плюс два равно тому-то, и всё (англ.).

15
Эрик Мюкланд, прыжок с парашютом и диван «рококо»

Харри бежал по узкому задымленному проходу. Оркестр играл так громко, что вокруг все дрожало. Стоял кислый запах серы, тучи висели так низко, что Харри чертил по ним головой. Но сквозь стену шума пробивался один звук: громкий лязг, который ни с чем не спутаешь. Лязг собачьих зубов и бьющихся об асфальт цепей. За ним мчалась сорвавшаяся с цепи свора.

Проход становится все у́же. Он бежит, держа руки перед собой, чтобы не застрять между высокими красными стенами. Смотрит вверх. Из окон высоко над ним выглядывают чьи-то головы. Человечки в окнах размахивают синими и зелеными флагами и поют под оглушительную музыку:

— This is the lucky country, this is the lucky country, we live in the lucky country![1]

Харри услышал за собой захлебывающийся лай и с криком упал. Темнота. К великому своему удивлению, Харри не ударился об асфальт, а продолжал падать. Наверное, угодил в канализационный люк. То ли Харри падал слишком медленно, то ли колодец был слишком глубоким, но он все падал и падал. Музыка наверху звучала все тише и тише, а когда глаза привыкли к темноте, он увидел в стенках колодца окна, через которые можно было смотреть на других.

«Неужели я пролечу всю землю насквозь?» — подумал Харри.

— Вы из Швеции, — сказал женский голос.

Харри обернулся. Вдруг зажегся свет, и снова заиграла музыка. Он находился на открытой площадке. Была ночь. На сцене за его спиной играл оркестр. Сам он стоял, повернувшись к витрине — должно быть, магазина телеви-

---

[1] Счастливая страна, счастливая страна, мы живем в счастливой стране! *(англ.)*

зоров, потому что там стояло штук десять телевизоров и каждый показывал свой канал.

— Тоже отмечаете Australian Day?[1] — спросил на знакомом языке другой, мужской голос.

Харри обернулся. На него, дружески улыбаясь, смотрела парочка. Он ответил вымученной улыбкой — значит, улыбаться он пока мог. А в остальном? В подсознании бушевала революция, и сейчас битва шла за зрение и слух. Мозг отчаянно пытался понять, что происходит, но ему это плохо удавалось — его постоянно бомбили исковерканной и иногда нелепой информацией.

— А мы из Дании. Меня зовут Поул, а это моя жена Гина.

— Почему вы решили, что я из Швеции? — услышал Харри собственный голос.

Датчане переглянулись.

— А вы не заметили, как говорили сами с собой? Смотрели на экран и рассуждали, пролетит ли Алиса землю насквозь. И она пролетела, ха-ха!

— Ах, это! — Харри не понимал, о чем они говорят.

— Совсем не то, что наш праздник летнего солнцестояния, да? Просто смешно. Фейерверки трещат, а в дыму ничего не видно. Как знать, может, от фейерверков загорелся какой-нибудь небоскреб. Ха-ха! Даже здесь пахнет порохом. Это из-за влажности. Вы тоже турист?

Харри задумался. И думал, наверное, очень долго, потому что датчане, не дождавшись ответа, ушли.

Он снова повернулся к телевизорам. Холмы в огне на одном экране, теннис — на другом. Происшествия за год в Мельбурне, лесной пожар, открытый чемпионат Австралии, десятилетний мальчик в белом костюме становится миллионером, целая семья становится бездомной. Еще Гру Харлем Брунтланд[2], норвежские рыбацкие лодки, ис-

---

[1] День Австралии (англ.).
[2] *Гру Харлем Брунтланд* — премьер-министр Норвегии, в 1996 г. ушла в отставку.

синя-черные киты, иногда выныривающие на поверхность. И, будто всего остального недостаточно, футбольный матч: сборная Норвегии против каких-то ребят в белом. Харри вспомнил, что читал в «Сидней морнинг геральд» о матчах между Австралией, Новой Зеландией и Норвегией. Внезапно крупным планом — Эрик Мюкланд по прозвищу «Комар». Харри засмеялся.

— И ты тут, Комар? — шепнул он в холодное стекло. — Или у меня глюки? Хочешь, угощу ЛСД, Комар?

— Спятил? Я кумир молодежи, — возмутился Комар.

— Хендрикс принимает ЛСД. И Бьернебу. И Харри Холе. Начинаешь лучше видеть, Комар. Даже больше — видишь связи, которых на самом деле нет... — Харри расхохотался.

Комар споткнулся и упал.

— Можешь просто стоять и говорить через телевизионный экран — и слышать ответы. Знаешь Рода Стюарта? Он подарил мне пакетик, и теперь у меня в голове звучат сразу шесть каналов, двое датчан и оркестр. Давно пора узаконить ЛСД. Что скажешь, Комар? Как Помпеля и Пильта![1]

На экране шли новости: виндсерфинг, плачущая женщина и разодранный в клочки желтый костюм для подводного плавания.

— Это все Морской ужас, он вышел из аквариума и отправился погулять. На пикничок, а, Комар? Ха-ха!

На соседнем экране оранжевые ленты заграждения полоскало ветром на лесной опушке, а рядом ходили полицейские с мешками. Потом — большое бледное лицо. Плохая фотография некрасивой девушки со светлыми волосами и печальными глазами — может, оттого, что она такая некрасивая?

---

[1] *Помпель и Пильт* — персонажи известной норвежской передачи для детей, которая была запрещена к показу, после чего поднялось движение ее защитников.

— Симпатичная, — сказал Харри. — На редкость. Знаешь...

В кадре рядом с полицейским, у которого брали интервью, промелькнул Лебье.

— Черт, — встрепенулся Харри. — Что это? — Он стукнул ладонью по стеклу. — Звук! Включите звук! Эй, кто-нибудь...

Картинка сменилась, теперь показывали климатическую карту восточного побережья Австралии. Изображение снова мелькнуло, и Харри, прижав нос к стеклу, успел разглядеть лицо Джона Белуши. Экран погас.

— Наваждение, а, Комар? Все-таки я под сильным галлюциногеном.

Комар попытался дать пас, но мяч перешел к противнику.

— Рекомендую. Иди в ногу со временем!

— Пустите! Мне нужно с ней поговорить...

— Иди домой, проспись! Пьянь... Эй!

— Пустите! Говорю вам, я друг Биргитты, она работает в баре.

— Знаем. Но наша работа — держать подальше таких, как ты. Ясно, blondie?

— Ау!

— Тихо, или я тебе руку слома... уй! Боб! Боб!

— Извините, мне это надоело. Всего доброго.

— В чем дело, Ники? Где он?

— Shit! Ну его, вырвался, гад, и дал мне в живот. Руку подай.

— Что творится в городе! Новости смотрел? Еще одну девушку изнасиловали и задушили. Труп нашли в Сентенниал-парке. Перееду в Мельбурн, к чертовой матери!

Харри проснулся от дикой головной боли. Свет бил в глаза. Харри понял, что лежит под шерстяным одеялом, и повернулся на бок. Внезапно к горлу подступила тошнота, его вырвало на каменный пол. Он снова откинулся на лавку, почувствовал, как в нос шибануло желчью, и задался классическим вопросом: «Где я?»

Он помнил, как заходил в Грин-парк и как неодобрительно покосился на него аист. На этом воспоминания обрывались. Теперь он лежал в круглой комнате с лавками вдоль стен и большими деревянными столами поодаль. По стенам развешены лопаты и другие инструменты. Тут же были шланги, а посреди комнаты находился сливной колодец. Свет цедился сквозь грязные оконца, расположенные по периметру. На верхний этаж вела железная винтовая лестница, под которой стояло нечто вроде электрической газонокосилки. Лестница дребезжала под чьими-то шагами. На ней показался мужчина.

— Доброе утро, белый брат, — сказал знакомый низкий голос. — Большой белый брат. — Голос приближался. — Лежи-лежи.

Джозеф, седой абориген из племени людей-воронов.

Он открыл кран на стене, взял шланг и смыл блевотину.

— Где я? — для начала спросил Харри.

— В Грин-парке.

— Но...

— Во флигеле. Ты заснул на травке, а собирался дождь, вот я и перетащил тебя сюда.

— Но...

— Не волнуйся. У меня есть ключи. Это мой второй дом. — Он выглянул в окно. — Денек погожий.

Харри посмотрел на Джозефа. Ему определенно шло быть бродягой.

— Сторож — мой знакомый. У нас с ним вроде как договор, — пояснял Джозеф. — Иногда он берет выходной, а начальству не говорит, и тогда я работаю за него: собираю мусор, если есть, выношу урны, траву стригу, все такое. А взамен иногда захожу сюда. Порой нахожу здесь еду. Но боюсь, не сегодня.

Харри хотел сказать что-нибудь, кроме «но...», только ничего не шло на ум. А вот Джозеф сегодня разговорился:

— Сказать по правде, мне нравится, когда есть какое-то дело. Время не так тянется. Думаешь о чем-то. Иногда кажется, что занят чем-то полезным.

Джозеф широко улыбнулся и покрутил головой. Харри не мог поверить, что совсем недавно этот человек сидел в парке едва ли не в отключке и с ним невозможно было разговаривать.

— Даже не понял, когда наткнулся на тебя вчера, — продолжал Джозеф. — Неужели этот парень совсем недавно сидел в парке, трезвый, бодрый, пыхтел сигаретами? А вчера из тебя слова было не вытянуть. Хе-хе.

— Touché[1], — сказал Харри.

Джозеф исчез и вернулся уже с пакетиками чипсов и колой. Простой завтрак оказался на удивление действенным.

— Предком кока-колы было средство от похмелья, которое изобрел один американский аптекарь, — рассказывал Джозеф. — Но ему оно показалось неэффективным, и он продал рецепт за восемь долларов. Хотя, по-моему, лучше средства не найти.

— «Джим Бим», — с набитым ртом предложил Харри.

— Ну да, кроме «Джима». И «Джека», и «Джонни», и пары других парней. Хе-хе. Ну как?

— Лучше.

Джозеф поставил на стол две бутылки.

— Самое дешевое вино из Хантер-Велли, — сказал он. — Хе-хе. Пропустишь со мной стаканчик, бледнолицый?

— Спасибо большое, Джозеф, но красное вино — это не мое... А нет у тебя, скажем, виски?

---

[1] В яблочко *(фр.)*.

— Что у меня, по-твоему, склад? — Джозефа, похоже, обидело, что его щедрое предложение отвергли.

Харри с трудом сел. Он постарался восстановить в памяти пробел с того момента, как тыкал в «Рода Стюарта» пистолетом, и до того, как они буквально бросились друг другу на шею и по-братски разделили порцию ЛСД. Он так и не смог вспомнить причину такой искренней радости и взаимной симпатии — кроме, пожалуй, «Джима Бима». Зато вспомнил, как ударил охранника в «Олбери».

— Харри Холе, ты напыщенный алкаш, — сказал он себе.

Они вышли из флигеля и сели на траву. Солнце слепило глаза, от вчерашней выпивки горело лицо, но в остальном могло быть и хуже. Дул легкий ветерок. Они расселись на травке и любовались ползущими по небу облаками.

— Хорошая погода, чтобы попрыгать, — заметил Джозеф.

— Прыгать я не собираюсь, — отозвался Харри. — Посижу спокойно или поброжу где-нибудь.

Джозеф сощурился на солнце.

— Я имел в виду — попрыгать с неба. С парашютом. Skydiving[1].

— Так ты парашютист?

Харри прикрыл глаза ладонью и посмотрел на небо.

— А облака? Не мешают?

— Нет, нисколько. Это же перистые облака. Они на высоте пятнадцати тысяч футов от земли.

— Ты меня удивляешь, Джозеф. Не то чтобы у меня было какое-то представление о парашютисте, но вот не думал, что он окажется...

— Алкоголиком?

— К примеру.

— Хе-хе. Это две стороны одной медали.

---

[1] Затяжные прыжки с парашютом (англ.).

— Да?

— Ты когда-нибудь был в воздухе один, Харри? Летал? Прыгал с большой высоты, чувствовал, как воздух держит тебя, обнимает и целует?

Джозеф уже выпил полбутылки вина, и его голос потеплел. Когда он рассказывал Харри о прелестях свободного полета, глаза у него блестели.

— Все чувства раскрываются. Тело вопит, что ты не умеешь летать: «У меня нет крыльев!» — старается оно перекричать свист ветра в ушах. Тело уверено, что ты умрешь, и бьет тревогу, обостряя все чувства: может, хоть одно из них найдет решение. Твой мозг превращается в мощнейший компьютер, он фиксирует все: кожа отмечает растущую температуру, уши — растущее давление, глаза воспринимают каждую деталь и малейшие оттенки пейзажа, который расстилается под тобой. Ты даже чувствуешь запах приближающейся земли. И если удастся приглушить страх смерти, Харри, то на какой-то миг ты становишься ангелом. За сорок секунд ты проживаешь целую жизнь.

— А если не сможешь заглушить страх?

— Не заглушить, а только приглушить. Он должен присутствовать, звучать чистым и ясным звуком. Отрезвлять. Ведь чувства обостряет не сам полет, а страх. Он приходит как удар, как бешеный импульс, едва ты выпрыгнешь из самолета. Это как инъекция. Потом, растворяясь в крови, страх делает тебя веселым и сильным. Если закроешь глаза, то увидишь, как он гипнотизирует тебя своим взглядом, будто красивая ядовитая змея.

— Тебя послушать — можно подумать, что это наркотик, Джозеф.

— Это и есть наркотик! — Джозеф активно жестикулировал. — Именно так. Ты хочешь, чтобы полет не кончался, и чем больше прыжков у тебя на счету, тем труднее дергать за кольцо. В конце концов начинаешь бояться передозировки: вдруг однажды ты не откроешь парашют?

Тогда ты прекращаешь прыжки. И внезапно понимаешь, что у тебя уже возникла зависимость. Желание продолжать гложет и изводит тебя. Жизнь кажется серой и бессмысленной. И вот ты уже сидишь в стареньком самолете «сессна», который целую вечность поднимается на десять тысяч футов и съедает все сэкономленные деньги.

Джозеф втянул воздух носом и закрыл глаза.

— Короче, Харри, это две стороны одной медали. Жизнь — дрянь, но выбора нет. Хе-хе.

Он приподнялся на локте и отхлебнул вина.

— Я птица, которая больше не может летать. Знаешь, кто такой эму, а, Харри?

— Австралийский страус.

— Молодец.

Закрывая глаза, Харри слышал голос Эндрю. Конечно, это Эндрю валялся рядом на траве и трепался о том, что важно и неважно.

— Слыхал историю про то, почему эму не умеет летать?

Харри покачал головой.

— Тогда слушай. В стародавние времена у эму были крылья, и он умел летать. Он со своей женой жил на морском берегу, а их дочь вышла замуж за Ябиру, аиста. Однажды Ябиру с супругой принесли домой большой улов, съели почти все и в спешке совсем забыли оставить, по обычаю, лучшие куски старикам Эму. Когда дочь принесла папе Эму остатки рыбы, тот в гневе ответил: «Разве я не отдавал тебе лучшие куски, когда возвращался с охоты?» Он взял свою дубинку и копье и полетел проучить Ябиру.

Ябиру без боя не сдавался. Большой веткой он выбил у Эму дубинку. Потом двумя ударами поломал тестю крылья. Поднявшись, Эму кинул в зятя копье. Оно пробило ему спину и вышло изо рта. От жуткой боли аист улетел на болота, где, как выяснилось позже, копье здорово пригодилось ему при ловле рыбы. А Эму убежал в сухую пустыню, где бегает и сейчас, пытаясь подняться в воздух на обломках крыльев.

Джозеф допил последние капли, печально посмотрел на пустую бутылку, заткнул ее пробкой и открыл вторую.

— Эта история про тебя, Джозеф?

— Ну... — Он забулькал бутылкой. — Я восемь лет проработал инструктором в Сесноке. Мы были хорошей командой, самой лучшей. Никто не стремился разжиться: ни мы, ни владельцы клуба. Работали на чистом энтузиазме. На заработанные деньги прыгали сами. Я был хорошим инструктором. Говорили, что лучшим. Но я ушел оттуда после одного несчастного случая. Утверждали, что во время прыжка с курсантом я был пьян. Я, мол, испортил прыжок!

— А что произошло?

— В смысле? Тебе рассказать в подробностях?

— Ты куда-то торопишься?

— Хе-хе. Ладно, я расскажу. — Бутылка сверкнула на солнце. — Дело было так. Жуткое стечение обстоятельств. Во-первых, погода. Когда мы поднялись, небо было затянуто облаками на высоте восемь тысяч футов. Такая облачность — не проблема, все равно парашют раскрывают не раньше чем на высоте четырех тысяч. Главное, чтобы, когда раскроется парашют, курсант видел землю, сигналы, которые ему подают, чтобы его не унесло ветром куда-нибудь в Ньюкасл. Чтобы знал, куда и как приземляться, понимаешь? Конечно, когда мы поднялись, облака были, но казалось, они еще далеко. Вся беда в том, что у нас была старенькая «сессна», которая держалась на изоленте, наших молитвах и честном слове. На десять тысяч футов, откуда прыгать, мы забирались минут двадцать. Но когда мы уже взлетели, поднялся ветер и сбил облака в тучи. А мы этого не видели. Понимаешь?

— А с земли по радиосвязи вам не могли сказать, что облака слишком низко?

— По радиосвязи? Да, хе-хе. Но прямо перед заданной высотой пилот врубал на всю громкость «Роллинг Стоунз», чтобы подбодрить испуганных курсантов. Чтобы в них был не страх, а агрессия. Даже если нам что-то и сообщили, мы этого не поняли.

— А разве вы не выходили на связь с землей прямо перед прыжками?

— Харри. Не усложняй то, что и без того сложно, хорошо?

— Хорошо.

— Следующей проблемой стал альтиметр. Перед вылетом его обнуляют, и в полете он показывает высоту над землей. Прямо перед прыжками я обнаружил, что оставил свой альтиметр внизу, но пилот всегда был в полной экипировке, и я одолжил у него. Он, как и мы, боялся, что однажды самолет развалится прямо в небе. Когда мы были на десяти тысячах, пилот выключил музыку, и выяснилось, что на подходе низкие облака. Не рядом, а на подходе. Надо было торопиться. Я не успел сверить свой альтиметр с альтиметром курсанта — он-то свой, конечно, обнулил как положено. Я полагал, что и у пилота альтиметр в порядке, хотя обнулялся он нерегулярно. Но особо я не беспокоился: после пяти тысяч прыжков я очень точно определял высоту на глаз.

Мы стояли на крыле. У курсанта уже было три хороших прыжка, и я не волновался. Никаких проблем, он хорошо лег на воздух, когда мы пролетели первый слой облаков. Когда мы увидели второй слой, я немного испугался, но подумал, что, наверное, придется сначала выполнить фигуры, а потом посмотреть высоту. Курсант хорошо сделал разворот на девяносто градусов и горизонтальные перемещения, а потом мы снова взялись за руки, раздвинув ноги в стороны. Курсант потянулся к кольцу, но у меня на приборе было 6000 футов, и я сказал подождать. Он посмотрел на меня, но не так-то легко разобрать выражение лица у парня, когда щеки и губы у него раздувает, как белье на веревке в штормовой ветер.

Джозеф сделал паузу и с довольным видом кивнул.

— Белье на веревке в штормовой ветер, — повторил он. — Черт, неплохо сказано. Твое здоровье!

И он снова приложился к бутылке.

— Когда мы долетели до облаков, мой альтиметр показывал пять тысяч футов, — продолжил он, переведя дыхание. — До раскрытия парашюта — еще тысяча. Я держал ученика за руку, а сам поглядывал за высотой: вдруг слой будет толстым и парашют придется раскрывать прямо в облаках. Но мы вышли достаточно быстро. Когда я увидел, как навстречу скачками несется земля — деревья, трава, асфальт — сердце у меня замерло. Тогда я выдернул оба кольца: мое и его. Если основной парашют у кого-то из нас не раскроется, времени на запаску уже не будет. Оказалось, низкие облака лежали на высоте двух тысяч футов. Когда мы вынырнули из них без парашютов, народ внизу обомлел. Курсант запаниковал, дурак, полетел прямо на дерево и повис в четырех метрах от земли. Ждать, пока его снимут, он не стал. Вместо этого освободился от парашюта, спрыгнул на землю и сломал ногу. Он заявил, что, когда я с ним разговаривал, от меня пахло алкоголем. Дело рассматривалось в правлении клуба. Меня навсегда лишили лицензии.

И он допил вторую бутылку.

— А дальше?

Джозеф отставил бутылку в сторону.

— А дальше сам видишь. Пособие по безработице, дурная компания и вино. — Он выдавил из себя улыбку. — Мне обломали крылья, Харри. Я из племени людей-воронов, а живу, как эму.

Тени в парке успели съежиться и вырасти снова. Харри проснулся оттого, что на него упала тень Джозефа:

— Мне пора домой, Харри. Может, хочешь забрать из павильона какие-нибудь вещи, пока я не ушел?

— Черт! Пистолет! И пиджак.

Харри поднялся. Хотелось выпить. Джозеф снова запер павильон. Некоторое время они стояли, переминаясь с ноги на ногу и цыкая зубом.

— Так значит, скоро собираешься домой, в Норвегию? — спросил Джозеф.

— *Oh, any day now*[1].

— Надеюсь, в следующий раз ты успеешь на самолет.

— Надо было сегодня позвонить в авиакомпанию. И на работу. Они, наверное, гадают, что со мной.

— Тьфу ты! — Джозеф хлопнул себя по лбу и снова полез за ключами. — Наверное, в моем вине многовато дубильных веществ. Разъедает мозги. Никогда не помню, выключил свет или нет. А сторож вечно злится, когда он приходит, а свет горит.

Он открыл дверь. Свет был выключен.

— Хе-хе. Вот так всегда. Когда привыкаешь к месту, то свет включаешь и выключаешь автоматически. И поэтому не помнишь, выключил — не выклю... что-то не так, Харри?

Харри смотрел на Джозефа стеклянными глазами.

— Свет, — коротко ответил он. — Был выключен.

Начальник охраны в театре Сент-Джордж непонимающе покачал головой и налил Харри еще кофе.

— П-пес знает, что творится. Каждый вечер полно народу. Когда показывают т-тот номер с гильотиной, н-народ с ума сходит от страха, визжит, но платит. А т-теперь еще пишут на афише: «Гильотина смерти — героиня газет и телепередач. Гильотина-убийца...» Гвоздь программы. П-пес знает что.

— Это точно. Так значит, Отто Рехтнагелю нашли замену.

— Более-менее. Н-но раньше т-такого успеха не бывало.

---

[1] Не сегодня, так завтра *(англ.)*.

— А номер с подстреленной кошкой?

— Сняли. Не приглянулся.

Харри нервничал. Рубашка уже насквозь промокла от пота.

— Да, я тоже не понял, зачем его включили в программу?

— Это была идея самого Рехтнагеля. Я сам п-по молодости хотел стать клоуном, п-поэтому люблю быть в курсе дела, когда готовят ц-цирковые п-представления. Н-не припомню, чтобы тот номер отрабатывали на репетициях.

— Да, я так и подумал, что это придумал Отто. — Харри почесал свежевыбритый подбородок. — Кое-что меня беспокоит. Может, вы мне сумеете помочь, просто выслушайте мою гипотезу. Отто знает, что я сижу в зале. Он знает что-то, чего не знаю я, и пытается мне на это намекнуть, потому что не может сказать прямо. Неважно, по какой причине. Может, он сам в этом замешан. Значит, тот номер был рассчитан на меня. Он хочет показать, что тот, на кого я охочусь, тоже охотник, как и я, так сказать, мой коллега. Понимаю, звучит запутанно, но вы ведь знаете, каким эксцентричным был Отто. Как вы считаете? Похоже это на него?

— Констебль, — ответил охранник после долгой паузы. — Хотите еще кофе? Н-никто вам ни на что не намекал. Этот к-классический номер п-придумал еще Янди Яндашевский. Спросите у любого циркового артиста. Ни б-больше ни меньше. Не хотел вас разочаровывать, но...

— Напротив, — улыбнулся Харри. — Я как раз на такое и надеялся. Значит, я могу смело отбросить свою теорию. Говорите, у вас еще остался кофе?

Харри попросил показать ему гильотину, и охранник провел его в реквизиторскую.

— До сих п-пор д-дрожь берет, когда захожу сюда, но теперь хоть по ночам кошмары не мучают, — сказал охранник, подбирая ключ. — Два дня комнату оттирали.

Дверь открылась. Из-за нее потянуло холодом.

— Прикрыться! — Прокричав это, охранник включил свет.

Гильотина, как отдыхающая примадонна, возвышалась посреди комнаты под покрывалом.

— Прикрыться?

— А, местная шутка. Мы так кричим в Сент-Джордж, когда входим в темную к-комнату. М-да.

— Почему? — Харри приподнял покрывало и увидел гильотинный нож.

— Да так. Старая история. Случилась в семидесятые. Д-директором тогда был Альбер Моссо, бельгиец. Чересчур, п-пожалуй, энергичный, но нам он нравился — н-настоящий театрал, bless his soul[1]. Конечно, говорят, актеры — кутилы и б-бабники, и возможно, это так и есть. Я п-просто говорю, как оно было. У нас тогда работал один известный и смазливый актер, н-не буду называть имени, т-так вот он был бабник еще тот. Женщины от него падали в обморок, а мужчины сгорали от ревности. Иногда мы устраивали в театре экскурсии. И как-то раз к нам пришли школьники. З-заходят они в реквизиторскую, экскурсовод включает свет, а эта свинья на диване «рококо» из «Стеклянного зверинца» Теннесси Уильямса наяривает б-буфетчицу.

Конечно, экскурсовод мог спасти ситуацию, потому что тот известный актер — не буду называть имени — лежал к нему спиной. Но экскурсовод этот был сопляк, который сам мечтал когда-нибудь стать актером. И, как большинство театралов, был самонадеянным дураком. И поэтому, хотя видел он плохо, очков не носил. Короче, он не разглядел, что творится на диване «рококо», и думал, что все жаждут послушать его интересную л-лекцию. И когда он начал рассказывать о Теннесси Уильямсе, наш б-бабник выругался, но лица не показал. Только волосатую задницу.

[1] Помяни, Господь, его душу *(англ.)*.

Но экскурсовод узнал г-голос и говорит: «Здесь сам Брюс Лизлингтон?» — Охранник закусил губу. — Ой.

Харри рассмеялся и, подняв руки вверх, заверил:

— Все в порядке, имя я уже забыл.

— Ну так вот. На с-следующий день Моссо собирает всех. Рассказывает вкратце, что случилось и насколько это серьезно. «М-мы, — говорит, — такой славы себе позволить не можем. Поэтому, к сожалению, надо немедленно запретить подобные э-э-экскурсии».

Хохот охранника эхом прокатился по комнате. Харри тоже улыбнулся. Только отдыхающая примадонна из стали и дерева высокомерно молчала.

— Тогда понятно, почему вы скомандовали прикрыться. А что тот несчастный экскурсовод? Стал актером?

— К несчастью для него и к счастью д-для сцены — нет. Но из театра он не ушел. Сейчас работает осветителем. Д-да, я забыл, вы же его видели.

Харри незаметно принюхался. Под ногами звякнули цепи. До чего же жарко!

— Да. Да, точно. Он ведь теперь носит контактные линзы?

— Нет. Он говорит, л-лучше, когда он видит сцену нечетко. Г-говорит, что тогда видит целостную картину, а не какие-то детали. Очень странный п-парень.

— Очень странный, — подтвердил Харри.

16

Мертвые кенгуру, парик и похороны

Через несколько лет Кристина вернулась в Осло. От друзей Харри знал, что она привезла с собой двухлетнюю девочку, но англичанин остался в Лондоне. И однажды вечером он увидел ее в «Сардинах». Подошел поближе и заметил, как сильно она изменилась. Кожа поблекла, безжизненные волосы растрепаны. При виде Харри она улыбнулась как-то испуганно. Он поздоровался с Кьяртаном, «музыкантом», с которым, кажется, встречался и раньше. Она болтала о пустяках, нервно и торопливо, не позволяя Харри задать ей вопросы, которые, она знала, у него были. Потом она заговорила о планах на будущее, но в глазах ее уже не было прежнего блеска, она не жестикулировала быстро, как раньше, движения стали медленными и вялыми.

Кажется, в этот момент она заплакала, но Харри был настолько пьян, что точно уже не помнил.

Кьяртан ушел и вернулся снова, прошептал что-то на ухо Кристине и, высвобождаясь из ее объятий, снисходительно улыбнулся Харри. Потом все ушли, и Харри с Кристиной остались в пустом баре одни, среди сигаретных пачек и разбитых стаканов, и просидели до закрытия. Нельзя сказать точно, кто кого дотащил до двери и кто предложил поехать в гостиницу, но так или иначе они оказались в «Савойе», где, опустошив мини-бар, доползли до постели. Харри предпринял отчаянные поползновения, но было поздно. Уже поздно. Кристина лежала, зарывшись лицом в подушку, и плакала навзрыд. Проснувшись, Харри шмыгнул вон из номера и на такси добрался до «Посткафе», которое открывалось на час раньше других забегаловок. И, сидя там, он понял, насколько было поздно.

— Да?

— Извини, что так поздно звоню, Лебье. Это Харри Хоули.

— Хоули? Что случилось? Сколько сейчас в Норвегии?

— Не знаю. Слушай, я не в Норвегии. Ерунда вышла с самолетом.

— Что еще?

— Он меня не дождался, скажем так. А поменять билет не так-то просто. Ты мне должен кое в чем помочь.

— Выкладывай.

— Встретимся у квартиры Отто Рехтнагеля. Прихвати с собой отмычки или, если ты с ними не в ладах, лом.

— Ладно. А в чем дело?

— Все путем. Appreciate it, mate[1].

— Все равно не спалось...

— Алло?

— Доктор Энгельзон? Я по поводу трупа, меня зовут...

— Да мне плевать, как вас зовут! Время... три часа ночи, спросите доктора Хансона, у него сегодня дежурство. Спокойной ночи.

— Плохо слышно? Я сказал, спокой...

— Это Хоули. Не бросайте трубку, пожалуйста.

— Тот самый Хоули?

— Рад, что вы меня запомнили, доктор. В квартире, где нашли тело Эндрю Кенсингтона, я обнаружил кое-что интересное. Мне нужно посмотреть на него, то есть на его одежду. У вас ведь она осталась?

— Да, но...

— Через полчаса встретимся у морга.

— Дорогой мистер Хоули, но я на самом деле не...

— Не заставляйте меня повторять, доктор. Исключение из ассоциации врачей, иски от родственников, газетные статьи... продолжать?

— Все равно я не успею за полчаса.

— Сейчас на улицах пробок нет, доктор. Думаю, вы успеете.

Маккормак вошел в кабинет, закрыл дверь и встал у окна. Всю ночь шел дождь — летняя погода в Сиднее, как всегда, была переменчивой. Маккормаку было за шестьдесят, он достиг того возраста, когда полицейские уходят

---

[1] Все отлично, приятель *(англ.)*.

на пенсию, и, как многие пенсионеры, когда оставался в комнате один, разговаривал сам с собой.

Обычно он бросал короткие будничные замечания о вещах, на которые другие, по его мнению, внимания не обращали.

— Сегодня ведь тоже не распогодится? Нет, конечно же нет, — говорил он, слегка покачиваясь на каблуках и поглядывая на свой город. Или: — Сегодня пришел раньше всех. Да, да, да...

Он повесил пиджак в шкаф и вдруг обнаружил в комнате какое-то шевеление. Мужчина на диване, которого он сразу не заметил, чертыхался, пытаясь из лежачего состояния перейти в сидячее.

— Хоули? — удивился Маккормак.

— Извините, сэр. Я думал, ничего, если я тут прикорну...

— Как ты здесь оказался?

— Я так и не сдал пропуск. Меня впустили. Ваш кабинет был открыт, а раз уж я все равно хотел поговорить с вами, то и зашел.

— Ты же должен быть в Норвегии. Оттуда звонили. Выглядишь отвратно, Хоули.

— И что вы ответили, сэр?

— Что ты, наверное, решил пойти на похороны Кенсингтона. Как представитель Норвегии.

— Но как...

— Ты дал авиакомпании свой рабочий телефон, и когда за полчаса до рейса ты не появился, они нам позвонили. Все было понятно. И уж совсем все стало понятно после приватной беседы с директором отеля «Кресент». Мы пытались тебя разыскать, но безуспешно. Я знаю, каково это, Хоули. Давай не будем поднимать шум — после всего происшедшего тебя можно понять. Главное, с тобой все в порядке и следующим рейсом ты полетишь в Норвегию.

— Благодарю, сэр.

— Не за что. Попрошу секретаря договориться с авиакомпанией.

— Но прежде, чем вы это сделаете, сэр... Сегодня ночью мы кое-что провернули, и хотя эксперты пока не дали заключения, я знаю, какими будут результаты, сэр.

Несмотря на смазку, старый вентилятор сломался, и его заменили. Новый был больше и работал почти бесшумно. Харри отметил, что в мире и без его участия все идет своим чередом.

Из присутствующих не в курсе дела были только Уодкинс и Юн, но Харри начал с самого начала.

— Когда мы обнаружили тело Эндрю, на улице было светло, и мы не заметили подвоха. И когда я узнал время смерти, то тоже сразу не сообразил. Только потом я вспомнил, что, когда мы вошли в квартиру Рехтнагеля, свет был выключен! Если все происходило так, как мы думали, получается, что Эндрю, находясь в наркотическом опьянении, пробирался от двери до табуретки через всю комнату в полной темноте — в два-то часа ночи, а потом, стоя на шатком табурете, пытался сделать себе петлю.

Повисла тишина. Харри подумал, что, как бы тихо ни работал вентилятор, звук все равно действует на нервы.

— Да, забавно получается, — сказал Уодкинс. — А может, не в полной темноте? Может, был какой-то свет с улицы?

— Мы с Лебье были там сегодня в два часа ночи. Темно, как в могиле.

— А может, свет все-таки горел, но вы этого не заметили? — спросил Юн. — Это же было днем. А выключить его мог кто-нибудь из наших и позднее.

— Чтобы снять Эндрю, мы перерезали шнур ножом, — объяснил Лебье. — Я специально проверил выключатель, чтобы нас не ударило током.

— Хорошо, — сдался Уодкинс. — Предположим, он повесился в темноте. Кенсингтон — тот еще чудак. What else is new?[1]

— Но он не вешался в темноте, — сказал Харри.

В глубине комнаты кашлянул Маккормак.

— Вот что мы нашли в квартире Рехтнагеля. — Харри достал лампочку. — Видите бурое пятно? Это след от ожога. А вот во что был одет Эндрю, когда мы его нашли. — Харри показал белую рубашку. — «Не гладить». Шестьдесят процентов вискозы. Вискоза оплавляется при двухстах шестидесяти градусах по Цельсию. Поверхность лампочки нагревается до четырехсот пятидесяти. Видите, такое же бурое пятно осталось на нагрудном кармане. Здесь с ним соприкасалась лампочка.

— Потрясающее знание физики, Хоули, — сказал Уодкинс. — И что, по-твоему, случилось?

— Одно из двух, — ответил Харри. — Возможно, кто-то приходил до нас, увидел, как Эндрю висит под потолком, и выключил свет. Проблема в том, что единственные имеющиеся ключи от квартиры были обнаружены у Отто и Эндрю.

— Но ведь в квартире защелкивающийся замок, — заметил Уодкинс. — Может, этот кто-то зашел и положил ключ в карман Эн... нет, тогда непонятно, как вошел сам Эндрю.

Уодкинс слегка покраснел.

— Но суть ясна, — продолжал Харри. — У меня такая версия. У Эндрю вообще не было ключа от квартиры, и внутрь его впустил другой человек, который либо уже там находился, либо вошел вместе с Эндрю. Вот у него ключ имелся. Этот человек был в квартире в момент смерти Эндрю. Потом он положил ключ в карман Эндрю, чтобы все выглядело так, будто он вошел сам. В пользу этого гово-

[1] Еще новости есть? *(англ.)*

рит и то, что ключ не висит на одной связке с остальными. Потом он выключил свет и, уходя, защелкнул замок.

Пауза.

— То есть ты считаешь, что Эндрю Кенсингтона убили? — уточнил Уодкинс. — Допустим. Как?

— Полагаю, сначала Эндрю заставили вколоть себе слишком большую дозу героина. Очевидно, под дулом пистолета.

— А почему он сам не мог этого сделать, до того как пришел? — спросил Юн.

— Не думаю, что такой осторожный и опытный наркоман, как Эндрю, мог случайно допустить передозировку. И потом, у Эндрю для этого просто не хватило бы героина.

— А зачем его вешать?

— Передозировка не дает стопроцентной гарантии. И неизвестно, как бы повел себя его организм. Может, Эндрю протянул бы достаточно, чтобы успеть все рассказать. Главное — лишить его возможности сопротивляться, чтобы без особого труда затащить на табурет и обмотать провод вокруг шеи. Кстати, о проводе. Лебье?

— Эксперты проверили провод, — начал Лебье, пожевывая зубочистку. — Провода, которые висят под потолком, обычно не моют. И мы предполагали, что там есть отпечатки пальцев. Но провод оказался чистым как... э-э...

Лебье сделал неопределенный жест рукой.

— Как что-то очень чистое? — пришел на помощь Юн.

— Именно. И кроме наших, никаких других отпечатков.

— Либо Эндрю предварительно протер провод, а потом надел петлю на шею, не касаясь ее руками, — думал вслух Уодкинс, — либо кто-то сделал это за него. Вы это хотите сказать?

— Так говорят улики, шеф.

— Но если этот парень такой умник, каким вы его изобразили, зачем он выключил свет, когда уходил? — Уодкинс обвел стол взглядом.

— Он сделал это автоматически, — ответил Харри. — Не думая. Так люди делают, когда выходят из собственной квартиры. Или из квартиры, от которой у них есть ключ и куда они могут приходить как к себе домой.

Харри откинулся на спинку кресла. Он весь взмок, как мышь, и ему страшно хотелось выпить.

— Думаю, надо искать тайного любовника Отто Рехтнагеля.

В лифт Лебье и Харри зашли вместе.

— Идешь обедать?

— Да вот думаю, — ответил Харри.

— Не против, если я присоединюсь?

— С удовольствием.

Разговаривать особо не хотелось. А с Лебье легко было молчать.

Они нашли столик в кафе «Саудерн» на Маркет-стрит. Харри заказал «Джим Бим». Лебье оторвался от меню.

— Два салата из баррамунди, два черных кофе и хорошего свежего хлеба.

Харри удивленно посмотрел на Лебье.

— Спасибо, но думаю, я воздержусь, — сказал он официанту.

— Выполняйте заказ, — улыбнулся Лебье. — Мой товарищ так говорит, потому что никогда не пробовал баррамунди.

Официант удалился. Харри посмотрел на Лебье. Тот сидел, положив обе руки на стол ладонями вниз, и поочередно смотрел на них, будто пытаясь найти отличия.

— В молодости я как-то добирался до Кернза автостопом вдоль Большого Барьерного рифа, — сказал он, обращаясь к своим холеным рукам. — И в гостинице для туристов встретил молодых немок, которые совершали кругосветное путешествие. Они взяли напрокат автомобиль и ехали от самого Сиднея. Они подробно рассказали мне, где побывали, как долго и почему, и как планируют свое дальнейшее путешествие. Наверное, это у немцев врожденное. Когда я спросил, видели ли они кенгуру, они со снисходительной усмешкой сказали, что, естественно, видели. И наверняка поставили галочку в своем списке напротив пункта «Посмотреть кенгуру». «Вы их покормили?» — спросил я. Они удивленно переглянулись, а потом ответили: «Конэчно, нэтт». — «Почему? Они такие милые». — «Но вэтть они были мертвые».

Этот рассказ так поразил Харри, что он забыл посмеяться. Оказывается, кенгуру часто выпрыгивают на проезжую часть, и те, кто выезжает за город, нередко видят их трупы на обочине дороги.

Официант принес Харри виски. Лебье продолжал, глядя теперь на стакан:

— Позавчера я видел девушку, такую милую, что мне захотелось погладить ее по щеке и сказать что-нибудь приятное. Ей было чуть больше двадцати. Синее платье, босые ножки. Но она была мертвая. Как ты уже понял, блондинка, со следами изнасилования и удушения. И ночью мне снилось, что трупы таких милых, беспечных и беззаботных девушек лежат на обочинах по всей Австралии: от Сиднея до Кернза, от Аделаиды до Перта, от Дарвина до Мельбурна. И всё по одной-единственной причине. Потому что мы не справились с расследованием и предпочли закрыть глаза. Потому что сделали недостаточно. Потому что мы позволили себе обычные человеческие слабости.

Харри понимал, куда клонит Лебье. Официант принес рыбу.

— Ближе всех подошел к разгадке ты, Харри. Ты лежал, прислонив ухо к земле, и, может быть, услышишь, когда он приблизится снова. Есть сто причин, чтобы напиться, но если будешь валяться и блевать у себя в комнате, ты никому не поможешь. Наш противник — не человек. Поэтому и мы не можем позволить себе быть людьми. Надо все выдержать, надо бороться. — Лебье взял салфетку. — Но и поесть тоже надо.

Харри поднес стакан с виски ко рту и медленно его выпил, глядя на Лебье. Потом поставил пустой стакан на стол и взял вилку. Остальное время они ели молча.

Когда Харри услышал, что допросить толстую соседку Отто Рехтнагеля Уодкинс отправил Юна, то невольно улыбнулся.

— Надеюсь, она его не раздавит, — сказал Лебье.

Он подвез Харри до Кингс-Кросс, где тот и сошел.

— Спасибо, Сергей. Думаю, дальше я один.

Лебье помахал рукой и уехал.

Сандра стояла там, где всегда. Харри она узнала, только когда он подошел совсем близко.

— Привет-привет, — сказала она, глядя сквозь него узкими зрачками.

Они пошли в «Бурбон энд биф», где официант проворно подвинул Сандре стул.

Харри спросил, чего она хочет, и заказал колу и большую порцию виски.

— Уфф, я думала, меня отсюда выпрут, — выдохнула она.

— Я тут вроде как завсегдатай, — объяснил Харри.

— Как там поживает твоя подруга?

— Биргитта? — уточнил Харри. — Не знаю. Она не хочет со мной разговаривать. Надеюсь, что паршиво.

— Странное желание. С чего бы?

— Потому что, надеюсь, она меня любит.

Сандра хрипло рассмеялась.

— А ты-то сам как, Харри Хоули?

— Паршиво, — грустно улыбнулся Харри. — Но может быть, будет получше, когда я найду убийцу.

— Ты думаешь, я тебе в этом помогу? — Сандра закурила. Лицо у нее было еще бледнее и куда более измученное, чем в прошлый раз, в глазах красные прожилки.

— Мы похожи. — Харри показал их отражение в закопченной оконной раме рядом со столиком.

Сандра не ответила.

— Я помню, и достаточно ясно, как Биргитта кинула твою сумку на кровать и оттуда вывалились вещи. Сначала, правда, мне показалось, что там был пекинес. — Он на секунду умолк. — Ответь: зачем тебе светлый парик?

Сандра посмотрела в окно. Точнее, на отражение в этом окне.

— Мне его купил один клиент. Он хотел, чтобы я его надевала, когда обслуживала его.

— Кто этот...

Сандра покачала головой:

— Нет, Харри. Я не скажу. В нашей работе не так много правил, но одно из тех, что есть, — не рассказывать, кто твои клиенты. И это хорошее правило.

Харри вздохнул.

— Боишься, — сказал он.

Глаза Сандры сверкнули.

— Брось, Харри. Не выйдет.

— Можешь не рассказывать мне, кто он, Сандра. Я и так знаю. Просто ответь: боишься ты его или нет?

— «Знаю», — раздраженно передразнила Сандра. — Откуда же ты знаешь?

— Увидел камешек, который выкатился из твоей сумки. Зеленый хрусталь, Сандра. Я его узнал по звезде, которая на нем нарисована. Тебе его подарил он. Камень из маминого магазина. «Хрустальный храм».

Она смотрела на него большими черными глазами. Красные губы застыли в уродливой гримасе. Харри осторожно положил ей руку на плечо.

— Почему ты так боишься Эванса Уайта, Сандра? Почему не хочешь сдать его нам?

Сандра отдернула плечо. И снова отвернулась к окну. Харри ждал. Она шмыгнула носом, и Харри протянул ей платок, который носил в кармане на всякий случай.

— Представь, не только у тебя дела идут паршиво, — наконец прошептала она, повернувшись к нему. В глазах прибавилось красных прожилок. — Знаешь, что это?

Она задрала рукав платья, и Харри увидел на руке множество воспаленных уколов, кое-где с коростой.

— Героин? — предположил Харри.

— Морфий, — ответила Сандра. — Не каждый в Сиднее им торгует — все равно все скатываются на героин. А у меня на герик аллергия. Не выношу. Как-то попробовала — чуть не сдохла. Так что мой яд — это морфий. В последнее время на Кингс-Кросс только один человек может доставать морфий в нужных количествах. И расплачиваться он просит... игрой. Я навожу марафет и надеваю парик. Все нормально, мне, скажем прямо, до фонаря, главное — морфий! К тому же есть психи и почище, чем те, кто просит тебя нарядиться их мамочкой.

— Мамочкой? — переспросил Харри.

— Наверное, ненавидит ее. Или любит сверх меры. Не знаю. Он мне не говорил, а я и спрашивать не хочу! — Она глухо рассмеялась.

— А почему ты решила, что он ее ненавидит? — спросил Харри.

— В последние разы он был грубее обычного, — объяснила Сандра. — Поставил мне пару синяков.

— Душил? — спросил Харри.

Сандра покачала головой.

— Пробовал. Это было, когда в газетах писали про девчонку из Норвегии, которую задушили. Он просто положил мне руки на шею и велел не дергаться и не бояться. Я потом об этом и не вспоминала.

— Почему?

Сандра пожала плечами.

— На людей влияет то, что они читают и смотрят. Например, как-то у нас крутили фильм «Девять с половиной недель». Тут же куча клиентов захотели, чтобы мы ползали вокруг них голыми, а они сидели в кресле и наблюдали.

— Дерьмо, а не фильм, — заметил Харри. — Продолжай.

— Ну, ухватил он меня за шею, надавил большими пальцами на горло. Нет, не больно. Но я сорвала парик и сказала, что мне эта игра не нравится. Он пришел в себя и сказал, что все в порядке. Не знает, что на него нашло. Мол, это ничего не значит.

— Ты поверила?

Сандра пожала плечами:

— Ты не знаешь, как сильно зависимость влияет на отношение к людям, — и допила виски.

— М-да? — Харри скептически покосился на непочатую бутылку колы.

Маккормак нервно барабанил пальцами. Хотя вентилятор работал на полную мощность, Харри вспотел. Толстая соседка Отто Рехтнагеля рассказала много. Пожалуй, слишком много. Но к сожалению, ничего полезного. В ее неприятном обществе даже Юну было тяжело проявлять свое неизменное дружелюбие.

— Fat ass, — улыбнулся он, когда Уодкинс спросил, какое впечатление она на него произвела.

— Что-нибудь прояснилось с девушкой из Сентенниал-парка?

— Не то чтоб очень, — ответил Лебье. — Но как выяснилось, послушной девочкой она не была, баловалась таблетками и недавно устроилась на работу в один из стрип-клубов на Кингс-Кросс. Ее убили по пути домой. Двое свидетелей видели, как она заходила в парк.

— Всё?

— Пока да, сэр.

— Харри. — Маккормак отер пот со лба. — Какая у тебя версия?

— Последняя, — вслух бросил Уодкинс.

— Ну, — начал Харри. — У нас нет доказательств того, что Эндрю действительно разговаривал с кем-то, кто в день убийства Ингер Холтер видел Эванса Уайта в Нимбине. Стало известно, что Уайт не просто интересуется блондинками — у него это переросло во что-то совсем иное. Возможно, стоит узнать побольше о его взаимоотношениях с матерью. Постоянной работы или места жительства у него никогда не было, поэтому отследить его перемещения очень сложно. Вполне вероятно, у него был тайный роман с Отто Рехтнагелем и он повсюду ездил за ним, останавливался в гостиницах и находил там своих жертв. Но пока это только догадки.

— Может, маньяк — Отто Рехтнагель, — заметил Уодкинс. — А Рехтнагеля с Кенсингтоном убил кто-то другой, не имеющий к тем убийствам никакого отношения.

— Сентенниал-парк, — напомнил Лебье. — Орудовал наш маньяк. Ставлю все, что угодно. Не то чтобы у меня много было чего поставить…

— Лебье прав, — сказал Харри. — Он еще жив и на свободе.

— Хорошо, — подытожил Маккормак. — Я заметил, наш друг Хоули стал использовать в своих теориях слова типа «возможно» и «вполне вероятно» — это разумно. Оголтелой уверенностью мы ничего не добьемся. К тому же всем теперь ясно, что дело мы имеем с умным противником. И очень самоуверенным. Он приготовил для нас нужные ответы, подал убийцу на блюдечке и думает, что мы теперь успокоимся. Что дело раскрыто, раз виновных нет в живых. Убивая Кенсингтона, он понимал, что мы, конечно, постараемся замять дело, — очень разумно. — При этих словах Маккормак посмотрел на Харри. — Замнем дело и повесим на него амбарный замок. Он уверен, что теперь он в безопасности. Это дает нам преимущество.

Уверенные люди часто неосторожны. Пора действовать. У нас есть еще один подозреваемый и нет права на еще одну ошибку. Но если суетиться, можно спугнуть убийцу. Надо запастись терпением, подождать, пока рыбка подплывет поближе, и только тогда бросать гарпун.

Он посмотрел на подчиненных. Те одобрительно закивали.

— А значит, наши действия должны быть оборонительными, спокойными и системными, — закончил Маккормак.

— Не согласен, — подал голос Харри.

Все повернулись к нему.

— Рыбу можно поймать и по-другому. С помощью лески, крючка и наживки, на которую она может клюнуть.

Ветер гнал облака пыли по гравиевой дорожке и дальше, через каменную церковную ограду к небольшой группе людей. Харри зажмурился, чтобы эта пыль не запорошила глаза. А ветер хватал присутствующих за рукава и полы одежды, и издали казалось, что над могилой Эндрю Кенсингтона затеяли пляску.

— Чертов ветер, как будто в ад торопится! — шепотом ругался Уодкинс, невзирая на пастора, который рядом читал молитву.

Харри стоял, думал над словами Уодкинса и надеялся, что тот ошибается. Конечно, неизвестно, куда и откуда дул этот несносный ветер, но если ему было поручено унести с собой душу Эндрю, то никто не упрекнул бы его в легковесном подходе к делу. Он переворачивал страницы Псалтыри, теребил присыпанный землей зеленый брезент, срывал шляпы и портил прически.

Харри не слышал пастора. Прищурившись, он смотрел на людей, стоявших напротив. Как языки пламени, развевались волосы Биргитты. Она встретилась с ним пустым, ничего не выражающим взглядом. Рядом на стуле с клюкой в руках сидела седая, дрожащая всем телом старуха.

Ее кожа уже пожелтела, но возраст не мог скрыть лошадиное лицо, характерное для англичанок. Злорадный ветер сдвинул набекрень ее шляпку. Харри догадался, что эта старуха — приемная мать Эндрю. Когда они выходили из церкви, Харри выразил ей свои соболезнования, но вряд ли она их услышала, — в ответ она кивнула и что-то пробормотала. Позади старухи стояла маленькая неприметная чернокожая женщина, державшая за руки двух девочек.

Пастор бросил на могилу горсть земли. Совсем как у лютеран. Харри знал, что Эндрю принадлежал к англиканской церкви, которая по количеству прихожан делила здесь первое место с католической. Но Харри, в своей жизни побывавший на похоронах всего дважды, не заметил никакой разницы в обрядах. Все как в Норвегии. Даже погода. Когда хоронили маму, над Западным кладбищем в Осло ветер гнал тяжелые свинцовые тучи. К счастью, дождь тогда так и не пошел. Когда хоронили Ронни, говорят, было солнце. Но в тот день Харри с больной головой лежал в больнице. Как и сейчас, большинство пришедших в тот день на похороны были полицейскими. Может, они даже пели в конце тот же псалом: «Nearer, my God to Thee!»[1].

Люди начали расходиться. Некоторых ждали машины. Харри последовал за Биргиттой. Когда он поравнялся с ней, она остановилась.

— У тебя больной вид, — сказала она, не поднимая на него глаз.

— Ты не знаешь, какой у меня вид, когда я больной, — ответил Харри.

— То есть когда ты болен, вид у тебя не больной? — спросила Биргитта. — Но я просто говорю, что ты выглядишь, как будто болен. Ты болен?

---

[1] «Ближе к Тебе, Господи» — американский духовный гимн на стихи Сары Адамс и музыку Льюиса Мейсона.

Порыв ветра ударил Харри по лицу его же галстуком.

— Может быть. Немного, — сказал Харри. — Не то чтобы очень болен. Ты так похожа на медузу, когда твои волосы развеваются... и попадают мне в лицо. — Харри вынул изо рта рыжий волос.

Биргитта улыбнулась.

— Скажи спасибо, что я не jelly box-fish[1].

— Jelly что?

— Jelly box-fish, — повторила Биргитта. — Медуза, которая водится у берегов Австралии. Намного хуже обычной жгучей медузы...

— Jelly box-fish? — Харри услышал позади знакомый голос и обернулся. Это был Тувумба.

— How are you? — поздоровался с ним Харри и объяснил, что на сравнение с медузой его навели волосы Биргитты, которые лезли ему в лицо.

— Ну, будь это jelly box-fish, у тебя на лице появились бы красные отметины и ты бы орал как резаный, — заметил Тувумба. — Через несколько секунд упал бы, яд парализовал бы твои легкие, ты бы начал задыхаться и, не окажи тебе кто-нибудь помощь, умер бы самой жуткой смертью.

Харри замахал руками:

— Спасибо, Тувумба, но на сегодня о смерти хватит.

Тувумба кивнул. Сегодня на нем был черный шелковый смокинг с галстуком-бабочкой. Последняя деталь удивила Харри, и Тувумба это заметил.

— Это единственное подобие костюма, которое у меня есть. К тому же я унаследовал это от него. — Он кивнул в сторону могилы и добавил: — Не сегодня, конечно, а где-то год назад. Эндрю сказал, будто костюм стал ему мал. Ерунда, конечно. Он бы никогда не сознался, но понятно, что костюм он в свое время купил для банкета после чем-

---

[1] Австралийская морская оса.

пионата Австралии. Он надеялся, что на мне смокинг увидит то, чего не увидел на нем.

Они шли по гравиевой дорожке, мимо медленно ехали автомобили.

— Можно задать личный вопрос, Тувумба?

— Думаю, что да.

— Куда, по-твоему, попадет Эндрю?

— В смысле?

— Его душа. Как ты думаешь: вверх или вниз?

Тувумба стал очень серьезным:

— Я простой человек, Харри. И не слишком разбираюсь в этих делах — в душах и всем таком прочем. Но я кое-что знаю об Эндрю Кенсингтоне. И если там, наверху, что-то есть и туда попадают красивые души, то его душа тоже должна там оказаться. — Тувумба улыбнулся. — Но если есть что-то внизу, то он предпочел бы оказаться там. Он не переносил скуки.

Они тихо посмеялись.

— Но раз уж вопрос личный, Харри, то позволь мне дать на него личный ответ. Я думаю, в чем-то наши с Эндрю предки были правы. У них был очень здравый взгляд на смерть. Конечно, многие племена верили в жизнь после смерти. Некоторые — в реинкарнацию, в то, что душа каждый раз переселяется в новое тело. Некоторые — в то, что она бродит бестелесным духом. Какие-то племена считали, что души мертвых превращаются в звезды на небесном своде. И так далее. Но все они верили, что рано или поздно, после всех этих стадий, человек умирает по-настоящему, окончательно и бесповоротно. И тогда — все. Человек превращается в груду камней и больше не существует. Не знаю почему, но эта мысль мне нравится. Вечность — заманчивая перспектива, как ты думаешь?

— Я думаю, что Эндрю оставил тебе не только свой смокинг, вот что я думаю, — ответил Харри.

Тувумба рассмеялся.

— Это так заметно?

— His master's voice[1], — сказал Харри. — Парню надо было идти в священники.

Они подошли к маленькому запыленному автомобилю, который, очевидно, принадлежал Тувумбе.

— Послушай, Тувумба, — вдруг сказал Харри. — Может быть, те, кто знал Эндрю, помогут мне. Объяснят ход его мысли. Почему он сделал то, что сделал. — Харри выпрямился, и взгляды их встретились. — Я думаю, что Эндрю убили.

— Bullshit![2] — резко бросил Тувумба. — Ты не думаешь, ты знаешь наверняка! Все, кто был знаком с Эндрю, знают, что он никогда добровольно не уходил с праздника. А из всех праздников самым большим для него была жизнь. Что бы она с ним ни делала, я не видал человека жизнерадостнее, чем он. Будь у него желание уйти, он бы сделал это раньше, благо возможностей — и поводов — было предостаточно.

— Значит, ты со мной согласен, — сказал Харри.

— По этому номеру можешь звонить мне практически в любое время. — Тувумба начеркал что-то на спичечном коробке и протянул его Харри. — Мобильный.

И он уехал в своем потрепанном, дребезжащем белом «холдене», оставив их вдвоем. Тувумбе нужно было на север, и Харри предложил Биргитте поискать, кто бы подвез их до города. Но большинство его коллег уже разъехались. Вдруг перед ними остановился очень изящный старый «бьюик», водитель опустил стекло и высунул из окна багровое лицо с примечательным носом, который походил на картофелину-переросток и был даже краснее всей его физиономии.

— В город, ребята? — спросил «нос» и предложил их подвезти.

[1] Голос хозяина (англ.).
[2] Чушь! (англ.)

Когда пассажиры разместились на широком заднем сиденье, «нос» представился:

— Меня зовут Джим Конноли. А это моя жена Клаудия.

С переднего сиденья к ним повернулось маленькое темное лицо с лучезарной улыбкой. Клаудия чем-то походила на индианку и была такого маленького роста, что ее голова едва-едва выглядывала из-за спинки.

Джим посмотрел на Харри и Биргитту в зеркало:

— Друзья Эндрю? Коллеги?

Он осторожно свернул с гравиевой дорожки. Харри рассказал ему о себе и Биргитте.

— Понятно. Так значит, вы из Норвегии и Швеции. Далековато. Да-да, здесь почти все издалека. Например, вот Клаудия — из Венесуэлы, где живут всем вам известные «мисс». Сколько у вас там «Мисс Вселенная»? А, Клаудия? Считая тебя. Хе-хе-хе. — Он рассмеялся, и глаза потерялись в морщинках у переносицы.

Клаудия смеялась вместе с ним.

— Я сам австралиец, — продолжил Джим. — Мой прапрапрадед приехал сюда из Ирландии. Он был вором и убийцей. Хе-хе-хе. Знаете, раньше здешние не особо любили признаваться, что их предками были каторжники, хотя прошло уже двести с лишним лет. Но я всегда этим гордился. Ведь именно каторжники — ну, вместе с матросами и солдатами — основали эту страну. And a fine country it is[1]. Мы зовем ее «the lucky country»[2]. Да-да, времена меняются. Теперь, говорят, стало хорошим тоном уметь проследить свою генеалогию до каторжников. Хе-хе-хе. Ужас что случилось с Эндрю, а?

Джим строчил как из пулемета. Харри и Биргитта едва успевали вставить пару слов, и он начинал снова. И чем быстрее он говорил, тем медленнее ехал. Как Дэвид Боуи

---

[1] И какую страну! *(англ.)*
[2] Счастливой страной *(англ.).*

на старом плеере Харри. В детстве Харри получил от отца в подарок кассетный плеер на батарейках, который играл тем медленнее, чем громче был звук.

— Мы с Эндрю вместе боксировали в команде Джима Чайверса. Знаете, Эндрю никогда не ломали нос. Нет, сэр, никому это не удавалось. У аборигенов вообще от природы плоские носы, а если еще и сломается... Но Эндрю всегда оставался цел и невредим. Здоровое сердце и целый нос. Ну да, сердце... Какое уж там сердце, когда младенцем власти отобрали тебя у мамки? Скажем так, его сердце никак не пострадало во время чемпионата Австралии в Мельбурне. Слышали о таком? Да, ребята, вы многое потеряли.

Скорость была уже ниже сорока.

— Эта девица, подружка Кемпбелла, чемпиона, на коленях за Эндрю ползала. Такая была красотка — не привыкла, чтобы ей отказывали. Лучше бы уж привыкла. А так, когда она в тот вечер постучалась к Эндрю в номер и он вежливо предложил ей сигарету и кое-что еще, она вернулась к своему парню и сказала, что Эндрю ее домогается. Ему позвонили в номер и попросили спуститься на кухню. Там до сих помнят тогдашнюю драку. После нее Эндрю сошел с дистанции. Но нос ему так и не разбили. Хе-хе-хе. Вы встречаетесь?

— Не совсем, — только и смог ответить Харри.

— А похоже. — Джим посмотрел на них в боковое зеркало. — Вы, может, сами того не знаете, но, хоть сейчас вам нелегко, вокруг вас какой-то ореол. Поправьте меня, если я неправ, но вы похожи на нас с Клаудией, когда мы только-только начали встречаться и с ума сходили от любви. Нам всего-то было двадцать-тридцать лет. Хе-хе-хе. А сейчас мы просто влюблены. Хе-хе-хе.

Клаудия блестящими глазами смотрела на мужа.

— Мы встретились на гастролях. Она была «женщина-змея». Она и сейчас может свернуться в клубок. Ума не приложу, на что мне такой большой «бьюик»? Хе-хе-хе.

Целый год я приходил на ее выступления, пока не добился поцелуя. Потом она сказала, что влюбилась в меня с первого взгляда. Удивительное дело, ведь моему носу, в отличие от носа Эндрю, не поздоровилось. Мучается со мной всю жизнь. Иной раз женщины при виде меня вскрикивают. А, Харри?

— Да, — ответил Харри. — Я понимаю, о чем вы.

Он посмотрел на Биргитту, и та слабо улыбнулась.

Потратив сорок пять минут на дорогу, хотя можно было доехать и за двадцать, они остановились у здания городского совета, где Харри с Биргиттой поблагодарили Джима и сошли. В городе тоже дул ветер. Они стояли на ветру и не знали, что сказать.

— Очень необычная пара, — заговорил Харри.

— Да, — ответила Биргитта. — Счастливые.

Вихрь взъерошил крону дерева в парке, и Харри показалось, что он видел, как мохнатая тень спешит куда-то спрятаться.

— Куда теперь? — спросил он.

— Ко мне домой.

— Хорошо.

17
Дохлые мухи, вознаграждение и приманка

Биргитта сунула Харри в зубы сигарету и поднесла зажигалку:

— Заслужил.

Харри подумал, что все не так уж плохо. И натянул на себя простыню.

— Стесняешься? — рассмеялась Биргитта.

— Просто меня пугает твой похотливый взгляд, — парировал Харри. — Мне и самому не хочется в это верить, но все-таки я не машина.

— Нет? — Биргитта нежно укусила его в нижнюю губу. — Тебе удалось меня обмануть. Этот поршень...

— Ну-ну, любимая. Зачем быть вульгарной именно сейчас, когда жизнь так прекрасна?

Она обняла его и положила голову ему на грудь.

— Ты обещал досказать историю, — прошептала она.

— Да, конечно. — Харри глубоко вдохнул. — Сейчас. Значит, как все началось. Когда я учился в восьмом классе, в параллельный пришла новая девчонка. По имени Кристина. А через три недели они с Тярье, моим лучшим другом, гитаристом, самым белозубым парнем в классе, уже стали официальной, всеми признанной парой. Вот только беда: она была той девчонкой, которую я ждал всю свою жизнь.

Он замолчал.

— И что ты сделал? — спросила Биргитта.

— Ничего. Продолжал ждать. Ведь я оставался другом Тярье, и она думала, что может спокойно болтать со мной обо всем на свете. Доверять мне тайны, когда у них не все ладилось, не зная, что я про себя радуюсь и только и жду своего часа.

Он ухмыльнулся.

— Господи, как же я себя ненавижу.

— Я шокирована, — пробормотала Биргитта и ласково провела рукой по его волосам.

— Один наш друг собрал у себя товарищей, когда предки уехали. В тот день, когда у Тярье и его группы было выступление. Мы выпили домашнего вина, и ночью мы с Кристиной сидели на диване и разговаривали. Потом мы решили получше осмотреть дом и полезли на чердак. Дверь была заперта, но Кристина нашла ключ на крючке, и мы ее открыли. На чердаке стояла низенькая кровать на ножках и под пологом. Мы легли рядышком на покрывало. Там были какие-то черные пятна. Когда я понял, что это дохлые мухи, меня передернуло. Тысячи дохлых мух. Я видел рядом ее лицо в белом ореоле подушки и черном — дохлых мух. При голубоватом свете круглой луны, которая висела прямо над окном, ее кожа казалась прозрачной.

— Эй! — Биргитта прыгнула на него.

Харри посмотрел на нее и продолжил:

— Мы разговаривали обо всем и ни о чем. Лежали, не двигаясь и ничего не слыша вокруг. Ночью мимо мчались машины, и по потолку проносился свет фар, наполняя комнату причудливыми тенями. Кристина рассталась с Тярье через два дня.

Он повернулся на бок, спиной к Биргитте. Она прижалась к нему.

— Что было дальше, Ромео?

— Мы с Кристиной тайком стали встречаться. Потом это перестало быть тайной.

— А что Тярье?

— Ну, иногда люди ведут себя прямо как в романах. Тярье предложил друзьям выбирать: либо он, либо я. Можно сказать, проголосовали единогласно. За самого белозубого парня в классе.

— Бедняга. Ты остался один?

— Не знаю, что было хуже всего. И кого в этом винить: Тярье или меня.

— Но ведь вы с Кристиной были вместе.

— Ну да. Но все-таки очарование прошло. Идеал исчез.

— Как это?

— Мне досталась девушка, которая бросила парня и ушла к его лучшему другу.

— А для нее ты стал беспринципным типом, который предал лучшего друга, лишь бы добиться своего.

— Вот именно. Это ощущение так и осталось. Конечно, не на поверхности, но где-то в глубине души у нас тлело невысказанное взаимное презрение. Как будто мы вместе совершили постыдное убийство.

— Ага, пришлось довольствоваться далеко не идеальными отношениями. Добро пожаловать в реальность!

— Постарайся меня понять. На самом деле, я думаю, общая вина связала нас еще теснее. И наверное, какое-то время мы действительно любили друг друга. Некоторые дни... были совершенными. Как капли дождя. Как красивая картинка.

Биргитта рассмеялась.

— Мне нравится тебя слушать, Харри. У тебя так блестят глаза. Как будто ты переживаешь все снова. Хотелось бы тебе вернуться в прошлое?

— К Кристине? — Харри задумался. — Я хотел бы вернуться в то время, когда мы были вместе. Но Кристина... Люди меняются. Иногда хочешь вернуться к человеку, которого больше нет. В конце концов, ты и сам меняешься. Время проходит безвозвратно. Больше ты его не проживешь. Печально, но факт.

— Как первая любовь? — тихо спросила Биргитта.

— Как... первая любовь, — сказал Харри и погладил ее по щеке. Потом снова вздохнул: — Биргитта, я хотел тебя кое о чем попросить. Об одной услуге.

От музыки можно было оглохнуть. Харри напрягал слух, чтобы понять, что говорит ему Тедди. У того был новый гвоздь программы — девятнадцатилетняя Мелисса, от которой все просто балдеют. Харри признал, что Тедди не преувеличивает.

— Слухи. Вот что главное, — говорил Тедди. — Сколько ни рекламируй и ни торгуй, в итоге единственный твой товар — это слухи.

И слухи сделали свое дело: впервые за долгое время клуб был почти полон. После того как Мелисса показала номер «ковбой и лассо», мужчины встали на стулья и даже женщины громко аплодировали.

— Гляди, — сказал Тедди. — Не так важно, что это новый номер. У нас, знаешь ли, его исполнит десяток девиц, только кому они нужны? Здесь все иначе: невинность и сопереживание.

Но по опыту Тедди знал, что такая волна популярности быстро проходит. Во-первых, публика постоянно требует чего-то нового. А во-вторых, в этой отрасли существует ужасная тенденция — пожирать собственных детей.

— Для хорошего стриптиза, знаешь ли, нужен задор. — Тедди старался перекричать грохот диско. — Четыре представления в день — это, знаешь ли, нелегко, и мало кто из девочек может сохранить свой задор. Устают, забывают о публике. Как часто я это видел. Неважно, насколько они популярны, умелый глаз различает, когда звезда начинает гаснуть.

— Каким образом?

— Ну, им ведь приходится танцевать. Знаешь ли, слушать музыку, вживаться в нее. Когда они начинают чуть-чуть опережать ритм, это вовсе не от избытка чувства, как думают многие. Наоборот, это значит, что они устали, выдохлись. К тому же они непроизвольно не завершают движений и портят все впечатление. Ты знаешь, когда анекдот с бородой, его рассказывают без тех подробностей, в которых самая соль. Здесь то же самое, и тут ничего не попишешь. Язык жестов не подделаешь, а он очень влияет на публику. Девушка сама это чувствует и, чтобы расслабиться и держаться бодрее, немного выпивает перед выходом. А бывает, и не немного. И тогда... — Тедди зажал пальцем одну ноздрю и втянул воздух другой.

Харри кивнул. Все это было знакомо.

— Она решает, что порошок с успехом заменит ей спиртное. К тому же, говорят, от него худеют. Изо дня в день доза увеличивается. Поначалу она принимает наркотики, чтобы полностью выложиться, потом просто не может без них обойтись. И вскоре ощущает последствия. Она уже не в состоянии сосредоточиться и начинает ненавидеть орущую пьяную публику. В один прекрасный вечер она попросту убегает со сцены. В слезах и гневе. Ссорится с менеджером, берет недельный отпуск, потом возвращается. Но она уже не чувствует настроение, работает нечетко, сбивается с ритма. Публика редеет, и девушке приходится идти на улицу, совсем на другую работу.

Да, Тедди знал, что впереди их ждут проблемы, но это впереди. А пока корову нужно доить. Сейчас эта корова стояла на сцене. И, судя по ее виду, большим телячьим глазам и пышному вымени, она была счастливой коровой.

— Не поверишь, кто пришел оценить наше молодое дарование. — Тедди ухмыльнулся и протер лацкан пиджака. — Кое-кто, так сказать, из твоих коллег.

— Немного стриптиза никому не повредит.

— Не повредит, — медленно повторил Тедди. — Но... Если раны не бередить, они и не зудят.

— Что ты хочешь сказать?

— Так, ничего, — ответил Тедди. — Ладно, сменим тему. Почему ты вернулся, констебль?

— Меня интересуют две вещи. Та девушка, которую нашли в Сентенниал-парке, была не такой уж невинной, какой казалась. Анализ крови показал большое количество амфетамина в крови. Провели кое-какое расследование, и следы привели нас сюда. И в частности, мы выяснили, что в тот вечер, перед тем как пропасть, она выступала здесь.

— Да, Барбара... Печальная история... — Тедди попытался сделать грустное лицо. — Стриптизерша не очень талантливая, но классная девчонка. Что вы выяснили?

— Мы надеялись, ты нам поможешь, Монгаби.

Тедди нервно пригладил черные волосы.

— Прошу прощения, констебль. Она была не из моих девочек. Спросите лучше у Сэмми, он, наверно, сегодня здесь появится.

На мгновение огромный, затянутый в атлас бюст заслонил Харри сцену. Затем его сменил бокал с разноцветным коктейлем.

— А вторая вещь, констебль? Их, кажется, было две?

— Ах да. Это личный вопрос, Монгаби. Ты раньше видел здесь моего приятеля?

Харри указал на стойку бара. Стоявший перед ней чернокожий парень в смокинге помахал им рукой.

Тедди покачал головой.

— Уверен, Монгаби? Он очень известен. Возможно, скоро станет чемпионом Австралии по боксу.

Пауза. Глаза у Тедди забегали.

— Что ты хочешь...

— В своем весе, разумеется. — Среди коктейльных зонтиков и ломтиков лимона Харри отыскал трубочку и потянул напиток.

Тедди кисло улыбнулся.

— Констебль, я, может, не прав, но, кажется, мы только что говорили по-дружески.

— Ясное дело, — улыбнулся Харри. — Но потехе время, а делу час.

— Послушай меня, констебль Хоули. Ты зря думаешь, будто я был рад тому, что произошло в прошлый раз. Мне правда жаль. Хотя, знаешь ли, ты тоже виноват. Когда ты сегодня пришел, я подумал, что было, то было. Знаешь, можно обо всем договориться. Мы же с тобой, констебль, понимаем друг друга.

На секунду повисло молчание. Внезапно музыка стихла. Тедди задержал дыхание. Харри с громким хлюпаньем втянул последние капли коктейля.

Тедди сглотнул.

— К примеру, я знаю, что у Мелиссы нет особых планов на вечер. — Он умоляюще посмотрел на Харри.

— Благодарю, Монгаби, звучит неплохо, но времени у меня маловато. Сделаю, что хотел, и пойду.

Он достал из-за пазухи черную полицейскую дубинку.

— Так много дел, что даже не знаю, успею ли избить тебя до полусмерти, — посетовал Харри.

— Какого чер...

Харри встал.

— Надеюсь, сегодня дежурят Джеф с Иваном. Мой приятель хотел с ними познакомиться. Знаешь ли.

Тедди попытался встать со стула.

— Закрой глаза, — сказал Харри и ударил.

— Да?

— Алло, Эванс?

— Возможно. А кто говорит?

— Привет. Это Биргитта. Подружка Ингер из Швеции, помнишь? Ты видел меня пару раз в «Олбери». У меня длинные светлые, слегка рыжеватые волосы. Припоминаешь?

— Помню, конечно. Так ты Биргитта? Как дела? Откуда у тебя мой телефон?

— По-разному. You know[1]. Жалко Ингер, и все такое. Но ты и так знаешь, не буду тебя расстраивать. Твой номер мне дала Ингер на случай, если надо будет позвонить ей в Нимбин.

— Понятно.

— Да, я тут узнала, что у тебя есть то, что мне нужно, Эванс.

— Например что?

— Ну, то самое...

— Понял. Не хочу тебя расстраивать, но боюсь, ты не по адресу. Послушай... э, Биргитта...

— Нет, ты не понял. Мне нужно с тобой увидеться.

— Спокойно. Полно людей, которые достанут то, что ты хочешь. Есть даже «горячая линия» — можешь позвонить. Только лишнего не говори. Извини, если разочаровал.

— То, что мне нужно, — на букву «м», а не на «г». А это есть только у тебя.

— Чушь.

---

[1] Ты понимаешь (англ.).

— Да знаю, кое-кто тоже продает, но им я не доверяю. Мне нужно много. И я хорошо заплачу.

— Биргитта, мне некогда. Пожалуйста, не звони мне больше.

— Погоди! Я могу... я кое-что знаю. Знаю, что тебе нравится.

— Нравится?

— От чего ты... тащишься.

— Погоди.

...

— Извини, пришлось кое-кого выставить из комнаты. Здесь настоящий дурдом. Ну? И что же мне, по-твоему, нравится?

— Разговор не телефонный, но... Но у меня светлые волосы и... и мне это тоже нравится.

— Ну и ну! Все-то ты знаешь. Я думал, Ингер никому об этом не рассказывала.

— Когда мы встретимся, Эванс? Ну же?

...

— Послезавтра я лечу в Сидней, но могу прилететь пораньше...

— Да!

— Хм.

— Когда мы...

— Тише, Биргитта, я думаю.

...

— Ладно, Биргитта, слушай внимательно. Завтра в восемь вечера пойдешь по Дарлингхерст-роуд. Остановись по левую сторону, у бара «Голодный Джон». Увидишь черный «холден» с затемненными стеклами. Если до полдевятого его там не будет, уходи. И позаботься о том, чтобы я видел твои волосы.

— В последний раз? Ну, как-то ночью Кристина мне неожиданно позвонила. Кажется, она была пьяной. За что-то ругала — не помню. Наверное, за то, что я разрушил ее жизнь. Ей частенько казалось, будто окружающие постоянно разрушают то, что ей удается создать.

— Знаешь, так бывает у девочек, которые росли одни, играя в куклы, — заметила Биргитта.

— Может быть. Но опять же, я не помню. Да я и сам, наверно, был не очень трезвым.

Харри приподнялся на локте и посмотрел на море. Волны вздымались, белая пена на мгновение повисала в воздухе и, сверкая на солнце битым стеклом, опадала на скалы близ Бонди-Бич.

— А потом я ее один раз видел. Она зашла навестить меня в больнице, тогда, после аварии. Когда я открыл глаза и увидел ее рядом с кроватью, бледную, почти прозрачную, то сначала подумал, что сплю. Она была такая красивая, как в первый день нашего знакомства.

Биргитта толкнула его в бок.

— Я что-то не то сказал? — спросил Харри.

— Нет-нет, продолжай, — хихикнула она и перевернулась на живот.

— Да что же это такое? Вообще-то, когда я рассказываю о своих прежних пассиях, тебе бы следовало хоть чуточку ревновать, а? А тебе, я смотрю, нравятся рассказы о моем бурном прошлом. Еще детали тебе подавай!

Биргитта посмотрела на него поверх солнцезащитных очков.

— Мне приятно слышать, что у моего мачо-копа когда-то были чувства. Хотя все в прошлом.

— В прошлом? Что ты имеешь в виду?

— Этот твой выстраданный роман давно закончился, и сколько бы переживаний в нем ни было, волноваться уже незачем.

Харри покачал головой.

— Неправда. Ты сама знаешь.

— Ну да. Все в порядке, Харри. Сейчас все в порядке. На один миг вспыхнуло — и все прошло. Рассказывай дальше. Если подробности будут слишком мучительны, я скажу. Потом я все равно отыграюсь, когда буду рассказывать свою историю, — и она с довольным видом погрузилась в теплый песок. — Я хотела сказать, истории.

Харри смахнул песок у нее со спины.

— Ты уверена, что не обгоришь? Такое солнце, а кожа у тебя...

— Это вы натирали меня кремом, помните, господин Холе?

— Я подумал, что солнце сейчас активное. Ладно, проехали. Просто не хочу, чтобы ты обгорела.

Харри посмотрел на ее нежную кожу. Когда он попросил Биргитту об услуге, та согласилась сразу же, без колебаний.

— Расслабься, папочка, и рассказывай дальше.

Вентилятор не работал.

— Черт, снова-здорово! — Уодкинс попытался его крутить. Бесполезно. Кусок алюминия и дохлая электроника.

— Брось, Ларри, — проворчал Маккормак. — Пусть Лора принесет новый. Сейчас не до таких пустяков. Ларри?

Уодкинс раздраженно отложил вентилятор.

— Все готово, сэр. В том районе у нас будет три автомобиля. На мисс Энквист — радиопередатчик с микрофоном, чтобы мы в любой момент знали, где она и что происходит. По плану, она приведет его к себе домой, где будем ждать мы — Хоули, Лебье и я сам, соответственно — в шкафу в спальне, на балконе и рядом с домом. Если что-то произойдет в машине или они поедут не туда, три наших автомобиля последуют за ними.

— Тактика?

Юн поправил очки.

— Ее задача — заставить его проговориться об убийствах, сэр. Возможно, припугнуть, сказать, что Ингер Холтер рассказывала ей о его сексуальных наклонностях, а она расскажет полиции. Может, он скорее себя выдаст, если будет уверен, что ей не уйти.

— Когда вмешаемся мы?

— Как только запишем на пленку достаточно доказательств. В худшем случае — когда он нападет.

— Риск?

— Конечно, не без этого, но человека так сразу не задушишь. Мы с нее глаз не спустим.

— А если он вооружен?

Юн пожал плечами.

— Исходя из того, что нам о нем известно, вряд ли у него окажется оружие, сэр.

Маккормак встал и начал расхаживать по комнате, хотя свободного места было мало. Харри он напомнил старого толстого леопарда, которого он в детстве видел в зоопарке. Клетка была такой маленькой, что задние лапы у зверя еще шли в одну сторону, когда передние поворачивали в другую. Вперед-назад. Вперед-назад.

— А что, если он захочет секса до разговоров?

— Она откажется. Скажет, что передумала, что говорила так, только чтобы достать морфия.

— И позволит ему уйти?

— Мы бы не лезли в воду, если бы не были уверены, что сможем поймать рыбу, сэр.

Маккормак закусил верхнюю губу.

— А почему она вызвалась?

Стало тихо.

— Потому что не любит насильников и убийц, — ответил Харри после долгой паузы. — Особенно если они убивают ее знакомых.

— А еще?

Последовала еще более долгая пауза.

— Потому что я ее попросил, — наконец сказал Харри.

— Можно тебя побеспокоить, Юн?

Юн Суэ поднял взгляд от монитора и улыбнулся.

— Sure, mate[1].

---

[1] Конечно, дружище *(англ.)*.

Харри сел в кресло. Прилежный китаец что-то печатал, одним глазом глядя на экран, а другим — на Харри.

— Никому не говори, Юн, но я не очень-то в это верю.

Юн перестал печатать.

— Я думаю, что Эванс Уайт — это ложный след, — продолжил Харри.

— Почему? — удивился Юн.

— Сложно объяснить, но кое-что не выходит у меня из головы. В больнице Эндрю пытался мне что-то сообщить. И еще раньше — тоже.

Харри замолчал. Юн понятливо кивнул.

— Он пытался объяснить, что решение ближе, чем мне кажется. Я полагаю, Эндрю по какой-то причине не мог сам арестовать виновного. Ему нужен был кто-то со стороны. Например, я, норвежец: как приехал, так и уеду. Когда я думал, что убийца — Отто Рехтнагель, то предполагал, что Эндрю не может задержать близкого друга. А теперь понимаю, что это кто-то другой.

Юн откашлялся:

— Я не говорил, Харри, но, когда Эндрю разыскал того свидетеля, который в день убийства видел Эванса Уайта в Нимбине, я насторожился. А теперь думаю, что у Эндрю была другая причина прикрывать Уайта. Тот имел над ним власть. Он знал, что Эндрю — наркоман. И мог сделать так, чтобы его выгнали из полиции и посадили в тюрьму. Мне это не по душе, но что, если Эндрю и Уайт заключили договор, по которому Эндрю должен был защищать Уайта?

— Слишком сложно, Юн, но да, я тоже об этом думал. И отбросил эту версию. Вспомни: именно Эндрю помог нам вычислить и найти Уайта по фотографии.

— Да-а-а. — Юн почесал затылок карандашом. — Мы справились бы и сами, но потеряли бы время. Знаешь, как часто в таких случаях убийцей оказывается любовник? В пятидесяти восьми процентах из ста. После того как ты перевел письмо, Эндрю знал, что мы постараемся найти тайного возлюбленного Ингер Холтер. И если он хотел прикрывать Уайта, то вполне мог для виду помогать нам. Тебя, например, не удивило, что он по фотографии узнал город, по которому когда-то гулял, обкурившись?

— Возможно, Юн, не знаю. Все равно, не думаю, что из этого что-то выйдет. Хотя, может быть, убийца действительно Эванс Уайт. Но если бы я так думал, ни за что не стал бы впутывать в это Биргитту.

— А кто же, по-твоему, убийца?

— В смысле, кого я подозреваю на этот раз?

Юн улыбнулся:

— Ну да.

Харри потер шею.

— Я уже дважды поднимал тревогу, Юн. Когда в третий раз кричишь «Волк!», тебе больше не верят. Так что теперь мне надо знать наверняка.

— А почему ты пришел ко мне, Харри? Почему не к кому-нибудь из начальства?

— Потому что ты можешь кое-что выяснить тайком. Так, чтобы никто не узнал.

— Чтобы никто не узнал?

— Знаю, звучит подозрительно. И знаю, тебе есть что терять, и больше, чем остальным. Но кроме тебя, Юн, мне никто не поможет. Ну как?

Юн пристально посмотрел на него.

— Это поможет найти убийцу, Харри?

— Надеюсь.

18

Неприятность и прогулка по парку

— «Браво», прием!

Щелчок.

— Рация работает как надо! — крикнул Лебье. — Как у вас?

— Нормально, — ответил Харри.

Он сидел на заправленной постели и смотрел на фотографию Биргитты на ночном столике. Фотографию с конфирмации. Такая юная, серьезная и непривычная — с кудряшками и без веснушек, которых, конечно, не видно из-за того, что фотографию передержали при съемке. Биргитта плохо получилась на этой фотографии. Она говорила, у нее есть и другая, которая может поднять настроение в трудные дни — мол, все не так плохо.

— Какой план? — крикнул Лебье из кухни.

— Через пятнадцать минут она выйдет из «Олбери». Там ребята закрепляют на ней передатчик.

— Ее довезут до Дарлингхерст-роуд?

— Нет. Мы не знаем, где именно сейчас Уайт. Он может увидеть, как она выходит из машины, и что-то заподозрить. Она пойдет пешком от «Олбери».

Послышался голос Уодкинса:

— Все отлично. Отсюда можно незаметно наблюдать за ними. Мы все время будем видеть девушку, Хоули. Где ты, Хоули?

— Здесь, сэр. Я услышал. Отлично, сэр.

— Как рация, Лебье?

— Контакт, сэр. Все на местах. Можно приступать.

Харри снова и снова все взвешивал. Находил «за» и «против». Спорил сам с собой. Пробовал смотреть под разными углами. И наконец решил: пусть думает что ей угодно, считает это банальностью, ребячеством, хитрой уловкой. Развернул принесенную им дикую красную розу и поставил в стакан на ночном столике, рядом с фотографией.

Потом задумался. Вдруг ее это будет раздражать? Что, если Эванс Уайт, увидев розу рядом с кроватью, станет задавать вопросы? Он осторожно потрогал шипы. Нет. Биргитта, наоборот, почувствует его поддержку, это придаст ей сил.

Он посмотрел на часы. Восемь.

— Эй, пора начинать! — крикнул он в гостиную.

———

Что-то было не так. Харри не слышал, что они говорят, но до него доносилось потрескивание рации в гостиной. Слишком часто. Все знали, что им делать, и если бы все шло по плану, так часто переговариваться было бы ни к чему.

— Черт, черт, черт! — выругался Уодкинс.

Лебье снял наушники и повернулся к Харри.

— Она не появляется, — сказал он.

— Что?

— Ровно в восемь пятнадцать она вышла из «Олбери». Оттуда до Кингс-Кросс не больше десяти минут ходьбы. Прошло уже двадцать пять.

— Кажется, вы говорили, что все время будете за ней следить!

— Начиная с места встречи. Раньше нельзя...

— А микрофон? Когда она выходила, на ней уже был передатчик.

— Контакт пропал. Был — и вдруг пропал. Сразу же.

— Карта есть? Куда она пошла? — Харри говорил тихо и быстро.

Лебье достал из сумки карту Сиднея. Харри нашел Паддингтон и Кингс-Кросс.

— Какой дорогой она должна была идти? — спросил Лебье по рации.

— Самой короткой. По Виктория-стрит.

— Вот, — сказал Харри. — До угла Оксфорд-стрит и по Виктория-стрит, мимо больницы Сент-Винсент и Грин-парка, до перекрестка с Дарлингхерст-роуд и еще двести метров до бара «Голодный Джон». Проще не бывает!

Уодкинс взял микрофон.

— Смит, пошлите две машины на Виктория-стрит, на поиски девушки. Попросите помочь тех, кто остался в «Олбери». Одной машине оставаться у «Голодного Джона» на случай, если она появится. Действуйте быстро и по возможности без шума. Как только что-то выяснится, докладывайте.

Уодкинс отбросил микрофон.

— Черт возьми! Что происходит? Ее сбили? Ограбили? Изнасиловали? Черт, черт!

Лебье и Харри переглянулись.

— Что, если Уайт ехал по Виктория-стрит, узнал ее и посадил в машину? — предположил Лебье. — Он ведь видел ее раньше, в «Олбери», мог узнать.

— Передатчик, — сказал Харри. — Он должен работать!

— «Браво»! «Браво»! Говорит Уодкинс. Вы получаете сигнал передатчика? Да? Направление «Олбери»? Значит, она недалеко. Быстрее, быстрее! Хорошо. Конец связи.

Трое сидели молча. Лебье украдкой посмотрел на Харри.

— Спроси, не видел ли кто машину Уайта, — сказал Харри.

— «Браво», прием. Говорит Лебье. Видел ли кто черный «холден»?

— Negative[1].

Уодкинс вскочил и начал, тихо ругаясь, расхаживать по комнате. Харри, все время сидевший на корточках, вдруг почувствовал, как у него засосало под ложечкой.

Рация снова затрещала:

— «Чарли», я «Браво», прием.

Лебье нажал на кнопку громкой связи.

— «Браво», я «Чарли», слушаю, прием.

— Говорит Штольц. Сумочку с передатчиком нашли в Грин-парке. Девушки нет.

— Сумочку? — переспросил Харри. — Разве передатчик не на ней?

Уодкинс заерзал:

— Наверное, забыл сказать, но мы обсуждали, что будет, если он станет ее обнимать... э, трогать и... ну ты понимаешь. Словом, прикоснется к ней. Мисс Энквист согла-

---

[1] Никак нет *(англ.)*.

силась, что будет надежнее поместить передатчик в сумочку.

Харри уже надел куртку.

— Куда ты? — спросил Уодкинс.

— Он ее ждал, — сказал Харри. — Возможно, шел за ней от «Олбери». Она даже вскрикнуть не успела. Думаю, он использовал платок с эфиром. Как с Отто Рехтнагелем.

— Посреди улицы? — поморщился Лебье.

— Нет. В парке. Я иду туда. У меня там есть знакомые.

Джозеф моргал без остановки. Он был настолько пьян, что Харри хотелось выть.

— Я решил, что они обнимаются, Харри.

— Я это слышу в четвертый раз, Джозеф. Как он выглядел? Куда они ушли? У него была машина?

— Мы с Миккой видели, как он тащил ее через парк. И решили, что она еще пьянее нас. Думаю, Микка ей даже позавидовал. Хи-хи. А вот и сам Микка. Он из Финляндии.

Микка, явно перебравший, лежал на соседней скамейке.

— Смотри на меня, Джозеф. Не моргай! Я должен ее найти. Понимаешь? Тот тип — убийца.

— Я стараюсь, Харри. Правда стараюсь. Черт, я хочу тебе помочь.

Джозеф закрыл глаза и от жалости к себе приложил ладонь ко лбу.

— В этом парке темно, как в яме. Я плохо разглядел. Кажется, он был очень большой.

— Толстый? Высокий? Светлый? Темный? Хромой? Бородатый? В очках? В шляпе?

В ответ Джозеф закатил глаза:

— Do ya have a fig, mate? Makes me kinda think better, ya know[1].

---

[1] А сигаретки не найдется, приятель? Сам знаешь, мне так лучше думается *(англ.)*.

Но все сигареты мира не могли прогнать из головы Джозефа пьяный туман. Отдав ему всю пачку, Харри велел ему расспросить Микку, когда тот проснется. Не то чтобы он слишком на это надеялся.

В квартиру Биргитты Харри вернулся в два часа ночи. Лебье, все еще в наушниках, посмотрел на него с сочувствием.

— Gave it a burl, did ya? No good, ay?[1]

Харри ни слова не понял, но утвердительно кивнул:

— No good[2], — и повалился в кресло.

— А в участке что? — продолжал Лебье.

Харри поискал в кармане сигареты и вспомнил, что отдал их Джозефу.

— Бедлам. Уодкинс совсем с катушек слетел. Сейчас чуть ли не по всему Сиднею, как безголовые курицы, носятся машины с сиренами. Об Уайте известно только, что он с утра отправился из Нимбина в Сидней. С тех пор его никто не видел.

Он стрельнул сигарету у Лебье. Они молча закурили.

— Иди домой, поспи пару часиков, Сергей. Я останусь здесь на ночь, на случай если Биргитта объявится. Не выключай рацию, я буду следить.

— Я тоже могу здесь остаться на ночь, Харри.

Харри покачал головой.

— Отправляйся домой. Если что, я тебе позвоню и разбужу.

Лебье надел на свою бритую голову бейсболку с эмблемой команды «Медведи». У двери он обернулся:

— Мы найдем ее, Харри. Я чувствую. So hang in there, mate[3].

Харри посмотрел на Лебье. Он сам-то в это верит?

---

[1] Поискал? Глухо? *(англ.)*
[2] Глухо *(англ.)*.
[3] Держись, приятель *(англ.)*.

Оставшись один, Харри открыл окно и посмотрел на крыши домов. Стало прохладнее, но воздух был по-прежнему теплым и пах городом, людьми и едой со всех концов света. Прекрасная ночь в одном из прекраснейших городов планеты. Он посмотрел на звездное небо. Бездна мигающих огоньков, которые кажутся живыми, если долго на них смотришь. Бесполезная красота.

Он осторожно попытался разобраться в своих чувствах. Осторожно, потому что побоялся окунуться в них сразу. Только не сейчас. Сначала приятные воспоминания. Чуть-чуть. Он не знал, сделают они его сильнее или слабее. Лицо Биргитты в его ладонях. Ее смех. Воспоминания причиняли боль. Лучше держаться от них подальше. Но он погружался в них все глубже, чтобы ощутить их силу.

Ему вдруг почудилось, будто он в подводной лодке на самом дне глубокого моря отчаяния и безысходности. Море давило и хотело прорваться внутрь. Корпус уже трещал по швам, но Харри надеялся, что он выдержит. Ведь недаром он учился контролировать свои чувства. Он подумал о душах, которые, когда умирает тело, превращаются в звезды, но не стал искать ее на небе.

19

Два разговора с убийцей, птица кукабурра и быстрый сон

После аварии Харри часто спрашивал себя, хотелось бы ему что-то изменить. Оказаться на месте товарища — врезаться головой в столб на Хиркедалсвейен и быть с честью похороненным в присутствии скорбящих родителей и почетного караула, а потом превратиться для всех в выцветшее, но дорогое воспоминание, в фотографию на первом этаже полицейского участка. Заманчивая альтернатива той лжи, с которой он обречен жить, того унижения, что хуже вины и позора.

Бессмысленный и мучительный вопрос. Но ответ, который Харри нашел, дал ему силы начать все заново. Нет, он ничего не стал бы менять. Он был рад, что выжил.

Каждое утро в больнице, сонный и одуревший от таблеток, он просыпался с чувством, что что-то не так. Обычно через секунду сознание возвращалось, он вспоминал, кто он и где находится. И все, что произошло. Но следующей мыслью было: «Ты еще жив, ты не конченый человек». Не так много, но тогда Харри хватало и этого.

Когда его выписали, то послали к психиатру.

— Поздновато, — сказать психиатр. — Ваше подсознание уже, очевидно, выбрало, как относиться к прошлому, и на первый выбор мы повлиять не сможем. Например, оно могло начать вытеснять прошлое. Но если все так плохо, надо попробовать что-то изменить.

Харри знал, что подсознание говорило ему одно: как хорошо остаться в живых. И он не хотел, чтобы психиатр это менял. Больше он к психиатру не ходил.

Потом он понял, что не надо пытаться справиться со всеми чувствами разом. Во-первых, он и сам толком в них не разобрался. По крайней мере, не до конца. Нельзя совладать с неведомым. Во-вторых, легче одолеть врага, если сражение разделить на несколько коротких схваток, чтобы противника можно было изучить, узнать его слабые стороны и наконец разбить. Это как когда кладешь бумагу в бумагорезку. Положишь слишком много — машина взбунтуется и тут же остановится. Придется начинать по новой.

Как-то коллега пригласила Харри на званый обед, и он познакомился с психологом. Когда Харри поведал ему, как он справляется с чувствами, психолог удивился:

— Война? Бумагорезка? — и с тревогой посмотрел на него.

Харри открыл глаза. Сквозь занавески пробивались первые утренние лучи. Он посмотрел на часы. Шесть. Рация затрещала:

— Говорит «Дельта». «Чарли», прием.

Харри вскочил с дивана и схватил микрофон.

— «Дельта», говорит Хоули. Что у вас?

— Мы нашли Эванса Уайта. Нам анонимно позвонила женщина, видевшая его в районе Кингс-Кросс. Мы послали за ним три машины. Сейчас его допрашивают.

— Что он говорит?

— Он все отрицал, пока мы не прокрутили запись телефонного разговора с мисс Энквист. Тогда он признался, что после восьми трижды проезжал мимо бара «Голодный Джон» в белой «хонде». Но, не увидев ее, вернулся к себе на съемную квартиру. Позже отправился в клуб, где мы его и взяли. Кстати, свидетельница, донесшая на него, спрашивала тебя.

— Так я и подумал. Ее зовут Сандра. Вы обыскали его квартиру?

— Да. Nada[1]. Пусто. Смит узнал белую «хонду» и говорит, что она действительно трижды проехала мимо, когда он дежурил возле «Голодного Джона».

— А почему он был не в черном «холдене», как договаривались?

— Уайт говорит, он соврал про машину из опасения, что мисс Энквист его обманывает — in case of a set-up[2]. Чтобы пару раз проехать незамеченным и убедиться, что все чисто.

— Хорошо. Выезжаю. Вы пока обзвоните и разбудите остальных.

— Они уже два часа как разъехались по домам, Хоули. Всю ночь были на ногах, и Уодкинс просил...

— Мне плевать, что просил Уодкинс. Звоните остальным!

Вентилятор снова повесили старый. Неизвестно, пошел ли отдых ему на пользу, но он протестовал, когда его вернули с заслуженного отдыха.

[1] Ничего *(исп.)*.
[2] На случай западни *(англ.)*.

Совещание закончилось, но Харри остался в комнате. Он весь взмок. На столе перед ним стоял телефон. Харри закрыл глаза и что-то пробормотал себе под нос. Потом поднял трубку и набрал номер.

— Hello?

— Это Харри Хоули.

— Харри. Приятно, что я не один проснулся в воскресенье в такую рань. Хорошая привычка. Я ждал твоего звонка, Харри. Ты один?

— Да, один.

Пауза, сопровождаемая сопением.

— You're on to me, aren't ya, mate?[1]

— Теперь я понял, что это ты.

— Хорошая работа, Харри. А сейчас ты звонишь, чтобы я тебе кое-то вернул, right?[2]

— Угадал.

Харри отер пот со лба.

— Ты понимаешь, Харри, что я должен был так поступить?

— Нет. Нет, не понимаю.

— Ну же, Харри. Ты не так глуп. Когда я услышал, что кто-то начал копать, то понял, что это ты. Надеюсь только — ради тебя самого, — что у тебя хватило ума никому ничего не говорить. Я прав?

— Я никому ничего не сказал.

— Тогда у тебя есть еще шанс увидеть свою рыжеволосую подружку.

— Как ты это сделал? Как ты ее похитил?

— Я знал, когда она выйдет из бара, и ждал в машине рядом с «Олбери». Потом поехал за ней. Когда она вошла в парк, я подумал — надо предупредить ее, что вечером по парку ходить опасно. Выскочил из машины и побежал за ней. Потом дал ей понюхать свой платок, а после помог добраться до машины.

---

[1] Ты меня раскусил, верно? *(англ.)*
[2] Верно? *(англ.)*

Харри понял, что про передатчик в сумочке он ничего не знает.

— Что я должен делать?

— Какой ты нервный, Харри. Расслабься. Я многого не попрошу. Продолжай работать. Биргитта сказала, что главный подозреваемый — торговец наркотиками, некто Эванс Уайт. Намеренно или нет, но он и ему подобные каждый год убивают больше людей, чем я за всю жизнь. А это немало. Хе-хе. Думаю, не стоит объяснять, что я хочу, чтобы Эванс Уайт понес наказание за все свои преступления. И за мои. Может быть, убедительным доказательством будут следы крови и частицы кожи Ингер Холтер в доме Уайта? Раз уж ты знаком с патологоанатомом, пусть он даст тебе доказательства, которые ты можешь подбросить на место преступления. Хе-хе. Шучу, Харри. А может, я сам могу их тебе дать? Может, у меня найдется кровь жертв, частицы их кожи, волоски? Может, они где-то хранятся, разложенные в пластиковые пакетики? На всякий случай. Никогда не знаешь, что может пригодится. Хе-хе.

Харри сжимал в руке холодную трубку и пытался думать. Очевидно, этот тип не догадывается, что полиция знает о пропаже Биргитты и пересмотрела личность подозреваемого. Значит, Биргитта не говорила ему, что полицейские рассчитывали задержать Уайта с ее помощью. Он схватил ее под носом у полиции, сам того не ведая!

Голос в трубке прервал его размышления:

— Заманчивое предложение, верно, Харри? Убийца помогает тебе упечь за решетку другого врага общества. Ладно, давай заключим договор. У тебя есть... скажем, сорок восемь часов, чтобы все уладить. Надеюсь, вечерний выпуск новостей во вторник меня порадует. А пока обещаю обращаться с рыжей, как истинный джентльмен, со всем уважением. Если ты нарушишь свою часть договора, боюсь, среду она не переживет. Зато во вторник гарантирую ей потрясающий вечер.

Вентилятор крутился с жуткими завываниями. Харри положил трубку и посмотрел на свои руки. Они дрожали.

— Как вы думаете, сэр? — спросил Харри.

Непоколебимая широкая спина перед доской пришла в движение.

— Надо брать этого дьявола, — сказал Маккормак. — Пока не собрались остальные, Харри, расскажи, когда именно ты понял, что это он?

— Честно говоря, сэр, понять было не так уж трудно. Но сначала, когда у меня мелькнула такая мысль, я в нее не поверил. После похорон меня подвозил Джим Конноли, старый товарищ Эндрю по боксу. С ним была жена. Когда они познакомились, она выступала в цирке. Он сказал, что целый год ежедневно приходил на ее выступления, прежде чем сделать ей предложение. Сначала мне это не пришло в голову, но потом я задумался: вдруг он говорил буквально? Другими словами, у них была возможность видеться каждый день. И тут до меня дошло: когда мы с Эндрю были в Литгау, команда Джима Чайверса выступала в большом шатре. Был там и парк аттракционов. Тогда я попросил Юна позвонить в билетную кассу Чайверса и проверить. И точно. Команда Джима Чайверса почти всегда гастролирует в составе цирка шапито или парка аттракционов. С утра Юну прислали сведения о прежних турне — оказалось, в последние годы Джим Чайверс гастролировал с цирковой труппой. Труппой Отто Рехтнагеля.

— Ясно. Значит, боксеры в момент совершения преступлений были где-то рядом. Но ведь у Эндрю в команде Чайверса много знакомых.

— Эндрю познакомил меня только с одним. Надо было сообразить, что в Литгау он меня возил вовсе не для того, чтобы расследовать банальное изнасилование. Тувумба был для Эндрю почти как сын. Они многое пережили вместе. Из всех его подопечных он один стал для Эндрю родным. И хотя Эндрю Кенсингтон никогда бы не признался в теплых чувствах к своим соплеменникам, Тувумбу он, кажется, любил именно потому, что они оба были аборигенами. Поэтому Эндрю не мог арестовать его сам. Все его моральные принципы, врожденные и приобретенные, разбивались о преданность своему народу и любовь к Тувумбе. Никто не знал, какая страшная борьба шла у него внутри. Он должен был остановить маньяка и при этом не совершить детоубийства. Для этого ему и понадобился я, посторонний человек, которого можно было подтолкнуть к цели.

— Говоришь, Тувумба?

— Тувумба. Эндрю узнал, что все убийства — его рук дело. Возможно, ему рассказал об этом страдающий от несчастной любви Отто Рехтнагель, когда Тувумба его бросил. Возможно, Эндрю взял с него слово ничего не сообщать полиции, чтобы не участвовать в поимке преступника. Но, думаю, Отто готов был расколоться. Понятное дело, он опасался за свою жизнь, потому что понял: Тувумбе ни к чему живой экс-любовник, который может выдать его, когда ему вздумается. Тувумба знал, что Отто общается со мной и что игра может кончиться в любую минуту. Тогда он решил убить его во время представления. Они и раньше гастролировали с похожей программой, так что Тувумба знал, когда лучше действовать.

— А почему не убить Отто у него дома? У него же были ключи.

— Я и сам над этим голову ломаю. — Харри умолк.

Маккормак помахал рукой:

— Харри, не бойся, высказывай свое предположение. Вреда от этого не будет.

— Тщеславие.

— Тщеславие?

— Тувумба не только психопат, он еще и фанфарон. Нельзя недооценивать тщеславие. Убийства на сексуальной почве были продиктованы одержимостью, но это убийство он собирался совершить по необходимости. Руки у него были развязаны, мания не вынуждала его следовать какому-то образцу. Появилась возможность совершить эффектное убийство, которое увенчало бы его жизнь. Можно сказать, это ему удалось — «убийство клоуна» будут вспоминать, когда про убитых девушек уже забудут.

— Хорошо. И когда Эндрю узнал, что ты собираешься арестовать Отто, то сбежал из больницы, чтобы нас остановить?

— Думаю, он поехал прямо к Отто, чтобы поговорить с ним, подготовить к аресту, сказать, как важно ему молчать о Тувумбе, чтобы ни Отто, ни Эндрю не оказались причастны к этому делу. Успокоить его, сказать, что Тувумбу все равно схватят, как Эндрю и планировал, надо только немного подождать. И чтобы я подождал. Но что-то пошло не так. Не знаю что, но не сомневаюсь, что Эндрю Кенсингтона в итоге убил Тувумба.

— Почему ты так уверен?

— Интуиция. Здравый смысл. И одна маленькая деталь.

— Какая?

— Когда я навещал Эндрю, он сказал, что на следующий день к нему придет Тувумба.

— И?

— В больнице Сент-Этьен посетителей записывают при входе. Юн позвонил в больницу, и они проверили, кто звонил или приходил к Эндрю после меня.

— Говори яснее, Харри.

— Если бы что-то случилось, Тувумба позвонил бы Эндрю в больницу и оставил сообщение. А раз он этого не сделал, то никак не мог узнать об отсутствии Эндрю, не доходя до регистратуры. Но тогда бы его отметили в книге посетителей. Значит...

— Значит, он сам убил его накануне вечером.

Харри развел руками:

— Зачем ему идти к тому, кого уже нет, сэр?

Воскресенье было долгим. Оно показалось Харри долгим с самого утра. Все собрались в комнате для совещаний и наперебой старались показать свою сообразительность.

— Итак, ты звонишь ему на мобильный, — сказал Уодкинс. — И проверяешь, дома ли он.

Харри покачал головой:

— Он осторожен и прячет Биргитту в другом месте.

— Может, у него дома мы найдем какую-нибудь подсказку? — предположил Лебье.

— Нет! — отрезал Харри. — Если он узнает, что мы побывали у него дома, то поймет, что я проболтался, и тогда Биргитте конец.

— Ну, для этого он должен сначала прийти домой, а мы уже будем наготове и схватим его, — не сдавался Лебье.

— А что, если он и это предусмотрел и сумеет убить Биргитту, не присутствуя при этом? — ответил Харри. — Вдруг она лежит где-нибудь связанная, а Тувумба не скажет нам где? — Харри обвел товарищей взглядом. — Например, он установил бомбу, которая взорвется через определенное время.

— Стоп! — Уодкинс хлопнул по столу. — Не надо все превращать в сюжет для комикса! Как это насильник вдруг превратится во взрывника? Время идет, и можно просто протирать штаны. Но я думаю, неплохо бы заглянуть к Тувумбе домой. И поставить там хорошую мышеловку.

— Он не такой дурак! — сказал Харри. — Вы понимаете, что так мы ставим жизнь Биргитты под угрозу?

Уодкинс покачал головой:

— Не хотел говорить этого, Хоули, но, боюсь, твое отношение к похищенной мешает тебе сейчас мыслить трезво. Давай сделаем так, как сказал я.

Лучи вечернего солнца пробивались сквозь деревья на Виктория-стрит. На спинке соседней скамейки сидела птица кукабурра и прочищала горло перед вечерним концертом.

— Ты, наверное, думаешь, странно, как это люди могут сегодня ходить и улыбаться, — говорил Джозеф. — Что вот они возвращаются с пляжа, из зоопарка или от бабушки в Воллонгонге и думают только о воскресном ужине в кругу семьи. Ты, наверное, воспринимаешь как личное оскорбление то, что в листве играет солнце, когда тебе хочется видеть мир в руинах и слезах. Харри, друг мой, что я могу тебе сказать? Ты заблуждаешься. Воскресный обед ждет, и так и должно быть.

Харри сощурил глаза на солнце.

— Может, она хочет есть, может, ей больно. Но хуже всего — думать, как ей, должно быть, страшно.

— Если она это выдержит, то станет хорошей женой. — Джозеф свистнул кукабурре.

Харри вопросительно посмотрел на него. Джозеф утверждал, что воскресенье у него выходной, и сейчас был трезвым.

— Раньше у аборигенов, прежде чем выйти замуж, женщина должна была выдержать три испытания, — объяснил Джозеф. — Первое — терпеть голод. Два дня она должна была провести на охоте или в дороге без еды. Потом ее сразу же усаживали перед костром, на котором жарилось сочное мясо кенгуру или еще что-нибудь вкусное. Надо было удержаться и не набрасываться на еду, а поесть чуть-чуть, чтобы и другим осталось.

— Когда я рос, у нас было заведено что-то вроде этого, — заметил Харри. — Называлось столовым этикетом. Но думаю, сейчас такого нет.

— Второе испытание — терпеть боль. — Джозеф оживленно жестикулировал. — Молодой женщине иглами прокалывали нос, щеки и кое-где тело.

— И что? Сейчас девчонки за это еще и платят, — сказал Харри.

— Помолчи. А когда гас костер, на угли клали ветки, и она на них ложилась. Но самое сложное испытание — третье.

— Страх?

— You bet[1]. После захода солнца племя собиралось у костра, и старейшины рассказывали молодой женщине ужасные истории про призраков и мульдарпе — дьявола дьяволов. Волосы от них вставали дыбом, по крайней мере от некоторых. Потом ее отправляли спать в безлюдное место или к могилам предков. А под покровом ночи старейшины подкрадывались к ней, вымазав лица белой глиной и надев деревянные маски...

— По-моему, это уж слишком.

— ...и очень громко кричали. Извини, Харри, но слушать ты не умеешь.

Вид у Джозефа был раздраженный.

Харри потер лоб.

— Знаю, — сказал он после паузы. — Прости, Джозеф. Я пришел сюда, только чтобы подумать вслух и посмотреть, не оставил ли он следов, по которым я мог бы ее найти. Но похоже, мне опять не повезло, а ты — единственный, с кем я могу быть откровенным. Тебе, наверное, кажется, что я циничный, бесчувственный мерзавец.

— Мне кажется, ты думаешь, будто должен сразиться с целым миром, — ответил Джозеф. — Но если все время держать стойку, руки слишком устанут, чтобы бить.

Харри через силу улыбнулся:

— Ты уверен, что у тебя не было старшего брата?

Джозеф рассмеялся:

[1] Угадал (англ.).

— Я говорил, что у моей матери уже ничего не спросишь, но, думаю, если бы был, она бы мне сказала.

— Просто ты разговариваешь совсем как он. Будто вы братья.

— Ты уже говорил, Харри. Может, тебе нужно поспать?

Когда Харри вошел в гостиницу «Спрингфилд-Лодж», Джо расцвел в улыбке:

— Прекрасный вечер, мистер Хоули, не правда ли? Кстати, вы отлично выглядите. А у меня для вас посылка. — Он достал серый сверток с черными буквами: «Харри Хоули».

— От кого? — удивился Харри.

— Не знаю. Ее привез таксист пару часов назад.

Войдя в номер, Харри положил сверток на кровать и, развернув его, увидел коробку. Он уже догадывался, от кого эта посылка, а содержимое коробки развеяло последние сомнения: шесть пластиковых трубок с белыми наклейками. На одной из них Харри прочел дату убийства Ингер Холтер и надпись: «pubic hair»[1]. Нетрудно было догадаться, что в остальных — кровь, волоски, частицы кожи и так далее.

Через полчаса Харри очнулся от телефонного звонка.

— Получил посылочку, Харри? Я подумал, тебе захочется получить ее поскорее.

— Тувумба.

— К вашим услугам. Хе-хе.

— Да, получил. Значит, Ингер Холтер. Я любопытный, Тувумба. Как ты ее убил?

— Ничего интересного, — ответил Тувумба. — Даже слишком просто. Поздно вечером, когда я был у подружки, позвонила она.

---

[1] «Лобковые волосы» *(англ.)*.

«Подружка — Отто?» — хотел спросить Харри, но промолчал.

— У подружки есть, вернее, была собака. Ингер несла ей еду. Я заперся в квартире, а подружка вышла. И я сидел один. Как обычно.

Харри слышал, как сорвался его голос.

— Не слишком ли большой риск? — поинтересовался Харри. — Вдруг кто-то знал, что она идет к... э, подружке?

— Я у нее спросил.

— Спросил у нее? — не поверил Харри.

— Невероятно, какими люди бывают наивными. Отвечают, не подумав, потому что уверены, что думать им не надо. Такая милая, невинная девочка. «Нет, никто не знает, где я, а что?» — спросила она. Хе-хе. Я чувствовал себя волком из сказки про Красную Шапочку. И сказал, что она пришла как раз вовремя. Или, вернее, не вовремя? Хе-хе. Хочешь узнать, что было дальше?

Харри хотел бы узнать не только это. Он хотел бы узнать все, до мельчайших подробностей: про детство Тувумбы, про его первое убийство, про то, почему у него не было ритуала, почему он иногда просто насиловал, а не убивал, как он чувствовал себя после убийства, испытывал ли после экстаза подавленность, как большинство маньяков, когда у них получается не как задумано. Он хотел знать все: место и время, способы и средства. И чувства, страсти, которые привели к безумию.

Но нет. Не сейчас. Сейчас Харри было неважно, была ли Ингер сначала изнасилована, а потом убита, или наоборот; было ли убийство наказанием за то, что они с Отто расстались; промыл ли он тело; убил ли ее в квартире или в машине. Харри не хотелось знать, как она умоляла, плакала и смотрела на Тувумбу на пороге смерти. Не хотелось потому, что он не мог не представлять на месте Ингер Биргитту, а это делало его слабым.

— Откуда ты узнал, где я живу? — спросил Харри, просто чтобы поддержать разговор.

— Ну, Харри! Ты, наверно, устал. Ты сам мне сказал, где живешь, в прошлую нашу встречу. Кстати, забыл тебя за нее поблагодарить.

— Послушай, Тувумба...

— Я все думаю, зачем ты тогда позвонил мне и позвал с собой в тот клуб, Харри? Ведь не только чтобы накостылять тем двум бугаям в смокингах? Весело, конечно, но неужели ты просто хотел поквитаться с сутенером? Может, я не слишком хороший психолог, Харри, но тебя я не понимаю. Ты расследуешь убийство, а время тратишь на драки в ночных клубах.

— Ну...

— Ну, Харри?

— Не только. Девушка, которую мы нашли в Сентенниал-парке, оказалась стриптизершей из того клуба, вот я и подумал, что убийца в тот вечер пришел в клуб, а потом ждал у выхода, когда она пойдет домой, чтобы увязаться за ней. Я хотел посмотреть, как ты отреагируешь на мое предложение. К тому же внешность у тебя примечательная, надо было показать тебя Монгаби и узнать, видел ли он тебя в тот вечер.

— No luck?[1]

— Нет. Думаю, тебя там не было.

Тувумба рассмеялся:

— Я не знал, что она стриптизерша. Увидел, как она входит в парк, и решил ее предупредить, что ночью там ходить опасно. И показать, что может с ней случиться.

— Ну, тогда дело раскрыто, — сухо сказал Харри.

— Жаль, что, кроме тебя, этому никто не порадуется, — ответил Тувумба.

Харри решил попробовать:

— Раз уж все равно никто этому не порадуется, расскажи хотя бы мне, что случилось с Эндрю у Отто Рехтнагеля дома. Ведь твоя «подружка» — это Отто?

---

[1] Не судьба? (англ.)

Тувумба помолчал.

— А ты не хочешь спросить, как дела у Биргитты?

— Нет, — ответил Харри, не слишком быстро и не слишком громко. — Ты сказал, что будешь обращаться с ней как джентльмен. Я на тебя надеюсь.

— Не пытайся взывать к моей совести, Харри. Бесполезно. Я психопат. Ты знал, что я это знаю? — Тувумба рассмеялся. — Страшно, правда? Мы, психопаты, не должны знать, кто мы. А я всегда это знал. И Отто. Отто знал, что я иногда должен их наказывать. Но Отто не умел долго держать язык за зубами. Он рассказал все Эндрю и мог все испортить. Я должен был действовать. В тот вечер, когда Отто уехал в Сент-Джордж, я заперся в его квартире и убрал оттуда все, что могло нас связывать: фотографии, подарки, письма и все такое. Вдруг — звонок в дверь. Я осторожно посмотрел вниз через окно в спальне и очень удивился, увидев Эндрю. Сначала я не хотел открывать. Но потом подумал, что мой первоначальный план вот-вот рухнет. На следующий день я собирался прийти к Эндрю в больницу и принести ему чайную ложку, зажигалку, одноразовый шприц и маленький пакетик вожделенного героина собственного приготовления.

— Смертельную смесь.

— Можно сказать и так.

— Почему ты был уверен, что он его возьмет? Он же знал, что ты убийца.

— Он не знал, что я знал, что он знает. Понимаешь, Харри? Он не знал, что Отто выдал себя. К тому же во время ломки наркоман начинает рисковать. Например, доверять тому, кто, как он думает, считает его отцом. Но что теперь об этом говорить. Он сбежал из больницы и стоял внизу.

— И ты решил его впустить?

— Знаешь, как может работать человеческий мозг, Харри? Ты знаешь, что длинные, запутанные сны, которые, как нам кажется, длятся всю ночь, на самом деле проносятся в мозгу за несколько секунд с фантастической скоростью. Примерно так же мне в голову пришел новый план: представить все так, будто за всем стоит Эндрю Кенсингтон. Клянусь, до этого у меня и в мыслях такого не было! Я нажал на кнопку и открыл ему, потом подождал, когда он поднимется, а сам спрятался за дверью с платком...

— С ацетиловым эфиром.

— Потом я привязал Эндрю к стулу, достал наркоту и тот героин, что был у меня с собой, и вколол ему, чтобы до моего возвращения из театра он сидел спокойно. На обратном пути я достал еще героина и устроил для нас с Эндрю настоящий праздник. Да, мы здорово повеселились, а когда я ушел, он повесился на люстре.

Снова тихий смех. Харри старался дышать ровно и спокойно. Так страшно ему еще никогда не было.

— Что ты имел в виду, когда говорил, что иногда должен их наказывать?

— Что?

— Ты сказал, что должен их наказывать.

— А, вот ты о чем. Как тебе наверняка известно, психопаты часто страдают от паранойи или других маний. Моя мания — это то, что я должен отомстить за свой народ.

— Насилуя белых женщин?

— Бездетных белых женщин.

— Бездетных? — удивился Харри.

Так вот что объединяло жертв, вот чего они не заметили в расследовании. Неудивительно, что у таких молодых женщин не было детей.

— Конечно. Неужели ты этого не понял? Terra nullius, Харри! Когда вы пришли сюда, то решили, что, раз мы не засеиваем землю, она нам не нужна. Вы отнимали у нас нашу землю, насиловали ее и убивали у нас на глазах. — Тувумбе не надо было повышать голос — и так было слышно каждое слово. — Ваши бездетные женщины — это моя terra nullius, Харри. Если никто их не оплодотворил, следовательно, они ничейные. Я только следую логике белых и делаю, как они.

— Но ты сам называешь это манией, Тувумба! Ты сам понимаешь, насколько ты болен!

— Конечно, я болен. Но мне нравится моя болезнь, Харри. Она избавляет меня от другой, опасной болезни, от которой организм перестает сопротивляться и разлагается. Не приуменьшай роль маний, Харри. Они важны в любой культуре. Ваша христианская вера, например, открыто говорит, как трудно верить, как сомнения терзают даже самых мудрых и праведных священников. Но разве признать сомнение не равносильно тому, чтобы допустить, что вера человека — его мания, представление, против которого борется его разум? Нельзя так просто отбрасывать свои мании, Харри. Может быть, награда ждет по ту сторону радуги.

Харри лег на кровать. Он пытался не думать о Биргитте, о том, что у нее нет детей.

— А как ты узнавал, что они бездетные? — услышал он свой собственный хриплый голос.

— Я спрашивал.

— Спрашивал...

— Некоторые говорили, что у них есть дети, — думали, я пожалею их ради детей. Я давал им тридцать секунд, чтобы это доказать. По-моему, мать, которая не носит с собой фотографию, где она снята с ребенком, — это не мать.

Харри стало не по себе.

— А почему блондинки?

— Ну, это не то чтобы правило. Просто так было меньше шансов, что они принадлежат к моему народу.

Харри старался не думать о белоснежной коже Биргитты.

Тувумба тихо рассмеялся:

— Понимаю, Харри, тебе многое хочется узнать, но разговоры по мобильнику — дорогая забава, а у таких идеалистов, как я, денег всегда в обрез. Ты знаешь, что делать. И чего не делать.

И он положил трубку. Пока они говорили, комната погрузилась в серый сумрак. Из дверного проема осторожно выполз таракан и остановился, будто разведывая обстановку. Харри съежился под одеялом. За окном начала свой поздний концерт птица кукабурра. Кингс-Кросс снова захлестнула ночная суета.

Харри снилась Кристина. Может быть, прошло несколько секунд быстрого сна, а может, и больше, потому что перед глазами пронеслось полжизни. Кристина, в зеленом халате Харри, гладила его по волосам и просила уехать с ней. Он спросил куда, но она уже стояла у открытой балконной двери, и детские голоса во дворе заглушали ее голос. Иногда его так слепило солнце, что все для него исчезало.

Он встал с постели и подошел поближе, чтобы услышать ее ответ, но она заливисто рассмеялась и убежала на балкон, залезла на перила и зеленым шариком слетела вниз. Медленно кружась над крышами, она кричала: «Приходите все! Приходите все!» Потом во сне он бегал по всем знакомым и спрашивал, где будет праздник. Но те либо не знали, либо уже уехали. Тогда он пошел во Фрогнербад, но ему не хватило денег на входной билет, и пришлось перелезать через ограду.

Оказавшись с другой стороны ограды, он понял, что сильно оцарапался: красная дорожка крови тянулась за ним по траве, щебенке и ступенькам вышки. Вокруг ни души, Харри лег на спину и стал смотреть в небо, слушая, как кровь капает на край бассейна, далеко внизу. А далеко вверху, возле солнца, он заметил кружащуюся зеленую фигурку. Он посмотрел из-под ладони и отчетливо увидел ее, прекрасную и почти прозрачную.

Ночью он просыпался — один раз, от громкого звука, похожего на выстрел. Он лежал и слушал, как идет дождь и гудят улицы Кингс-Кросс, а потом снова заснул. И весь остаток ночи видел во сне Кристину. Только иногда у нее были рыжие волосы и говорила она по-шведски.

20
Компьютер, Дамский залив и как на деле работает мобильный телефон

Девять часов.

Лебье уткнулся в дверь лбом и закрыл глаза. Рядом ждали указаний двое полицейских в черных бронежилетах и с оружием наизготовку. Сзади на лестнице стояли Уодкинс, Юн и Харри.

— Все. — Лебье осторожно вытянул отмычку из замочной скважины.

— И помните: если квартира пустая — ничего не трогать! — шепнул Уодкинс.

Встав сбоку, Лебье открыл дверь, и полицейские вошли, держа пистолеты обеими руками.

— Уверены, что там нет сигнализации? — шепотом спросил Харри.

— Мы проверили все городские охранные службы — на эту квартиру ничего не зарегистрировано, — ответил Уодкинс.

— Тсс, что это за звук? — насторожился Юн.

Но другие ничего не услышали.

— Вот тебе и часовая бомба, — сухо сказал Уодкинс.

Один из полицейских показался снова:

— Чисто.

Все облегченно вздохнули. Лебье попытался включить свет в коридоре, но выключатель не работал.

— Забавно. — Он попробовал выключатель и в маленькой, но опрятной гостиной — безрезультатно. — Пробка, наверное.

— Ничего, — отмахнулся Уодкинс. — Для обыска света более чем достаточно. Харри, берешь кухню. Лебье, ванную. Юн?

Юн подошел к письменному столу у окна в гостиной, где стоял компьютер.

— У меня такое чувство... — протянул он. — Лебье, возьми фонарик, проверь пробки в коридоре.

Лебье ушел. Вскоре в коридоре зажегся свет, а компьютер включился.

— Проклятье! — сказал Лебье, возвращаясь в комнату. — На пробку был намотан провод. Пришлось его снять. Но я проследил, куда он ведет — к двери.

— Замок ведь электронный? Пробка была соединена с замком таким образом, чтобы, когда дверь откроется, отключилось электричество. А звук был от выключающегося компьютера. — Юн нажал на какую-то клавишу. — На этой машине стоит «rapid resume»[1], так что мы сможем увидеть программы, работавшие в момент отключения.

На экране появилось синее изображение Земли, из колонок раздалось веселое приветствие.

— Я и не подумал! — воскликнул Юн. — Хитрый дьявол! Видите? — Он показал значок на экране.

— Юн, умоляю, давай не будем сейчас тратить на это время, — сказал Уодкинс.

— Сэр, позвольте на секундочку ваш мобильный? — и маленький китаец, не дожидаясь ответа, выхватил «нокию» Уодкинса. — Какой тут домашний номер?

Харри прочитал вслух надпись на телефоне возле компьютера, Юн быстро набрал номер. Вместе со звонком

_____
[1] «Быстрое восстановление» (англ.).

послышался писк в колонках, и значок развернулся во весь экран.

— Тсс, — сказал Юн.

Через несколько секунд последовал короткий гудок, и Юн нажал на сброс.

Уодкинс нахмурился:

— Ради всего святого, Юн, чем ты занимаешься?

— Боюсь, сэр, что Тувумба все-таки поставил сигнализацию. И она сработала.

— Объясни! — Чаша терпения Уодкинса начала переполняться.

— Видите, активизировалась программа. Это обычная программа-автоответчик, через модем соединенная с телефоном. Перед тем как уйти, Тувумба начитывает через микрофон приветствие. И когда ему звонят, сначала проигрывается это приветствие, а потом — гудок. После этого можно начитать сообщение прямо на компьютер.

— Юн, я знаю, что такое автоответчик. Что дальше?

— Сэр, когда я сейчас звонил, вы слышали приветствие?

— Нет...

— Потому что оно не было сохранено.

До Уодкинса дошло.

— Так значит, когда пропал ток, компьютер выключился, и запись пропала.

— Именно, сэр. — Иногда у Юна бывали странные реакции: сейчас, например, он расплылся в улыбке. — Это и есть сигнализация, сэр.

Харри улыбаться не хотелось:

— Выходит, стоит Тувумбе только позвонить и не услышать запись, как он поймет, что кто-то у него побывал. И догадается, что «кто-то» — это мы.

В комнате стало тихо.

— Он не приедет, не позвонив, — сказал Лебье.

— Черт, черт, черт! — выругался Уодкинс.

— А позвонить он может когда угодно, — добавил Харри. — Надо выиграть время. Есть предложения?

— Ну-у... — протянул Юн. — Можно поговорить с телефонной компанией, попросить их заблокировать телефон и оставить сообщение об ошибке.

— А если он позвонит в телефонную компанию?

— Повреждение кабеля из-за... э, дорожных работ.

— Подозрительно. А если он позвонил соседям? — спросил Лебье.

— Надо заблокировать номера во всем районе, — предложил Харри. — Это возможно, Уодкинс? Сэр?

Уодкинс почесал в затылке:

— Будет такая неразбериха! Какого...

— Время, сэр!

— Черт! Давай мобильник, Юн. Надо связаться с Маккормаком. Но все равно, надолго мы их заблокировать не сможем, Хоули. Надо думать над следующим шагом. Черт! Черт! Черт!

Полдвенадцатого.

— Ничего, — сдался Уодкинс. — Ни-че-го!

— Глупо было бы ожидать, что он оставит записку с указанием, где спрятал Биргитту, — сказал Харри.

Из спальни показался Лебье. И покачал головой. То же сделал и Юн, обследовав чердак и подвал.

Они присели в гостиной.

— Вот что удивительно, — сказал Харри. — Если бы мы обыскали свои квартиры, то хоть что-нибудь, а нашли бы. Интересное письмо, засаленный порножурнал, фото давней возлюбленной, пятно на одеяле — что-нибудь. А этот парень — серийный убийца, но мы не обнаружили здесь никаких следов.

— Никогда не видел такой образцовой квартиры у холостяка, — заметил Лебье.

— Слишком образцовой, — добавил Юн. — Даже подозрительно.

— Что-то мы проглядели. — Харри посмотрел на потолок.

— Мы же все обыскали, — ответил Уодкинс. — Если следы и есть, то не здесь. Тот, кто здесь живет, только ест, спит, смотрит телик, ходит в сортир и оставляет сообщения на компьютере.

— Верно! — оборвал его Харри. — Тувумба-убийца здесь не живет. Здесь живет ненормально нормальный парень, которому нечего бояться обысков. А его другая ипостась? Может, у нее есть другое жилье: квартира, летний дом?

— Больше на него ничего не зарегистрировано, — ответил Юн. — Мы проверили перед тем, как ехать сюда.

Зазвонил мобильник. Говорил Маккормак. Он разговаривал с телефонной компанией. На его довод, что речь идет о жизни человека, ему возразили, что, когда соседям понадобится вызвать «скорую», под вопросом тоже будет человеческая жизнь. Но Маккормаку удалось, не без помощи мэра, добиться отключения телефонов до семи вечера.

— Теперь можно и покурить. — Лебье достал длинную папиросу. — Стряхнуть пепел на занавески и уйти, наследив в коридоре. Огоньку не будет?

Харри выудил из кармана коробок спичек. Потом, уже с сигаретой в зубах, он смотрел на коробок. Сначала тупо, а потом — с интересом.

— Знаете, в чем преимущество этого коробка? — спросил Харри.

Остальные добросовестно покачали головами.

— Написано, что он водонепроницаемый. «Для походов в горах и в море». У кого-нибудь из вас есть при себе такой коробок?

Все снова покачали головами.

— Наверное, их покупают в специальных магазинах и они дороже обычных?

Остальные пожали плечами.

— Во всяком случае, я таких прежде не видел, — сказал Лебье.

Уодкинс взял коробок в руку.

— Кажется, такие есть у моего шурина — он у меня моряк.

— А этот мне дал Тувумба, — сказал Харри. — На похоронах.

Пауза. Юн откашлялся:

— Здесь в коридоре висит фотография яхты, — вздохнул он.

Час дня.

— Огромное спасибо, Лиз, — и Юн отложил мобильный телефон. — Есть! Пристань в заливе Леди-Бей, зарегистрирована на Герта Ван Хооса.

— Хорошо, — сказал Уодкинс. — Юн, остаешься здесь с теми двумя парнями — на случай, если вдруг явится Тувумба. А мы с Харри и Лебье выезжаем немедленно.

Машин на Новом Южном шоссе было немного, и новенькая «тойота» Лебье, довольно урча, неслась со скоростью сто двадцать километров в час.

— No backup, Sir?[1] — поинтересовался Лебье.

— Если он там, нас троих будет достаточно, — ответил Уодкинс. — Юн сказал, что оружия на него не зарегистрировано, и у меня такое чувство, что размахивать пушкой он не станет.

Харри не сдержался:

— Какое чувство, сэр? Не то ли, что подсказало вломиться к нему домой? Или положить передатчик в сумочку?

— Хоули, я...

— Просто интересно, сэр. Если использовать ваше чувство как индикатор, то, судя по последним событиям, у него как раз окажется пушка. Не то чтобы...

---

[1] Подкрепления не будет, сэр? *(англ.)*

Харри понял, что повысил голос, и остановился. Не надо, сказал он сам себе. Не сейчас. И закончил предложение тихим голосом:

— Не то чтобы я был против. Просто могу ненароком изрешетить его пулями.

Уодкинс решил не отвечать и, надувшись, отвернулся к окну. Дальше они ехали молча. В зеркало заднего вида Харри видел осторожную и загадочную улыбку Лебье.

Полвторого.

— Леди-Бей-Бич[1], — объявил Лебье. — Подходящее название. Пляж номер один для сиднейских голубых.

Припарковаться решили за оградой пристани. По зеленому склону спустились к маленькой гавани, пирсы которой были облеплены яхтами. В воротах их встретил сонный охранник в выцветшей синей униформе. Когда Уодкинс показал ему значок, он встрепенулся и с готовностью показал, как пройти к яхте Герта Ван Хооса.

— На борту кто-нибудь есть? — спросил Харри.

— Не знаю, — ответил охранник. — Летом за всеми не уследишь, но вроде на нее уже дня два никто не подымался.

— А вообще за последние дни?

— Да, если не ошибаюсь, в субботу ближе к ночи приезжал мистер Ван Хоос. Он обычно паркуется у самой воды. В ту же ночь он и уехал.

— С тех пор на яхте никого не было? — уточнил Уодкинс.

— В мою смену — нет. Но нас тут, к счастью, много.

— Он приезжал один?

— Вроде да.

— Что-нибудь проносил на яхту?

— Наверняка. Не помню. Но большинство что-то приносят.

[1] Lady Bay Beach — букв. «пляж Дамского залива» *(англ.)*.

— Можете вкратце описать мистера Ван Хооса? — спросил Харри.

Охранник почесал в затылке:

— Ну-у, нет, не смогу.

— Почему? — удивился Уодкинс.

Охранник немного смутился:

— Если начистоту, для меня все аборигены на одно лицо.

Солнце играло на лоскутке акватории, но за ее пределами вздымались большие и тяжелые океанские волны. Когда они шли по пирсу, Харри отметил свежесть ветра. Яхту он узнал по названию «Аделаида» и регистрационному номеру на борту. По сравнению с другими яхтами «Аделаида» не была большой, но выглядела ухоженной. Юн говорил, что обязательной регистрации подлежат только моторные яхты, и то, что удалось найти яхту Тувумбы, следовало считать большим везением. Но у Харри было предчувствие, что на этом везение и кончится. Сердце бешено колотилось в груди при мысли о том, что на борту может быть Биргитта.

Жестом Уодкинс приказал Лебье первым взойти на борт. Пока тот осторожно шел по палубе, Харри держал пистолет нацеленным на люк каюты. Потом на яхту отправился Уодкинс — и сразу же споткнулся о якорный канат. Остановившись, они прислушались, но не услышали ничего, кроме ветра и бьющейся о борт воды. И каюта, и трюм были заперты на висячие замки. Лебье полез за отмычками. Через несколько минут оба замка были сняты.

Лебье открыл люк каюты, и первым туда полез Харри. Внутри было темно, Харри сел на корточки, вытянув перед собой руки с пистолетом. Убранство было простым, но изящным. В каюте, обшитой красным деревом, не заметно никаких следов эксцессов. На столике развернута морская карта. Над столиком — портрет молодого боксера.

— Биргитта! — крикнул Харри. — Биргитта!

Уодкинс положил руку ему на плечо.

———

— Здесь ее нет, — констатировал Лебье после того, как они излазили всю яхту от носа до кормы.

Уодкинс стоял высоко на корме.

— Может, она здесь была? — Харри посмотрел на море: ветер усилился, пенные гребни волн стали выше.

— Пусть эксперты посмотрят, — откликнулся Уодкинс. — Я думаю, у него просто есть еще одно, неизвестное нам тайное место.

— Или... — начал Харри.

— Не надо глупостей! Он ее где-то спрятал. Надо просто ее найти.

Харри сел. Ветер трепал его волосы. Лебье попытался закурить еще одну папиросу, но ветер задувал пламя.

— Наши действия? — осведомился он.

— Во-первых, надо уходить с яхты, — ответил Уодкинс. — Он может увидеть нас, даже не подъезжая слишком близко.

Они встали, задраили люки, и Уодкинс осторожно перешагнул якорный канат, чтобы снова не споткнуться.

Вдруг Лебье остановился.

— Что такое? — спросил Харри.

— Хм, — задумчиво произнес Лебье. — Я не разбираюсь в яхтах, но вот это нормально?

— Что именно?

— Бросать одновременно и передний и задний якорь.

Они переглянулись.

— Помоги мне, — сказал Харри, берясь за канат.

Три часа.

По дороге, приминая траву на обочине, гулял ветер. А по небу — тучи. Деревья у дороги ветвями гнали их прочь. Солнце потускнело, и по морю засновали тени. Рация трещала от помех.

Хотя Харри сидел на заднем сиденье, он не видел бушующей вокруг бури. Он видел только скользкий зеленый канат, который они вытянули из воды. Капли блестящими камушками скатывались вниз, в море, откуда появился белый силуэт.

Однажды летом, на каникулах, отец взял Харри с собой на рыбалку во фьорд. Тогда Харри увидел палтуса — такого белого и большого, что у мальчика сразу же пересохло во рту и затряслись руки. Когда они вернулись с уловом домой, мама и бабушка всплеснули руками от удивления и тут же начали резать холодное, окровавленное рыбье тело большими блестящими ножами. До конца лета Харри вспоминал огромного палтуса с выпученными глазами и никак не мог поверить, что тот ждал смерти. На следующее Рождество, когда Харри положили на тарелку большую порцию студня, отец стал с гордостью рассказывать, как они вместе поймали большого палтуса в Ис-фьорде. «Мы подумали, что на это Рождество нужно приготовить что-то особенное», — сказала мама. Это пахло смертью и злом, и Харри ушел из-за стола со слезами на глазах и с ощущением злой горечи во рту.

А сейчас Харри сидел на заднем сиденье мчащегося автомобиля. И когда он закрывал глаза, то видел, как в воде по обе стороны от каната раскидала свои красные щупальца медуза. Приблизившись к поверхности, медуза стала похожа на веер, будто пыталась скрыть под собой нагое белое тело. Якорный канат был обвязан вокруг шеи, а безжизненные руки и ноги показались совсем чужими.

Но когда ее перевернули на спину, Харри узнал ее. Взгляд, как тогда летом. Тусклый удивленный взгляд с последним жалобным вопросом: «Неужели это все? Неужели вот так все и кончится? Неужели жизнь и смерть — такая избитая штука?»

— Это она? — спросил Уодкинс.

Харри помотал головой.

Уодкинс повторил вопрос. Харри посмотрел на ее лопатки. Как они выделяются, какой белой на их фоне кажется линия купальника.

— Она обгорела, — удивленно сказал Харри. — Она просила намазать ей кремом спину. Так доверяла мне. Но все-таки обгорела.

Уодкинс встал перед ним и положил руки ему на плечи.

— Ты не виноват Харри. Слышишь? Просто... так случилось. Ты не виноват.

Заметно стемнело. Пару раз ветер ударил с такой силой, что высокие эвкалипты замахали ветвями, будто очнувшись ото сна и силясь оторваться от земли, как инопланетяне-триффиды из романов Джона Уиндема.

— Ящерицы поют, — вдруг подал голос Харри с заднего сиденья. Впервые с того момента, как они сели в машину.

Уодкинс обернулся, а Лебье посмотрел на него в зеркало. Харри громко откашлялся.

— Эндрю как-то рассказывал мне, что ящерицы и люди племени ящериц могли своим пением вызвать дождь или бурю. Он сказал, что Потоп вызвало племя ящериц: они пели и до крови резали себя кремневыми ножами, чтобы утопить утконоса. — Он слабо улыбнулся. — Почти все утконосы погибли. Но некоторые выжили. Знаете как? Они научились дышать под водой.

На лобовом стекле задрожали первые крупные капли дождя.

— У нас мало времени, — продолжал Харри. — Тувумба скоро сообразит, что мы его ищем, и тогда растворится, как мышь в поле. Вся наша связь с ним — через меня, и вы сидите и думаете, смогу ли я с этим справиться. Ну как вам сказать? Мне кажется, я любил ту девушку.

Лицо Уодкинса стало унылым. Лебье медленно кивнул.

— Но я научусь дышать под водой, — пообещал Харри.

На часах было полчетвертого, и никто в комнате не обращал внимания на стоны вентилятора.

— Итак, мы знаем, кого мы ищем, — сказал Харри. — Знаем, что он думает, что мы не знаем. Наверное, он думает, что сейчас я ищу улики против Эванса Уайта. Но боюсь, это лишь временно. Долго держать округу без телефонов мы не можем, к тому же чем дольше это продлится, тем будет подозрительнее. Если он решит показаться дома, там его ждут наши люди. То же самое с яхтой. Но лично я уверен: он слишком осторожен, чтобы совершить глупость, не удостоверившись на сто процентов, что все чисто. Допустим, до конца дня он поймет, что мы побывали у него дома. Значит, у нас есть два варианта. Можно раструбить всем, что мы его ищем, передать особые приметы по телевидению и надеяться, что мы его схватим до того, как он исчезнет. Минусы: если он установил у себя дома такую хитрую сигнализацию, наверняка продумал и дальнейшие действия. Если он увидит себя на экране, тут же как сквозь землю провалится. Вариант номер два: попытаться взять его за то короткое время, что у нас осталось, пока он не чувствует опасности и... сам относительно безопасен.

— Я за то, чтобы брать. — Лебье смахнул волос с плеча.

— Брать? — переспросил Уодкинс. — В Сиднее четыре миллиона жителей, и мы даже не представляем, где он находится. Черт, мы даже не знаем, в городе ли он!

— Ну нет, — сказал Харри. — По крайней мере последние полтора часа он в Сиднее.

— Что? Ты за ним следишь?

— Юн. — Харри предоставил слово неизменно улыбающемуся китайцу.

— Мобильный телефон! — начал тот. Как будто собирался читать лекцию с кафедры. — Все мобильные телефоны соединяются через станции связи, которые принимают и передают сигналы. Телефонная компания регистрирует, от каких абонентов сигналы поступают на станции. Каждая станция покрывает территорию примерно в милю радиусом. В густонаселенных районах телефон попадает в зону действия сети сразу нескольких станций. Примерно как радио. То есть когда вы разговариваете по телефону, телефонная компания может определить ваше местонахождение с точностью до мили. А если сигнал идет на две станции, то еще точнее: по участку, где зоны перекрываются. Если сигнал ловится тремя станциями, круг сужается еще больше, и так далее. То есть нельзя определить точный адрес, но подсказка есть, — объяснял Юн. — Мы связались с телефонной компанией, и трое операторов сейчас отслеживают только сигнал с телефона Тувумбы. Можно установить открытую линию с ними прямо в этой комнате. Пока сигналы одновременно идут только на две станции. Участок, где зоны перекрываются, — это весь Сити, порт и половина Вуллумулу. Но сигнал перемещается — и это хорошо.

— Ждем, пока нам повезет, — вставил Харри.

— Мы надеемся, что он попадет на участок, перекрываемый тремя или более станциями. Если это произойдет, можно будет взять машину и ехать прямо туда. Надеюсь, мы его схватим.

Но Уодкинс не разделял его уверенности.

— Значит, он разговаривал с кем-то сейчас и еще раз — полчаса назад. И оба раза сигналы принимали сиднейские станции? — сказал он. — Получается, что найдем мы его или нет — зависит от того, будет ли он звонить по этого проклятому телефону. А если не будет?

— Можно самим ему позвонить, — предложил Лебье.

— Точно! — Уодкинс побагровел. — Отличная идея! Будем звонить ему каждые пятнадцать минут и представляться английской королевой или чертовой бабушкой! Чтобы он уж наверняка понял, что не стоит говорить по телефону!

— Нет, — сказал Юн. — Ему не нужно разговаривать по телефону.

— А как...

— Нужно, чтобы телефон был включен, — объяснил Харри. — Тувумба наверняка этого не знает, но, пока телефон включен, он автоматически каждые полчаса отсылает короткие сигналы, чтобы показать, что он работает. Эти сигналы регистрируются станциями точно так же, как и разговоры.

— Выходит...

— Выходит, нужно просто установить открытую линию, приготовить кофе, сесть и надеяться.

21
Хороший слух, удар левой и три выстрела

Телефон работал в режиме громкой связи.

— Сигнал перемещается в зону станций три и четыре, — сообщил металлический голос.

Юн показал это на карте Сиднея с пронумерованными кругами зон действия сети каждой из станций.

— Пирмонт, Глин и окраина Бэлмейна.

— Черт! — выругался Уодкинс. — Слишком большой охват! Который час? Он пробовал звонить домой?

— Сейчас шесть, — ответил Лебье. — За последний час он дважды набирал свой домашний номер.

— Скоро он поймет, что что-то не так. — Маккормак снова встал.

— Но еще не понял, — тихо заметил Харри, который последние два часа просидел молча и не шелохнувшись в дальнем кресле у стены.

— А погода? — спросил Уодкинс.

— Будет ухудшаться, — ответил Лебье. — Ночью обещали бурю.

Минуты шли. Юн отправился за новой порцией кофе.

— Алло? — послышалось из телефона.

— Да? — вскочил Уодкинс.

— Абонент только что говорил по телефону. Его засекли станции три, четыре и семь.

— Секунду! — Уодкинс посмотрел на карту. — Окраина Пирмонта и бухта Дарлинг, верно?

— Так точно.

— Черт! Еще бы девять или десять — и он у нас в руках!

— Если он стоит на месте, то да, — ответил Маккормак. — Куда он звонил?

— В наш центральный офис, — ответил металлический голос. — Спрашивал, что случилось с его домашним телефоном.

— Черт, черт, черт! — Уодкинс налился кровью. — Уходит! Тревога! Полная готовность!

— Заткнись! — В комнате стало тихо. — Прошу прощения за грубость, сэр, — продолжил Харри. — Но думаю, надо не суетиться, а подождать следующего сигнала.

Уодкинс вытаращился на Харри.

— Хоули прав, — рассудил Маккормак. — Присядь, Уодкинс. Телефоны разблокируют только через час. А значит, прежде чем Тувумба поймет, что отключен именно его телефон, у нас будет еще один, максимум два сигнала. Пирмонт и бухта Дарлинг — не такие уж большие районы, но вечером там больше всего народу. Если послать туда кучу машин, начнется хаос, и Тувумбе будет легче скрыться. Подождем.

Без двадцати семь телефон заговорил снова:

— Сигнал принимается станциями три, четыре и семь.

Уодкинс тихо застонал.

— Спасибо, — сказал Харри и выдернул микрофон. — Там же, где и раньше. Значит, уже долго не перемещается. Где он в таком случае?

Все собрались у карты.

— Может, он на тренировке? — предположил Лебье.

— Это мысль! — одобрил Маккормак. — Так. Где-нибудь здесь есть боксерский зал? Кто-нибудь знает, где он тренируется?

— Сейчас проверю, сэр, — ответил Юн и исчез.

— Еще идеи?

— В районе много разных заведений, которые открыты вечером, — сказал Лебье. — Может, он в китайских садах?

— В такую погоду он вряд ли сунется на улицу, — бросил Маккормак.

Юн вернулся и отрицательно покачал головой:

— Звонил тренеру. Тот сначала не хотел ничего говорить, пришлось сказать, что я из полиции. Зал, где тренируется Тувумба, совсем в другом районе. В Бонди-Джанкшен.

— Отлично! — откликнулся Уодкинс. — Как скоро, по-вашему, тренер позвонит Тувумбе, чтобы узнать, почему им интересуется полиция?

— Паршиво, — сказал Харри. — Я звоню ему сам.

— Хочешь спросить, где он? — усмехнулся Уодкинс.

— Посмотрим, что из этого выйдет. — Харри поднял трубку. — Лебье, проверь, чтобы все записывалось. Тихо!

Все замерли. Лебье взглянул на старый катушечный магнитофон и поднял большой палец. Харри сглотнул. Онемевшей рукой он набрал номер. Тувумба ответил лишь на третий раз.

— Алло?

Голос... Харри затаил дыхание и прижал трубку к уху. В трубке на заднем плане слышался чей-то разговор.

— Кто это? — тихо спросил Тувумба.

На заднем плане — радостный детский вопль и шум. Потом — тихий и спокойный смех Тувумбы:

— Так это ты, Харри? Забавно, я как раз вспомнил о тебе. Кажется, с моим домашним телефоном какие-то проблемы. Надеюсь, ты тут ни при чем, Харри?

Новый звук. Харри попробовал определить его, но так и не смог.

— Ты не отвечаешь, Харри, и я начинаю беспокоиться. Сильно беспокоиться. Не знаю, что тебе надо, может, я должен выключить мобильник? А, Харри? Ты пытаешься меня найти?

Звук...

— Проклятье! — выкрикнул Харри. — Повесил трубку. Он свалился в кресло.

— Тувумба понял, что это я. Но как?

— Отмотайте пленку, — распорядился Маккормак. — И разыщите Маргеса.

Лебье нажал на кнопку. Юн выбежал из комнаты.

Харри было не по себе. Волосы у него на голове встали дыбом, когда он услышал в трубке голос Тувумбы.

— Так или иначе, это людное место, — начал Уодкинс. — Что за треск? Слышите, ребенок! Парк развлечений?

— Еще разок, — приказал Маккормак.

«Кто это?» — повторил Тувумба. Потом — сильный шум и детский визг.

— Что это?.. — начал Уодкинс.

— Очень громкий всплеск, — послышалось от двери. Все обернулись. Харри увидел огромного, будто надутого насосом и готового в любую секунду лопнуть человека с маленькой темной головой с черными кудряшками и миниатюрными черными очками.

— Хесус Маргес, лучшие уши отдела, — отрекомендовал Маккормак, — и пока не совсем слепой.

— Разве что самую малость. — Маргес поправил очки. — Что у вас тут?

Лебье снова прокрутил пленку. Маргес слушал, закрыв глаза.

— Помещение. Кирпичные стены. И стекло. Никакой звукоизоляции. Ни штор, ни занавесок. Люди, молодые люди обоих полов, очевидно, семьи с маленькими детьми.

— Как можно все это различить в таком шуме? — скептически спросил Уодкинс.

Маргес вздохнул. Очевидно, с недоверием он сталкивался не впервые.

— Вы знаете, какой потрясающий инструмент — ухо, — ответил он. — Оно различает более миллиона вибраций.

Один миллион. А любой звук состоит из десятка различных частот. То есть выбор расширяется до десяти миллионов. Средний разговорник — всего около ста тысяч статей. А выбор — десять миллионов. Остальное — тренировка.

— А что это за звук — постоянно на заднем плане? — спросил Харри.

— Тот, что между ста и ста двадцатью герцами? Сразу и не скажешь. Можно в студии отфильтровать остальные и выделить именно этот, но уйдет время.

— А времени нет, — заметил Маккормак.

— А как он смог узнать Харри, если Харри молчал? — поинтересовался Лебье. — Интуиция?

Маргес снял очки и с отсутствующим видом стал их протирать.

— То, что мы так просто зовем интуицией, друг мой, всегда подкрепляется нашими ощущениями. Но эти ощущения могут быть такими неуловимыми, что мы почти их не замечаем. Как перышко под носом, когда спишь. Мы не можем понять, какие ассоциации они вызывают. И тогда зовем это интуицией. Может, он узнал то, как... э-э, Харри дышал?

— Я задержал дыхание, — ответил Харри.

— А ты ему звонил отсюда раньше? Может, акустика? Фон? Человек очень хорошо чувствует звуки. Намного лучше, чем он сам обычно думает.

— Раньше? Звонил... один раз... — Харри посмотрел на старый вентилятор. — Конечно, как я об этом не подумал.

— Хм, — сказал Хесус Маргес. — Такое чувство, что вы охотитесь за очень крупной дичью. Какое вознаграждение?

— Я там был, — продолжал Харри, широкими глазами глядя на вентилятор. — Конечно. Вот почему звуки показались мне знакомыми. И это бульканье... — Он повернулся к остальным. — Сиднейский аквариум!

— Хм. — Маргес поднял очки на свет. — Интересная мысль. Я и сам там бывал. Такой всплеск может, к примеру, быть от хвоста очень большого морского крокодила.

Когда он оторвал взгляд от очков, в комнате, кроме него, никого не было.

Семь часов.

Обычно на коротком отрезке от участка до бухты Дарлинг кипела жизнь, но сейчас из-за бури там не было ни людей, ни машин. Но Лебье все равно позаботился о мигалке, что уберегло одного случайного пешехода от попадания под колеса и пару встречных водителей — от столкновения. На заднем сиденье Уодкинс тихо чертыхался на свой обычный манер, на переднем — Маккормак звонил в аквариум, чтобы предупредить о предстоящем задержании.

Они свернули на площадь перед аквариумом. Ветер трепал флаги над бухтой, на пристань обрушивались волны. На месте уже стояло несколько полицейских машин, выходы были перекрыты.

Маккормак отдавал последние распоряжения:

— Юн, раздаешь нашим фотографии Тувумбы. Уодкинс, идешь со мной в комнату охраны. Лебье, Харри, начинаете искать. Через несколько минут аквариум закроется. Вот рации. Сразу же микрофон в ухо, другой — на лацкан пиджака. Проверьте, чтобы все было исправно. Будем держать с вами связь с поста охраны, ясно?

Едва Харри вышел из машины, его чуть не сбило ветром с ног. Согнувшись в три погибели, они добрались до места.

— По счастью, сегодня тут не так много народу, — заметил Маккормак. После небольшой пробежки у него уже была одышка. — Из-за погоды, наверное. Если он здесь, мы его найдем.

Их встретил начальник охраны. Потом он ушел вместе с Маккормаком и Уодкинсом. Харри и Лебье проверили связь и, миновав кассы, направились в людный коридор.

Харри нащупал под одеждой пистолет. Сейчас, при свете и с людьми, аквариум выглядел совсем иначе. Казалось, они с Биргиттой были здесь давным-давно, в какую-то другую эпоху.

Он старался об этом не думать.

— Мы на месте. — Уверенный голос Маккормака успокаивал. — Сейчас изучаем камеры. Кстати, мы вас видим. Продолжайте движение.

Коридоры аквариума описывали круг и приводили посетителей обратно ко входу. Лебье и Харри пошли против людского потока, чтобы видеть лица встречных. Харри чувствовал, как бешено колотится сердце, как пересохло во рту, как потеют ладони. Вокруг гудела иностранная речь, и Харри казалось, что он очутился в бурном водовороте людей разных рас и национальностей. Они шли через подводный тоннель, где Харри и Биргитта вместе провели ночь. Дети, прижавшись носами к стеклу, смотрели на размеренную жизнь подводного мира.

— This place gives me the creeps[1], — вполголоса сказал Лебье и сунул руку за пазуху.

— Только здесь, пожалуйста, не стреляй, — попросил Харри. — Не хочу, чтобы здесь оказалась половина бухты Джексона и десяток белых акул.

— Don't worry[2], — успокоил его Лебье.

Они вернулись ко входу с другой стороны. Людей почти не осталось. Харри выругался.

— Впускать посетителей перестали в семь, — сказал Лебье. — Теперь будут только выпускать.

---

[1] От этого местечка у меня мурашки по спине бегут *(англ.)*.
[2] Не волнуйся *(англ.)*.

Заговорил Маккормак:

— Кажется, птичка улетела, ребята. Возвращайтесь на пост охраны.

— Погоди здесь, — сказал Харри коллеге.

Рядом с кассой стоял знакомый человек в форме. Харри вцепился ему в плечо:

— Привет, Бен, помнишь меня? Я приходил с Биргиттой.

Бен обернулся и посмотрел на взволнованного белобрысого парня.

— Как же! — ответил он. — Харри! Так ты вернулся? Неудивительно! Как там Биргитта?

Харри сглотнул.

— Послушай, Бен. Я из полиции. Ты, наверное, слышал, мы ищем опасного преступника. Пока не нашли, но чувствую, он еще здесь. Бен, ты знаешь аквариум лучше всех — где он мог спрятаться?

Бен наморщил лоб:

— Ну-у... Ты знаешь, где мы держим нашу Матильду? Морского крокодила?

— Говори!

— Между маленьким рохлей-скатом и большой морской черепахой. То есть мы ее туда перевели и готовим заводь, чтобы получить еще пару крокодильчи...

— Понял. Быстрее, Бен!

— Да. И энергичный человек, если не побоится, может перепрыгнуть через ограду.

— К крокодилу?

— Она же сонная. От угла — пять-шесть шагов до двери, через которую мы входим, чтобы покормить или помыть Матильду. Но надо быть осторожным. Такой крокодил — очень быстрый. И глазом не успеешь моргнуть, как он тебя схватит. Однажды мы...

— Спасибо, Бен. — Харри кинулся обратно, распугивая посетителей. — Маккормак, говорит Хоули, — сказал он в микрофон. — Ищу за крокодильей клеткой. — Он подхватил под руку Лебье. — Последний шанс...

Когда Харри замер у клетки с крокодилом, Лебье удивился и хотел было прибавить шагу, но Харри бросил: «За мной!» — и перелез через плексигласовую стену.

Когда он оказался по ту сторону, заводь начала закипать. Пошел белый дым, и по дороге к двери Харри увидел, как из воды на коротких ножках, словно на колесах, выкатился зеленый гоночный «болид». Ноги не слушались, скользя по песку. Где-то далеко он услышал крики и увидел, как «болид» открывает зубастый капот. Мгновенно оказавшись у двери, Харри вцепился в ручку. На долю секунды он подумал, что дверь не откроется. В следующее мгновение он был уже за стеной. В голове всплыла сцена из «Парка юрского периода», и Харри запер за собой дверь. На всякий случай.

Он достал пистолет. В комнате, куда он попал, стояла тошнотворная смесь запахов моющих средств и тухлой рыбы.

— Харри! — крикнул Маккормак. — Во-первых, чтобы попасть туда, где ты сейчас, необязательно лезть в зубы крокодилу. Во-вторых, не суетись и подожди Лебье.

— Не слы...нь плоха...язь, сэр, — ответил Харри, царапая микрофон ногтем. — Дальш...у один.

Открыв дверь в другом конце комнаты, он оказался в круглой башне с винтовой лестницей посередине. Предположив, что внизу находятся подводные тоннели, он решил двигаться наверх. На следующем пролете была еще одна дверь. Харри поискал взглядом другие, но не нашел.

Повернув ручку, он осторожно открыл дверь левой рукой и вошел, держа перед собою пистолет. Внутри было темно. Запах тухлой рыбы стал невыносимым.

Рядом с дверью Харри нащупал выключатель, но свет включить не удалось. Харри сделал два осторожных шага. Под ногой что-то хрустнуло. Он понял, что кто-то разбил лампочку, и, задержав дыхание, бесшумно отступил к дверному проему. Прислушался: был ли здесь еще кто-нибудь? Грохотал вентилятор.

Харри вернулся на лестничный пролет.

— Маккормак, — тихо сказал он в микрофон. — Думаю, он внутри. Окажите услугу, позвоните ему на мобильный.

— Харри Хоули, где ты?

— Скорее, сэр. Пожалуйста, сэр.

— Харри, не превращай это в личную месть, это...

— Жарковато сегодня, сэр. Вы мне поможете или нет?

Харри услышал, как Маккормак тяжело вздохнул.

— Хорошо. Сейчас позвоню.

Придерживая дверь ногой, Харри стоял в дверном проеме, широко расставив ноги и держа пистолет обеими руками. Он ждал телефонного писка. Время превратилось в каплю, свисающую с листа, не в силах упасть. Может быть, прошло две секунды. Ни звука.

«Его здесь нет», — подумал Харри.

Три вещи случились сразу.

Первая — Маккормак сказал:

— Он отключил...

Вторая — Харри понял, что стоит в дверном проеме, как живая мишень.

Третья — черный мир для Харри рассыпался звездами и красными точками.

Харри кое-что помнил из рассказов Эндрю про бокс по дороге в Нимбин. Например, что профессиональный боксер может хуком послать новичка в нокаут. Движение бедра — и в удар вкладывается вес всего торса. От такого сильного удара мозг мгновенно отключается. Апперкот, нацеленный точно в подбородок, отрывает тебя от пола и бросает в объятия Морфея. Со стопроцентной гарантией. Мало шансов устоять и против хорошего прямого удара правой. И самое главное: если ты не видишь, куда направлен удар, тело не успевает среагировать и уклониться. Небольшое движение головой — и эффект от удара будет уже не тот. Ведь боксеры очень редко оказываются в нокауте от ударов, траекторию которых видят.

Поэтому единственным объяснением, почему Харри не потерял сознание, было то, что нападающий стоял слева от него. Так как Харри стоял в дверном проеме, удар не мог быть направлен в висок (чего, если верить Эндрю, хватило бы с лихвой). Поскольку Харри держал прямо перед собой вытянутые руки с пистолетом, хороший хук или апперкот тоже приходилось отбросить. Равно как и прямой удар правой, иначе пришлось бы встать прямо под дуло. Оставался только прямой удар левой, который Эндрю пренебрежительно охарактеризовал как «бабий, скорее раздражающий или, в лучшем случае, изматывающий противника, в уличной драке непригодный». Возможно, Эндрю был и прав, но от этого удара Харри отлетел на несколько шагов назад, ударился поясницей о перила и чуть не свалился вниз.

Открыв глаза, он понял, что еще стоит на ногах, и увидел на другом конце комнаты открытую дверь, через которую наверняка убежал Тувумба. И еще он услышал грохот, с которым катился по стальным ступенькам его пистолет. Харри решил сначала достать оружие. С самоубийственной скоростью кинувшись вниз по крутой лестнице, он ободрал руку и колени. Пистолет балансировал на краю ступеньки, готовый свалиться в двадцатиметровую шахту. Харри поднялся на четвереньки, откашлялся и с досадой констатировал, что лишился еще одного зуба в этой проклятой Австралии.

Он встал на ноги и чуть не потерял сознание.

— Харри! — крикнул кто-то ему в ухо.

Он услышал, как где-то внизу распахнулась дверь. Быстрые шаги, от которых задрожала лестница. Харри нацелился на ближайшую дверь, отпустил перила, попал, побежал дальше, стараясь не споткнуться и не упасть, целясь в дверь в другом конце комнаты. Почти попал и на подкашивающихся ногах выбежал в сумрак, чувствуя, что вывихнул плечо.

— Тувумба! — крикнул он вдогонку ветру.

Огляделся. Прямо перед ним был город, за спиной — мост Пирмонт. Он стоял на крыше аквариума, держась за верх пожарной лестницы, чтобы не упасть под ударами ветра. Залив был взбит в белую пену, в воздухе чувствовался запах морской воды. Прямо под собой он увидел черную фигуру, спускавшуюся по пожарной лестнице. Человек остановился, посмотрел вокруг. Справа от него была полицейская машина с «мигалкой». Впереди, за оградой, выступали два резервуара Сиднейского аквариума.

— Тувумба! — заревел Харри, пытаясь поднять пистолет.

Плечо никак не слушалось, и Харри взвыл от боли и ярости. Человек добежал до ограды и стал перебираться через нее. Тогда Харри понял, что Тувумба хочет пробежать над резервуаром, а потом проплыть небольшое расстояние до пристани на другой стороне. Там в считаные секунды можно затеряться в городе. Харри скорее упал, чем спустился по пожарной лестнице, яростно набросился на ограду, будто пытаясь ее вырвать. Кое-как, работая одной рукой, взобрался наверх и шлепнулся на цемент.

— Харри, ответь!

Вырвав микрофон из уха, он кинулся к крытому резервуару. Дверь открыта. Он вбежал внутрь и грохнулся на колени. Перед ним, под сводами крыши, купалась в свете, идущем из-под потолка, часть Сиднейской бухты. Над резервуаром шел узкий мостик, по которому бежал Тувумба в черном свитере с высоким воротником и черных брюках. Он бежал легко и изящно, насколько это позволял узкий и шаткий мостик.

— Тувумба! — в третий раз крикнул Харри. — Это Харри! Я стреляю.

Он упал — не потому, что не мог удержаться на ногах, а потому, что не мог поднять руку. Поймал на мушку черную фигуру и спустил курок.

Первая пуля попала в воду прямо перед Тувумбой, который продолжал бежать, высоко поднимая колени и не сгибая локтей. Харри взял чуть повыше. Всплеск прямо за Тувумбой. Теперь до цели почти сто метров. Харри в голову пришла дурацкая мысль: это как в экернском тире — огни под потолком, гулкое эхо, нервный пульс в указательном пальце и глубокая сосредоточенность, как при медитации.

Как в экернском тире, подумал Харри, стреляя в третий раз.

Тувумба упал.

Позже, давая показания, Харри писал, что предположительно попал Тувумбе в левое бедро и вряд ли рана была смертельной. Но это было только предположение — разве знаешь, куда попадешь со ста метров, стреляя из табельного пистолета. Харри мог сказать что угодно, и никто не смог бы это опровергнуть. Не осталось даже трупа для вскрытия.

Тувумба лежал, свесив в воду левую руку и ногу, и кричал. Харри побежал по мостику, с трудом превозмогая головокружение и тошноту. Все перед глазами стало сливаться: вода, свет под потолком, мостик, который теперь начал раскачиваться под ним взад-вперед. Харри бежал, а в голове мелькали слова Эндрю: «Любовь — бóльшая тайна, чем смерть». И он вспомнил легенду.

Кровь била в виски, и Харри был юным воином Валлой, а Тувумба — змеем Буббуром, убившим его возлюбленную Мууру. И теперь Буббура нужно убить. Ради любви.

Позже, давая показания, Маккормак говорил, что не понял слов, которые Харри Хоули кричал в микрофон после выстрелов:

— Мы только слышали, что он что-то кричит — возможно, на родном языке.

И сам Харри не мог сказать, что тогда кричал.

Он мчался по мосту. Это была гонка жизни и смерти. Тело Тувумбы вздрогнуло. Весь мост вздрогнул. Сначала Харри подумал, что что-то столкнулось с мостом, но потом понял, что его снова решили обмануть и не отдать выкуп.

Это был Морской ужас.

Он поднял из воды свою мертвую голову и раскрыл пасть. Как при замедленной съемке. Харри был уверен, что Ужас утащит Тувумбу с собой, но он только подтолкнул кричащее тело дальше в воду.

«Только без рук», — подумал Харри, вспомнив день рождения бабушки в Ондалснесе. Это было давным-давно — тогда они старались вынуть яблоко из плошки с водой одними зубами. Мама с ног валилась от смеха.

Оставалось тридцать метров. Харри думал, что успеет, но Морской ужас показался снова. Так близко, что Харри увидел, как он, словно в экстазе, закатил глаза и победно продемонстрировал двойной ряд зубов. На этот раз он ухватил ногу и дернул головой. Тувумба беспомощной куклой взлетел в воздух, и крик быстро оборвался. Харри наконец добежал до места.

— Проклятый призрак! Отдай! — крикнул он, задыхаясь от плача.

Потом поднял пистолет и разрядил остаток обоймы в воду, которая тут же окрасилась в красное. Как красная газировка. И Харри сквозь нее видел свет подземного тоннеля, где взрослые и дети, столпившись, наблюдали развязку, настоящую природную драму, пиршество, которое поспорит с «убийством клоуна» за звание самой громкой газетной статьи года.

22

Татуировка

Джин Бинош выглядел и разговаривал именно так, как и должен выглядеть и разговаривать человек, всю жизнь проживший в ритме рок-н-ролла и не отступавший от цели, пока не добьется своего.

— Думаю, в аду найдется место хорошему татуировщику, — сказал Джин, прокалывая кожу иглой. — Дьявол ценит разнообразие в пытках, верно, приятель?

Но посетитель был пьян и почти засыпал, так что не проникся ни рассуждениями Джина о загробной жизни, ни болью от иглы.

Сначала Джин не хотел браться за этого парня, когда тот пришел в его мастерскую и гнусавым голосом с каким-то певучим акцентом изложил свою просьбу.

Сначала Джин ответил, что не делает татуировки пьяным, и предложил прийти в другой раз. Но этот тип положил на стол 500 долларов, и, поскольку сама татуировка стоила 150, а посетителей в последние месяцы было не сказать чтоб много, Джин достал дамскую бритву и мужской дезодорант. От предложенного виски, впрочем, он отказался. Вот уже двадцать лет Джин Бинош занимался татуировкой, гордился своей работой и говорил, что настоящие мастера на работе не пьют. По крайней мере, виски.

Он выколол заказанную розу и приложил к ней кусок туалетной бумаги:

— Первую неделю берегитесь солнечных лучей и мойтесь без мыла. Хорошая новость: болеть перестанет уже вечером. Плохая: вы обязательно вернетесь, чтобы сделать еще одну.

И с ухмылкой добавил:

— They always do[1].

— Мне хватит и этой, — ответил посетитель и, шатаясь, вышел.

---

[1] Так всегда приходят *(англ.)*.

Четыре тысячи футов и конец

Открылся люк. Ветер оглушительно свистел в уши. Харри опустился перед люком на колени.

— Готов? — крикнули ему в ухо. — За кольцо дергай на четырех тысячах, потом начинай считать. Если через три секунды парашют не раскроется, значит, что-то не так.

Харри кивнул.

— Я пошел! — крикнул голос.

Он увидел, как ветер вцепился в одежду маленького человека, когда тот выбрался под крыло. Торчащие из-под шлема волосы развевались по ветру. Харри взглянул на наручный альтиметр. Чуть больше десяти тысяч футов.

— Еще раз спасибо! — крикнул он пилоту.

Тот обернулся:

— Всегда пожалуйста, коллега. Куда приятнее, чем фотографировать поля марихуаны!

Харри высунул из самолета правую руку. Вспомнил, как в детстве, проезжая летом по Гюдбрансдалю до Ондалснеса, высовывал руку из машины, чтобы «полетать». И как ветер иногда подхватывал его ладошку.

Скорость ветра за бортом была потрясающей. Харри с трудом высунул наружу ногу, проговаривая про себя, как научил Джозеф: «Правая нога, левая рука, правая рука, левая нога». Он встал на подножку рядом с Джозефом. Обрывки облаков летели на них, пролетали мимо и через секунду были уже далеко. Внизу лежало пестрое покрывало из зеленых, желтых и коричневых лоскутков разных оттенков.

— Проверка! — крикнул Джозеф на ухо.

— Готов! — крикнул Харри в ответ и увидел, как пилот поднял вверх большой палец. — Пошли! — Он снова посмотрел на Джозефа.

Тот белозубо улыбался из-под шлема и очков. Харри сместил центр тяжести и поднял правую руку.

— Горизонт! Вверх! Вниз! Пошел!

Он был в воздухе. Самолет продолжал лететь вперед, и Харри показалось, что их с Джозефом сдуло. Краешком глаза он увидел, как самолет повернул, и вдруг понял, что это он сам повернулся. Посмотрел на горизонт, где планета заворачивала, а небо постепенно синело, пока не переходило в лазурный Тихий океан, по которому приплыл когда-то капитан Кук.

Джозеф толкнул его, и Харри постарался принять правильное положение. Проверил альтиметр. «9000 футов». Господи, у них море времени! Он начал вертеться в воздухе и махать руками. Он был Суперменом, чтоб его!

На востоке перед ним были Голубые горы, называвшиеся так из-за эвкалиптов, чьи голубоватые испарения заметны издалека. Так сказал Джозеф. А еще он сказал, что за этими горами то, что его предки-кочевники звали домом. Бесконечные сухие равнины, которые в основном составляют этот континент. Немилосердная топка, в которой совершенно невозможно выжить — а предки Джозефа выживали тысячелетиями, пока не пришли белые.

Харри посмотрел вниз. Такой мирный и заброшенный вид, такая тихая и милая планета. На альтиметре — 7000 футов. Джозеф отпустил его, как и договаривались. Серьезное нарушение со стороны инструктора, но ведь то, что они вообще самовольно прилетели сюда, — одно сплошное нарушение. Харри увидел, как Джозеф, который летел слева, прижал руки к бокам и удивительно быстро понесся вниз.

Харри остался один. Как всегда в таких случаях. Так многое успеваешь заметить в свободном полете, в шести тысячах футов над землей.

Кристина сделала свой выбор в гостиничном номере в одно непогожее утро, в понедельник. Может, она проснулась, измученная этим новым днем еще до его начала. Харри не знал, что она тогда думала. Душа человека — темный, дремучий лес, и тропинку в нем выбираешь сам.

5000 футов.

Может, она выбрала верную? Пустой стакан и пустая коробка из-под таблеток. Значит, по крайней мере, она не сомневалась. Однажды все это должно было закончиться. Однажды должно. Конечно, потребность покинуть этот мир каким-то определенным образом — это тщеславие, слабость, доступная не каждому.

4500 футов.

Слабость других — жить. Просто и счастливо. Да, конечно, не так уж просто и счастливо, наверное, — но все это сейчас внизу, до этого далеко. Если совсем точно — четыре тысячи футов. Он сжал оранжевое кольцо на правом боку, уверенным движением выдернул шнур и начал считать:

— Пятьсот один, пятьсот два...

ОГЛАВЛЕНИЕ

Литературно-художественное издание

Ю НЕСБЁ
НЕТОПЫРЬ

Ответственный редактор Янина Жухлина
Художественный редактор Вадим Пожидаев
Технический редактор Татьяна Раткевич
Компьютерная верстка Александра Шубика
Корректор Дмитрий Гуляев

Главный редактор Александр Жикаренцев

Подписано в печать 05.08.2019. Формат издания 60 × 90 $^1/_{16}$.
Печать офсетная. Тираж 3000 экз. Усл. печ. л. 22. Заказ № 7190.

Знак информационной продукции
(Федеральный закон № 436-ФЗ от 29.12.2010 г.):

ООО «Издательская Группа „Азбука-Аттикус“»
обладатель товарного знака АЗБУКА®
115093, г. Москва, ул. Павловская, д. 7, эт. 2, пом. III, ком. № 1
Филиал ООО «Издательская Группа „Азбука-Аттикус“»
в Санкт-Петербурге
191123, г. Санкт-Петербург, Воскресенская наб., д. 12, лит. А

ЧП «Издательство „Махаон-Украина“»
Тел./факс: (044) 490-99-01. E-mail: sale@machaon.kiev.ua

Отпечатано в филиале «Тульская типография» ООО «УК» «ИРМА».
300026, г. Тула, пр. Ленина, 109

ПО ВОПРОСАМ РАСПРОСТРАНЕНИЯ ОБРАЩАЙТЕСЬ:

В Москве: ООО «Издательская Группа „Азбука-Аттикус“»
Тел.: (495) 933-76-01, факс: (495) 933-76-19
E-mail: sales@atticus-group.ru; info@azbooka-m.ru

В Санкт-Петербурге: Филиал ООО «Издательская Группа „Азбука-Аттикус“»
Тел.: (812) 327-04-55, факс: (812) 327-01-60. E-mail: trade@azbooka.spb.ru

В Киеве: ЧП «Издательство „Махаон-Украина“»
Тел./факс: (044) 490-99-01. E-mail: sale@machaon.kiev.ua

Информация о новинках и планах на сайтах: www.azbooka.ru, www.atticus-group.ru

Информация по вопросам приема рукописей и творческого сотрудничества
размещена по адресу: www.azbooka.ru/new_authors/

H-RBD-20999-07-R